**PURA
DINAMITE**

JANET EVANOVICH

PURA DINAMITE

Tradução de Alyda Sauer

ROCCO

Título original
EXPLOSIVE EIGHTEEN

Este livro é uma obra de ficção. Nomes, personagens, lugares e incidentes são produtos da imaginação da autora, foram usados de forma fictícia. Qualquer semelhança com acontecimentos reais, localidades ou pessoas, vivas ou não, é mera coincidência.

Copyright © 2011 by Evanovich, Inc.

Todos os direitos reservados.

Edição brasileira publicada mediante acordo com a Bantam Books, um selo The Random House Publishing Group, uma divisão da Random House, Inc.

Direitos para a língua portuguesa reservados com exclusividade para o Brasil à
EDITORA ROCCO LTDA.
Av. Presidente Wilson, 231 – 8º andar
20030-021 – Rio de Janeiro, RJ
Tel.: (21) 3525-2000 – Fax: (21) 3525-2001
rocco@rocco.com.br
www.rocco.com.br

Printed in Brazil/Impresso no Brasil

preparação de originais
ALINE ROCHA

CIP-Brasil. Catalogação na fonte.
Sindicato Nacional dos Editores de Livros, RJ.

E92p   Evanovich, Janet
       Pura dinamite / Janet Evanovich; tradução de Alyda Sauer. – 1ª ed. – Rio de Janeiro: Rocco, 2015.

       Tradução de: Explosive eighteen
       ISBN 978-85-325-2965-7

       1. Ficção norte-americana. I. Sauer, Alyda. II. Título.

14-17720   CDD-813
                         CDU-821.111(73)-3

UM

Nova Jersey estava a 12 mil metros abaixo de mim, escondida atrás das nuvens. O céu ficava acima, depois da superfície fina do avião. E o inferno estava sentado quatro fileiras de poltronas atrás. Tudo bem, inferno podia ser forte demais. Talvez fosse apenas o purgatório.

Meu nome é Stephanie Plum e sou agente de fiança na firma Agentes de Fiança e Captura Vincent Plum, em Trenton, Nova Jersey. Tinha herdado recentemente passagens de avião de um morto e usado para tirar férias no Havaí pela primeira vez na vida. Infelizmente, as férias não foram conforme o planejado e fui obrigada a sair do Havaí antes da hora, como um bandido sorrateiro na calada da noite. Abandonei dois homens furiosos em Honolulu, liguei para minha amiga Lula e pedi que me pegasse no aeroporto de Newark.

Como se minha vida não estivesse toda no esgoto, agora estava no avião, a caminho de casa, sentada quatro fileiras à frente de um cara que parecia o Abominável Homem das Neves e que roncava como um urso na caverna. Ainda bem que não estava sentada ao lado dele, porque certamente já o teria estrangulado em seu sono a essa altura. Usava os fones de ouvido que a linha aérea distribuía no volume máximo, mas não resolviam. O ronco tinha começado em algum ponto acima de Denver e ficou insuportável sobre a Cidade do Kansas. Depois de alguns passageiros comentarem em alto e bom som que alguém devia ter a iniciativa de sufocar o sujeito, os atendentes de voo confiscaram todos os travesseiros e começaram a oferecer bebidas alcoólicas grátis. Três quartos do avião agora estavam desesperadamente bêbados, e o quarto restante era de menores de idade ou então que tomavam alguma medicação alternativa. Dois entre os menores de idade resolveram berrar-chorar, e eu tinha quase certeza de que o garoto atrás de mim tinha feito cocô na calça. Eu estava entre os bêbados. Pensava como ia descer andando do avião e navegar pelo terminal com algum pingo de dignidade e torcia para a minha amiga estar lá me esperando. O Abominável deu uma roncada extra barulhenta, e rangi os dentes. Aterrisse logo esse diabo desse avião, pensei. Aterrisse num milharal, numa estrada, no mar. Apenas pare, que eu quero descer!

Lula parou no estacionamento do meu prédio e eu agradeci a carona do aeroporto até em casa.

– Problema nenhum – disse ela quando me deixou na porta dos fundos do saguão de entrada. – Não tinha nada na televisão e estou entre amores, de modo que não precisei deixar nada de bom para trás.

Acenei para ela e fui para o meu prédio. Peguei o elevador para o segundo andar, arrastei minha bagagem no corredor, entrei no meu apartamento e fui para o quarto.

Já passava de meia-noite e eu estava exausta. Minhas férias no Havaí tinham sido inéditas e o voo para casa, um verdadeiro inferno. Turbulência sobre o Pacífico, uma parada em Los Angeles e os roncos. Fechei os olhos e procurei me acalmar. Ia voltar para o trabalho amanhã, mas por enquanto tinha de fazer uma opção. Estava completamente sem roupas limpas. Então eu podia ser uma puta e dormir pelada, ou podia ser desleixada e dormir com a roupa que estava vestindo.

O fato é que não fico completamente à vontade dormindo nua. Faço isso de vez em quando, mas fico aflita de pensar que Deus pode estar espiando, ou que minha mãe pode acabar descobrindo, e tenho certeza de que eles dois acham que mulheres devem dormir de pijama.

Nesse caso, ser desleixada exigia menos esforço e foi isso que escolhi fazer.

Infelizmente, continuava com o mesmo problema de roupas quando me arrastei para fora da cama na manhã seguinte, por isso esvaziei a mala no cesto de roupa suja, peguei o malote que serve de bolsa e fui para a casa dos meus pais. Podia usar a máquina de lavar e secar da minha mãe, e achei que devia ter alguma roupa de emergência no quarto de hóspedes deles. Além disso, eles estavam cuidando do meu hamster, o Rex, enquanto estive fora, e queria pegá-lo de volta.

Moro num apartamento de quarto e sala num prédio velho de três andares localizado na periferia de Trenton. Num dia em que o trânsito está bom, às quatro da matina, é um trajeto de dez minutos de carro até a casa dos meus pais ou até a agência de fiança. Qualquer outra hora é um verdadeiro caos.

Vovó Mazur estava na porta da frente quando parei junto ao meio-fio e estacionei meu carro. Ela mora com meus pais desde que vovô Mazur pegou a enorme escada rolante para a divina praça de alimentação do céu. Às vezes penso que meu pai não se importaria de ver minha avó subir naquela mesma escada, mas não vejo isso acontecendo em nenhum futuro próximo. Ela cortara curto o cabelo grisalho e todo encaracolado. O esmalte das unhas combinava com o vermelho vivo do batom. O conjunto de moletom lilás e branco sobrava sobre os ombros ossudos.

– Que bela surpresa – disse vovó quando abriu a porta para mim. – Bem-vinda ao lar. Estamos loucos para saber tudo sobre as férias com o bofe.

A casa dos meus pais é um sobrado modesto que divide parede com a sua imagem espelhada. A Sra. Ciak mora na outra metade. O marido dela faleceu e ela passa os dias fazendo bolo de café e assistindo à televisão. O lado de fora da metade dela das geminadas é verde-claro e o exterior da casa dos meus pais é amarelo-mostarda e marrom. Não é uma combinação bonita, mas estou acostumada, já que sempre foi assim, desde quando consigo lembrar. Cada metade da casa tem um jardinzinho mínimo na frente, uma varanda pequena coberta, uma descida nos fundos para um quintal comprido e estreito e uma garagem para um carro só.

Reboquei o cesto de roupa pela sala de estar, sala de jantar, até a cozinha, onde minha mãe picava legumes.

– Sopa? – perguntei para ela.

– Minestrone. Você fica para o jantar?

– Não posso. Tenho compromisso.

Minha mãe olhou para o cesto de roupa suja.

– Acabei de botar roupa de cama na máquina de lavar. Se deixar isso aí, lavo mais tarde para você. Como foi lá no Havaí? Só esperávamos você de volta amanhã.

– O Havaí foi bom, mas a viagem de avião foi longa. Felizmente sentei ao lado de um cara que desceu quando paramos em Los Angeles, então fiquei com mais espaço.

– É, mas você também estava ao lado do Sr. Alto, Moreno e Lindo – disse vovó.

– Não exatamente.

As duas ficaram curiosas.

– Como assim? – perguntou vovó.

– É complicado. Ele não voltou comigo.

Vovó olhou para a minha mão esquerda.

– Você está bronzeada, menos no dedo da aliança. Parece que a estava usando quando se queimou, mas agora não está mais com ela.

Olhei para a minha mão. Droga. Quando tirei o anel, nem notei a marca branca.

— Agora eu sei por que você foi para o Havaí — disse vovó. — Aposto que fugiu para se casar!

É claro, porque não estar mais de aliança seria um balde de água fria na comemoração. Dei um suspiro, servi café numa xícara e meu telefone tocou. Procurei na bolsa e não conseguia achar o celular no monte de coisas que tinha enfiado ali para a viagem. Derramei tudo em cima da mesa da cozinha e fui apalpando. Barras de granola, escova de cabelo, batom incolor, presilhas de cabelo, notepad, carteira, meias, duas revistas, um envelope amarelo grande, fio dental, minilanterna, pacote de lenços de papel para viagem, três canetas e o meu celular.

A ligação era de Connie Rosolli, a gerente da agência de fiança.

— Espero que esteja a caminho do escritório — ela disse —, porque temos um problema aqui.

— Que tipo de problema?

— Grande.

— Grande como? Não dá para esperar vinte minutos?

— Vinte minutos está parecendo um tempo enorme.

Desliguei e levantei.

— Preciso ir — disse para minha mãe e minha avó.

— Mas você acabou de chegar — disse vovó. — Nem contou a fuga para casar.

— Eu não fugi para casar.

Botei tudo de volta na pasta do malote, exceto o celular e o envelope amarelo. Guardei o telefone num bolso e olhei para o envelope. Nada escrito. Selado. Não tinha a menor ideia de como tinha ido parar dentro da minha bolsa. Rasguei e tirei uma foto lá de dentro. Era uma foto 8x10 de um homem em papel fosco. Ele estava parado numa esquina, olhando para além do fotógrafo. Parecia não saber que estava sendo fotografado, como se alguém tivesse passado e tirado a foto com a câmera de um celular. Devia ter trinta e poucos anos ou quarenta e poucos, com boa aparência, no estilo formal. Cabelo castanho curto. Pele clara. De terno escuro. Não reconheci a esquina nem o homem. De algum modo na viagem de volta eu devia ter pegado o envelope por engano, talvez na hora que parei na banca de jornais do aeroporto.

– Quem é esse? – perguntou vovó.
– Não sei. Acho que peguei o envelope por engano junto com uma revista.
– Ele é bonitão. Tem algum nome atrás?
– Não. Nada.
– Que pena – lamentou vovó. – Ele é bem bonito e estou pensando em me tornar uma pantera.

Minha mãe olhou para a prateleira onde guardava seu uísque. Olhou para o relógio na parede e deu um pequeno suspiro de tristeza. Cedo demais.

Joguei o envelope e a foto no lixo, tomei o café, peguei um *bagel* do saco no aparador e subi correndo para trocar de roupa.

Vinte minutos depois, estava no escritório de fiança. Uso o termo escritório de forma genérica, porque estávamos operando em um ônibus convertido em trailer na frente do terreno da obra de um novo prédio de escritórios de tijolos e alvenaria. A nova construção se tornou necessária por causa de um incêndio de origem suspeita que destruiu completamente o prédio que existia ali.

Meu primo Vinnie comprou o ônibus de um amigo meu e, embora não fosse perfeito, era melhor do que montar acampamento na praça de alimentação do shopping. O carro de Connie estava estacionado atrás do ônibus, e o carro de Vinnie atrás do de Connie.

Vinnie é um bom agente de fiança, mas um calo no pé da minha família. No passado ele foi apostador, mulherengo, meio pervertido, trapaceava nas cartas e tenho quase certeza de que teve uma vez um encontro romântico com um pato. Ele parece uma fuinha de sapato bico fino e calça justa demais. O sogro dele, Harry, o Martelo, é o dono da agência, e devido a recentes acontecimentos escandalosos, envolvendo apropriação indébita de dinheiro, jogatina e exploração de prostituição, a mulher de Vinnie, Lucille, hoje é proprietária de Vinnie.

Estacionei meu Toyota RAV4 atrás do Cadillac do Vinnie e examinei a cena diante de mim. A estrutura externa do prédio da agência de fiança estava erguida. Com telhado. Os operários estavam lá dentro martelando pregos e usando ferramentas elétricas. Virei para o ônibus-escritório e vi luz saindo pelas frestas das cortinas fechadas. Aparentemente, tudo estava funcionando de forma normal.

Puxei a porta do ônibus e subi os três degraus para a cabine e o resto. Connie estava à mesa da quitinete com a bolsa no assento ao seu lado. Com o laptop fechado.

Connie é dois anos mais velha do que eu e muito melhor com uma arma. Usava um suéter magenta com decote em V bem fundo que mostrava muito mais do que eu jamais teria. Tinha alisado o cabelo preto recentemente e estava todo puxado para cima num nó despenteado no topo da cabeça. Usava também um par de pesados brincos de ouro e um colar combinando.

Ela se levantou quando me viu.

– Estou indo para a delegacia – disse ela. – Tenho de tirar o Vinnie de lá. Ele foi preso e não querem deixar que ele mesmo pague sua fiança.

Ai, ai, ai.

– O que foi agora?

– Ele teve uma discussão com o DeAngelo e acertou a Mercedes dele com uma barra de ferro. DeAngelo fez alguns disparos no

Cadillac do Vinnie, Vinnie derrubou DeAngelo com o taser e foi aí que a polícia apareceu e arrastou os dois para a cadeia.

Salvatore DeAngelo era o empreiteiro que Harry havia contratado para reconstruir o prédio da agência depois que foi destruído pelo incêndio. DeAngelo era mais conhecido como o empreiteiro do inferno, já que fazia tudo do jeito dele, nada sem suborno e trabalhava no horário DeAngelo, que não tinha relação nenhuma com a carga horária semanal.

– Bom, pelo menos não é nada mais sério – eu disse.

– É, mas pode vir a ser caso o DeAngelo saia antes do Vinnie e volte aqui para atear fogo no ônibus do Vinnie.

– Você acha que DeAngelo faria isso? – perguntei.

– É difícil saber o que o DeAngelo faria. Por isso eu não queria sair antes de você chegar, para ficar de guarda. – Connie me deu a chave do armário das armas. – É bom tirar alguma de lá e manter à mão.

– Quer que eu atire nele?

– Só se for preciso – disse Connie, descendo a escada do ônibus com sua plataforma de cortiça de oito centímetros. – Não vou demorar. E os arquivos na mesa são para você. Os que não compareceram enquanto você estava de férias.

Ah, que maravilha... Eu tinha de cuidar de um ônibus que podia explodir em chamas a qualquer momento. Por outro lado, Vinnie era meu primo e meu patrão. E sem o ônibus estaríamos alugando espaço da livraria para adultos, ou trabalhando no Hyundai da Connie. Mas nem com tudo isso eu tinha vontade de ficar carbonizada, protegendo o escritório improvisado do Vinnie.

Levei as pastas de não comparecimento lá para fora, tirei uma espreguiçadeira do compartimento de bagagem embaixo do ônibus e botei na sombra. Assim eu podia me esquivar de um coquetel molotov e não ficar encurralada dentro de um inferno flamejante.

Sentei na espreguiçadeira e folheei as primeiras pastas. Furto de bolsa, roubo à mão armada, violência doméstica, um suspeito de roubo, fraude com cartão de crédito, assalto, um segundo roubo à mão armada. Minha vontade foi voltar para o Havaí. Fechei os olhos, respirei fundo, querendo sentir o cheiro do mar, e, em vez disso, inalei fumaça de carro e um fedor horrível que vinha da caçamba de lixo da obra.

Um carro parou atrás do meu RAV4 e dois homens desceram. Um deles era Salvatore DeAngelo, um cara baixo e atarracado com vasta cabeleira ondulada que começava a ficar grisalha. Usava calça social, camisa social preta, sedosa, de mangas curtas, e uma grossa corrente de ouro presa num tapete de pelos no peito que pareciam levemente tostados... Sem dúvida pelo monte de volts que Vinnie descarregou nele com seu taser.

DeAngelo veio se pavoneando para perto de mim e parou com as mãos nos bolsos, fazendo moedas tilintarem.

– Oi, belezura. Tudo bem? Algum motivo especial para estar sentada aqui fora? Como se procurasse trabalho de rua? Porque acho que tenho um trabalho para você, se entende o que eu digo.

Eu estava pensando que Vinnie tinha feito a coisa certa quando eletrocutou o cara com o taser.

– Só estou cumprindo a minha função. Devo atirar em você, se jogar uma bomba no ônibus.

– Não estou vendo arma nenhuma.

– Está escondida.

– Sei – ele disse. – Avise se mudar de ideia sobre cuidar do meu negócio. E me dê algum crédito nisso. Eu não incendeio ônibus à luz do dia. Faço essa merda à noite, quando não tem ninguém por perto.

DeAngelo deu meia-volta e foi para a construção do prédio do escritório, que estava na metade, e eu voltei a ler meus arquivos.

A criatura da última pasta na pilha foi uma surpresa. Joyce Barnhardt. Supostamente, roubara um colar de uma joalheria no centro e atacara o proprietário quando ele tentou recuperá-lo. Vinnie tinha pagado a fiança de soltura e Joyce não apareceu à audiência três dias depois. Joyce e eu fomos colegas de escola e ela transformou a minha vida num inferno. Era uma criança prepotente, intrometida e má, e agora uma adulta inescrupulosa, egocêntrica e devoradora de homens. De tempos em tempos, tentava trabalhar para Vinnie exercendo várias funções, mas nenhuma funcionou. O fato era que Joyce fazia dinheiro com casamentos em série e, a última vez que eu soube, estava indo muito bem. Difícil acreditar que tinha furtado um colar. Fácil acreditar que tinha atacado o proprietário da loja.

DOIS

Lula parou seu Firebird vermelho na frente do ônibus, desceu e veio falar comigo. Estava com o cabelo pintado de rosa e todo eriçado num coque que ficava surpreendentemente bem em contraste com sua pele morena. Ocultava minimamente o corpo com uma saia de stretch cor de laranja e camiseta sem mangas branca. Ela é uma ex-prostituta que desistiu da sua esquina para trabalhar como arquivista, para Vinnie.

— Está querendo pegar um bronzeado sentada aí? — perguntou ela. — Não abusou disso no Havaí?

Contei para ela sobre Vinnie e DeAngelo e disse que estava vigiando o ônibus.

— É uma lata velha, de qualquer maneira — ela disse.

— O que tem para hoje? — perguntei. — Vai arquivar?

— Ah, não, eu não vou ficar enfurnada naquela armadilha mortal de ônibus. Vou pegar os bandidos com você. — Ela olhou para as pastas na minha mão. — Quem vamos pegar primeiro? Apareceu algum divertido?

— Joyce Barnhardt.

— O quê?

— Ela roubou um colar e atacou o proprietário da joalheria.

— Eu odeio a Joyce Barnhardt — disse Lula. — Ela é perversa. Ela disse que sou gorda. Dá para imaginar?

Não era bem que Lula era gorda. Era baixa demais para o peso. Ou talvez houvesse um excesso de Lula e nunca tecido suficiente.

— Pensei em deixar a Joyce para o final — eu disse para Lula. — Não estou a fim de bater na porta dela.

O Hyundai de Connie apareceu, deu a volta e estacionou atrás do ônibus. Connie e Vinnie desceram e vieram falar comigo.

– DeAngelo está aqui? – perguntou Vinnie.

– Está – respondi. – Ele está no prédio.

Vinnie rosnou e imitou da melhor forma que pôde uma fuinha enlouquecida encurralada e com as garras em riste.

– Que horror – disse Lula.

– Pode entrar no ônibus – eu disse a Vinnie. – DeAngelo só explode coisas à noite.

Nós todos ficamos olhando para o ônibus um tempo, sem saber se acreditávamos nisso ou não.

– Que se dane – disse Vinnie. – Minha vida está um lixo, de qualquer maneira.

E ele desapareceu dentro do ônibus.

– Qual foi a da Joyce? – perguntei para Connie. – Ela roubou mesmo o colar?

Connie deu de ombros.

– Eu não sei, mas ela pirou. Frank Korda, o proprietário da loja que a acusou, está desaparecido.

– Quando ele foi dado como desaparecido? – perguntei.

– Mais tarde, no mesmo dia. A manicure do outro lado da rua lembra da placa "Fechada" na porta da frente por volta das quatro da tarde. A mulher dele disse que ele não chegou em casa.

– E a Joyce?

– Vinnie pagou a fiança da Joyce logo depois da prisão. Tinha audiência marcada no tribunal três dias depois e não apareceu.

– Aposto que Joyce o sequestrou – disse Lula. – Ela faria isso. Aposto que ele está acorrentado no porão dela.

– Não seria a primeira vez que Joyce acorrenta um homem – disse Connie –, mas não acho que o prendeu no porão. Ela não atende o telefone. E eu passei pela casa dela ontem à noite. Estava toda apagada.

— Caraca! — disse Lula olhando para a minha mão esquerda. — Você está com uma marca branca de anel no dedo. Não notei isso ontem no caminho do aeroporto para a sua casa. Que diabos você fez no Havaí? E onde é que está o anel agora?

Fiz força para não fazer uma careta.

— É complicado.

— Sei — disse Lula. — Foi isso que você falou ontem à noite. Ficou o tempo todo dizendo "é complicado".

Connie examinou minha mão esquerda.

— Você se casou quando estava no Havaí?

— Não exatamente.

— Como é que pode não se casar exatamente? — Lula quis saber. — Ou casa, ou não casa.

Balancei os braços e fechei os olhos com força.

— Eu não quero falar sobre isso, combinado? É complicado!

— Desculpe aí — disse Lula. — Eu estava só falando. Não quer falar sobre isso? Tudo bem. Não fale. Sermos as melhores amigas não quer dizer nada. Somos como irmãs, mas olha só: não se preocupe, se não quiser contar alguma coisa.

— Ótimo. Porque eu não quero falar sobre isso.

— Ahã... — disse Lula.

Vinnie gritou para Connie de dentro do ônibus:

— O telefone está tocando! Atenda a droga do telefone!

— Atenda você! — Connie berrou de volta.

— Eu não atendo telefones — disse Vinnie.

Connie fez um gesto italiano para o ônibus.

— Idiota.

— Imagino que devíamos fazer alguma coisa — disse Lula depois que Connie foi para o ônibus. — O que mais você tem aí?

Folheei minha pilha de processos.

— Dois assaltos à mão armada.

— Pule esses dois. Eles sempre atiram em nós.
— Violência doméstica.
— Deprimente demais — comentou Lula. — O que mais você tem?
— Um furto de bolsa e uma fraude de cartão de crédito.
— Estou gostando da fraude do cartão de crédito. Esses nunca são muito de luta. São sempre uns fuinhas sorrateiros. Ficam em casa o dia todo, comprando pela internet. Qual é o nome desse moloide?
— Lahonka Goudge.
— Lahonka Goudge? Que nome é esse? Não deve ser isso. É um nome terrível.
— É o que diz aqui. Ela mora num conjunto habitacional popular.

Quarenta minutos depois, estávamos no carro de Lula, passando pelos prédios e procurando o apartamento de Lahonka. Eram umas nove horas da manhã e as ruas estavam vazias. As crianças estavam na escola e na creche, as prostitutas dormindo e os traficantes de droga reunidos em parques e parquinhos.

— É ali — disse Lula. — Ela mora no 3.145A. É o apartamento no térreo, aquele com brinquedos de criança no jardim.

Lula estacionou o carro e nós fomos até a porta, desviando de bicicletas, bonecas, bolas de futebol e grandes caminhões de plástico. Levantei a mão para bater, a porta abriu e uma mulher nos espiou. Tinha a minha altura, o corpo em forma de pera, usava legging e uma camiseta verde. O cabelo saía reto da cabeça como se o tivessem engomado e passado a ferro e ela usava brincos de argola enormes que pendiam do lóbulo das orelhas.

— O que vocês querem? — disse a mulher. — Eu não preciso de nada. Tenho cara de quem precisa? Acho que não. E não encostem em nada do meu filho, senão solto o cachorro em cima de vocês.

E bateu a porta com estrondo.

– Ela tem temperamento de Lahonka – disse Lula. – Ela até parece uma Lahonka.

Bati na porta com força e alguém abriu.

– O que é? – disse a mulher. – Eu já disse que não quero nada. Tenho um negócio aqui. Sou trabalhadora e não quero comprar nenhum biscoito, nenhum umidificador, sabão em pó, nem joias. Se vocês tivessem maconha de boa qualidade, talvez. Mas vocês não têm cheiro de traficantes da erva.

Ela tentou bater a porta, mas botei meu pé no meio.

– Lahonka Goudge? – perguntei.

– Sim, e daí?

– Cumprimento da fiança. A senhora não compareceu no tribunal na data marcada e temos de marcar outra data.

– Acho que não. Pegaram a Lahonka errada. E de qualquer modo, mesmo que eu fosse a Lahonka certa, não iria com vocês, porque tenho o que fazer. Tenho um bando de filhos que precisam de tênis novos e vocês estão interrompendo minha hora de ganhar mais dinheiro. Estou com um leilão na eBay agora e estou fazendo compras urgentes em outra parte.

Lula pôs seu peso contra a porta e conseguiu abrir.

– Nós não temos o dia inteiro – disse ela. – Temos de pegar um bando de idiotas e eu tenho almoço marcado com um Deluxe do Mr. Clucky Burger.

– Ah, é? – disse Lahonka. – Então lá vai o seu Clucky Burger.

E ela deu um empurrão com as duas mãos em Lula, que a arremessou quase um metro para trás, contra mim. Perdi o equilíbrio e nós duas caímos de bunda no chão. A porta da frente bateu com estrondo, os fechos de segurança encaixaram e Lahonka fechou a persiana na janela da frente.

– Provavelmente ela não vai mais abrir a porta para você – disse Lula.

Concordei com ela. Era pouco provável.
Lula se levantou e se ajeitou.
– Ainda é cedo demais para almoçar?
Olhei para o meu relógio.
– É quase uma da tarde na Groenlândia.

– Aquela Lahonka me pegou de surpresa – disse Lula, acabando de comer seu segundo Clucky Burger. – Eu não estava na minha.

Comíamos no carro de Lula porque havia um tempo-limite para ficar no Cluck-in-a-Bucket. Minúsculos glóbulos de gordura pairavam no ar como poeira, e uma exposição a isso que durasse mais de seis minutos nos deixava cheirando a Clucky Extracrocante o dia inteiro. Não era um cheiro de todo ruim, mas tendia a atrair bandos de cães famintos e homens avantajados, e eu não estava interessada em nenhum dos dois nesse momento.

Tirei uma pasta da bolsa.

– Acho melhor tentar pegar o batedor de carteiras.

– Esse plano não é bom – disse Lula. – Batedores de carteiras são corredores. Por isso são bons batedores de carteiras e ladrões de bolsas. E eu acabei de comer dois Clucky Burgers. Vou ter uma câimbra se tiver de perseguir correndo um idiota magricela de calça baggy agora. Não temos um bandido que more perto do shopping? A Macy está fazendo uma liquidação de sapatos.

Verifiquei os endereços. Ninguém morava perto do shopping.

– Acho que preciso tirar uma soneca depois de todo esse frango – disse Lula.

Uma soneca pareceu uma boa ideia. Eu não tinha dormido quase nada no avião na volta para casa. Aliás, não dormi quase nada o tempo todo que fiquei no Havaí, com toda aquela atividade noturna. E esta noite eu ia encontrar Morelli e estava desconfiada de que isso não daria em uma bela noite de sono. Morelli e eu tínhamos muito que conversar.

Tenho uma longa história com Morelli. Brincávamos de trenzinho quando eu tinha seis anos de idade. Ele me livrou da minha virgindade quando eu tinha dezesseis. Eu o atropelei com um Buick aos dezenove. E agora que somos adultos, mais ou menos, tenho uma espécie de relacionamento com ele... Só que teria dificuldade para definir esse relacionamento neste momento. Ele é policial de Trenton, que trabalha à paisana, no departamento de crimes contra pessoas. Tem um metro e oitenta e dois de altura, cabelo preto ondulado, corpo magro e musculoso e uma das melhores libidos do mundo. É lindo como um astro de cinema de calça jeans e camiseta. Se vestir um terno, fica igual a um assassino de aluguel.

— Estamos falando de uma soneca rápida, ou de dormir a tarde inteira? — perguntei a Lula.

— Pode ser uma soneca longa. Depois tenho um encontro esta noite com um cara que pode ser o Sr. Quase Príncipe Encantado. Por isso vou precisar de um tempo para tomar decisões a respeito de vestuário.

— Ou seja, vejo você amanhã.

— É. Chego aqui às oito em ponto e podemos começar cedo.

— Você nunca chega aqui tão cedo.

— Bem, eu estarei motivada para ser uma excelente assistente de caçadora de recompensas. Estou sentindo isso. E estarei pronta para agir logo de manhã, depois de me satisfazer esta noite... você sabe como. Juro por tudo que é mais sagrado.

TRÊS

Lula me deixou no meu carro e eu fiz uma rápida avaliação do ambiente. A obra prosseguia no novo escritório. O ônibus não estava pegando fogo. O Mercedes do DeAngelo não estava mais lá e o Cadillac do Vinnie, sim. Tudo coisa boa.

Pensei em falar com a Connie, mas resolvi que era melhor não fazê-lo. Não tinha prendido ninguém e uma conversa com Vinnie podia gerar muita provocação sobre a captura da Joyce Barnhardt. Eu ia acabar prendendo a mulher, mas não estava a fim agora, por isso pulei no meu RAV4 e parti para a casa dos meus pais.

Uma hora depois, já estava no meu prédio, arrastando meu cesto de roupa limpa e a gaiola do meu hamster pelo corredor. Destranquei a porta do apartamento, a empurrei com o quadril para abrir e entrei na cozinha, carregada. Deixei o cesto de roupa no chão e a gaiola do hamster na bancada.

– Chegamos em casa – eu disse para o Rex. – Você se divertiu com a vovó?

Rex estava fora da sua lata de sopa, com cara de quem quer um petisco, por isso peguei a caixa de biscoitos no armário e reparti um com ele.

Alguém bateu na porta da frente, abri uma fresta e deixei a corrente de segurança presa. Dois homens de terno cinza de burocratas olharam para mim. A camisa social deles tinha visto o ferro de passar há muito tempo. As gravatas listradas estavam folgadas no pescoço. O cabelo dos dois começava a rarear. Pareciam ter quarenta e poucos anos. Um deles devia ter um metro e setenta e sete.

O outro estava na faixa de um e setenta. Desconfiei que estivessem gostando dos seus hambúrgueres duplos com bacon.

— FBI — disse o mais alto, mostrando a identidade e guardando-a no bolso de novo. — Podemos entrar?

— Não — eu disse para ele.

— Mas somos do FBI.

— Talvez sim — eu disse para o mais alto. — Talvez não. Não ouvi seu nome.

— Lance Lancer — ele apontou para o parceiro. — Este aqui é o agente Sly Slasher.

— Lance Lancer e Sly Slasher? Estão curtindo com a minha cara? Esses não podem ser nomes verdadeiros.

— Está bem aqui nos nossos distintivos — retrucou Lancer. — Estamos procurando um envelope que você pode ter pegado por engano.

— Que tipo de envelope?

— Um envelope amarelo, grande. Continha a fotografia de um homem que estamos procurando, relacionado a um assassinato.

— Isso não seria trabalho da polícia daqui?

— Foi um assassinato internacional. E houve sequestro também. Você está com esse envelope?

— Não.

E era verdade. Achei que estivessem procurando o envelope que eu tinha jogado fora na casa dos meus pais.

— Acho que você está blefando — disse Lancer. — Sabemos de fonte segura que deram o envelope a você.

— Se encontrar, levo para o FBI — eu disse.

Fechei e tranquei a porta e espiei pelo olho mágico. Lancer e Slasher estavam lá parados, as mãos na cintura, meio aborrecidos, sem saber o que fazer.

Fui para a cozinha e liguei para o celular do Morelli.

– Onde você está? – perguntei.
– Estou em casa. Acabei de chegar.
– Preciso verificar dois caras que dizem que são do FBI. Lance Lancer e Sly Slasher.
– Vou virar a piada do dia se puser esses nomes no sistema. Você está brincando, não é?
– Esses são os nomes que eles deram. Tinham distintivos e tudo.
– Você precisa disso quando?
– O mais depressa possível.
Morelli grunhiu e desligou.
Imaginei Morelli olhando para os pés e balançando a cabeça, desejando não ter atendido o celular.
Liguei para a casa dos meus pais e minha mãe atendeu.
– Quero que faça uma coisa para mim – eu disse. – Preciso da foto e do envelope que joguei fora aí quando estava na cozinha hoje de manhã. Joguei na lata de lixo.
– Sua avó esvaziou a lata de lixo logo depois que você saiu. Hoje é dia de coleta. Posso procurar lá nos fundos, mas acho que já levaram.
Então parecia que eu estava mesmo fora do lance de fornecer provas para o FBI.
Por mim, tudo bem. Tinha coisas melhores e mais importantes para fazer, como dormir. Tirei os sapatos e caí na cama. Mal tinha fechado os olhos quando alguém tocou a campainha. Levantei da cama, fui até a porta arrastando os pés e espiei pelo olho mágico. Vi mais dois homens de terno cinza comum.
Abri um pouco a porta, mantive a corrente presa e olhei lá para fora.
– O que é agora? – perguntei.
O cara que estava mais perto da porta mostrou o distintivo.

– FBI. Queremos conversar com você.
– Seus nomes?
– Bill Berger e meu parceiro, Chuck Gooley.
Bill Berger era magro, altura mediana e tinha cinquenta e poucos anos. Cabelo grisalho bem curto. Olhos castanhos vermelhos. As lentes de contato deviam estar incomodando muito. Chuck tinha a minha idade. Não era gordo, mas corpulento. Três ou quatro centímetros mais baixo do que o Berger. A calça do terno dele estava toda amassada na virilha e calçava tênis velhos.
– E vocês querem conversar comigo sobre o quê?
– Podemos entrar?
– Não.
Berger botou as mãos na cintura e expôs a arma presa ao cinto. Era difícil dizer se tinha sido um gesto inconsciente, ou se estava querendo me intimidar. De qualquer modo, eu não ia abrir mais a porta.
– Temos motivos para acreditar que você está de posse de uma fotografia que faz parte da investigação de um crime.
Meu telefone tocou e pedi licença para atender.
– Você voltou de viagem há menos de vinte e quatro horas e já está metida numa encrenca – disse Morelli. – Quer me contar o que é?
– Claro, mas estou com visitas agora. Mais FBI.
– Eles estão no seu apartamento?
– Não. Estão no corredor.
– É lá que devem ficar. Até onde eu sei, os primeiros dois caras não eram do bureau. Não existe nenhum Lance Lancer nem Sly Slasher em serviço por lá. Surpresa, hein? E quem está no seu corredor agora? – perguntou Morelli.
– Bill Berger e Chuck Gooley.
Um segundo de silêncio.

— Berger tem cinquenta e poucos anos, cabelo preto ficando grisalho, e Gooley parece que usa o mesmo terno há várias semanas, certo?
— É. Devo deixar entrar?
— Não. Gooley se alimenta de lixo e trepa com gatos selvagens. Deixe-me falar com o Berger.

Passei o celular para o Berger. Dois minutos depois, Berger me devolveu o aparelho.

— Sabe onde fica o bureau, no centro? — perguntou Berger.
— Sei.
— Encontro você lá amanhã, às dez horas. Traga a foto.
— Eu não estou com a foto — retruquei.
— Então traga o seu advogado.

Rolei os olhos nas órbitas.

— Você precisa treinar seu traquejo social.

Berger apertou os lábios.

— Sempre ouço isso. Em geral da minha ex-mulher.

Fechei a porta e falei com Morelli.

— Imagino que o Berger seja do FBI, não é?
— Mais ou menos. Preciso conversar com você.
— Foi o que pensei. Esperava vê-lo hoje à noite.
— Pode ser que eu me atrase.
— Vai atrasar quanto? — perguntei.
— Difícil dizer. Alguém acabou de levar dezesseis tiros na cabeça no conjunto habitacional.
— Dezesseis balas na cabeça? Parece um exagero.
— Murray o viu e disse que parecia um queijo suíço. Murray disse que o cara estava com o cérebro espalhado por todo canto.
— Informação demais.
— É a minha vida — disse Morelli, e desligou o celular.

Voltei para a cama, mas só pensava no cérebro escorrendo pelos buracos de bala. Morelli era a única pessoa que eu conhecia que tinha um emprego pior do que o meu. Tudo bem, talvez o cara do necrotério que tira os fluidos dos corpos também estivesse no páreo. De qualquer forma, contrariando todas as expectativas, Morelli gostava de ser um agente da lei. Tinha sido um garoto rebelde e produto de um pai violento. Agora era um bom policial, proprietário responsável de um imóvel e excelente pai de um cachorro, o Bob. Sempre achei que ele tinha excelente potencial como namorado, talvez até marido, mas o trabalho dele era uma invasão constante e muitas vezes pesada, e eu não via possibilidade disso mudar no futuro próximo. Além disso, agora havia a coisa do Havaí.

O outro cara na minha vida, Ranger, sendo bem realista, não tinha nenhum potencial para namorado ou marido, mas era um prazer proibido que viciava facilmente. Tinha o corpo igual ao do Batman e um passado misterioso e sinistro, fora o poderoso magnetismo que me sugava assim que eu me aproximava do seu campo de força. Vestia só preto. Só dirigia carros pretos. E quando fazia amor, seus olhos castanhos se dilatavam tanto que ficavam totalmente pretos.

Tudo isso passou pela minha cabeça... Morelli, Ranger, o cérebro escorrendo. Então pensei nos caras do FBI, que eram falsos e verdadeiros ao mesmo tempo, e no cara da foto. E nada disso levava ao sono. Para não contar que não recebo salário. Se não capturar os ausentes, não ganho nada. E se não ganhar nada, não posso pagar o aluguel. E se não pagar o aluguel, vou acabar morando no carro. E meu carro não é nenhuma maravilha.

Voltei para a cozinha e examinei minhas pastas. Achei que minha melhor chance era o batedor de carteiras. Era verdade que costumavam ser corredores, mas o cara parecia gordo na foto, e talvez pudesse alcançar um cara gordo se ele não estivesse em forma. O nome dele era Lewis Bugkowski, também conhecido como Big Buggy. Vinte e três anos. Tinha assaltado uma mulher de oitenta e três anos que estava sentada num banco de parque. Quarenta e cinco minutos depois, Buggy foi pego quando tentava comprar seis baldes de frango frito com o cartão de crédito da mulher, e o atendente do estabelecimento não achou que Buggy parecia Betty Bloomberg. Então, além de gordo, Buggy também não devia ser muito esperto.

Pensei em levar a minha arma, mas achei melhor não. Deixava minha bolsa pesada demais e me dava torcicolo. A verdade é que nunca uso a arma mesmo. Peguei spray de pimenta e spray de cabelo em vez da arma. Estava com o celular preso na cintura da calça jeans e algemas no bolso de trás. Pronta para a ação.

Buggy morava com os pais logo depois da fronteira do Burgo. Essa sempre era uma situação desagradável, porque eu detesto prender as pessoas na frente dos pais ou dos filhos. Podia pegá-lo no local de trabalho, mas ele não informou nenhum. Fui para a Broad, virei à esquerda e passei na frente da casa de Bugkowski, uma pequena casa de praia. Limpa. Jardim minúsculo na frente, bem cuidado. Garagem para um carro. Nenhum carro parado no meio-fio na frente da casa.

Digitei o número de Bugkowski e ele atendeu depois de dois toques.

– Lewis Bugkowski? – perguntei.
– Sim?
– É o dono da casa?
– Não, é do meu pai.
– Ele está em casa?
– Não.
– E sua mãe?
– Os dois estão trabalhando. O que você quer?
– Estou fazendo uma pesquisa sobre coleta de lixo.

Clique.

Ótimo. Descobri tudo que eu queria. Buggy estava sozinho na casa. Estacionei na frente da casa vizinha aos Bugkowski, fui até a porta da frente e toquei a campainha.

Um cara enorme abriu a porta. Tinha fácil um metro e noventa e cinco e uns cento e cinquenta quilos. Usava calça de moletom e uma camiseta que serviria de abrigo para uma família vietnamita de oito.

— Sim? — ele perguntou.
— Lewis Bugkowski?

Ele ficou olhando para mim.

— Isso é sobre o lixo? Parece a voz da mulher no telefone.
— Guarda de fiança — eu disse para ele.

Saquei as algemas e tentei prender no pulso dele. Nada feito. A algema não fechava. O pulso dele era grande demais. O cara era uma montanha.

Dei um sorriso sedutor para ele.

— Imagino que não queira vir comigo até o centro para remarcar a sua audiência no tribunal, não é?

Ele fixou o olhar na minha pasta.

— É isso que usa como bolsa?

Ai, ai.

— Não. Uso isso para documentos. Coisas chatas. Vou mostrar para você.

Ele segurou a alça e arrancou a bolsa do meu ombro antes que eu pudesse achar meu spray de pimenta.

— Ei... Devolve a minha pasta!

Ele me encarou de cima para baixo.

— Vá embora, senão bato em você.
— Não posso ir embora. As chaves do meu carro estão na bolsa.

Os olhos dele brilharam.

— Um carro seria bom. Estou com fome e não tem nada para comer em casa.

Tentei pegar a bolsa, e ele me espanou para longe.

– Dou uma carona até o Cluck-in-a-Bucket – eu disse.

Ele fechou a porta da casa e desceu da varanda.

– Não preciso de você. Agora eu tenho um carro.

Corri atrás dele e me pendurei na sua camiseta.

– Socorro! – berrei. – Polícia!

Ele me empurrou, enfiou-se atrás do volante e o carro gemeu com o peso. Ligou o motor e foi embora.

– Isso é roubo de carro, senhor! – gritei da rua. – Está metido numa encrenca séria!

Vi Buggy desaparecer quando virou a esquina. Deixei passar um tempo, depois acabei cedendo e liguei para o Ranger.

– Onde você está? – perguntei.

– Estou na Rangeman.

Rangeman era a empresa de segurança da qual ele era sócio. Ficava num prédio discreto no centro de Trenton, cheio de equipamento de alta tecnologia e homens grandes e fortes que usavam o uniforme preto da Rangeman. Ranger tinha um apartamento particular no sétimo andar.

– Um grandalhão retardado roubou o meu carro – disse para Ranger. – E está com a minha bolsa. E ele não compareceu à audiência da fiança.

– Não tem problema. Estamos com o seu carro na tela.

Ranger tinha o hábito de instalar aparelhos rastreadores nos meus carros quando eu não estava olhando. No início, achei essa invasão de privacidade intolerável, mas com o passar dos anos acabei me acostumando e às vezes é até útil... Como agora.

– Vou mandar alguém lá pegar o seu carro – disse Ranger. – O que você quer que a gente faça com o grandalhão bobão?

– Que tal se você algemá-lo, enfiá-lo no banco de trás e levá-lo para o ônibus da agência de fiança? Eu assumo a partir daí.

– E você?

– Estou bem. Lula está vindo me pegar.

– Querida – disse Ranger, e desligou.

Muito bem, então eu menti para Ranger sobre Lula. O fato é que não queria ficar cara a cara com ele. Especialmente porque parecia um pouco exasperado. Olhei para o meu anular sem aliança, fiz uma careta e liguei para Lula.

QUATRO

—Você fraquejou no Havaí – disse Lula. – Perdeu sua malandragem. É isso que acontece quando sai de férias e faz o que quer que seja que tenha feito. O que, aliás, eu nem estou mais ligando. Lula tinha ido me pegar na casa do Buggy e estávamos a caminho do escritório de fiança.

– Eu não fraquejei no Havaí. *Nunca* fui malandra.

– A malandragem pode ser verdade, mas você foi atrás de dois bandidos agora e os dois te passaram a perna. Por isso achei que talvez fosse por conta do que está te distraindo, seja lá o que for. Não que queira saber o que é. E observe como sou boa amiga, porque, apesar de você não querer confiar em mim, eu interrompi o meu sono para salvar você.

– Não estou distraída. Pode atribuir as duas passadas de perna à pura incompetência.

– Ora, ora, se você não é a Madame Autocrítica. Posso cuidar disso. Você precisa de um doce.

– Eu preciso mais do que de um doce.

– O quê, franguinha? Batata frita? Quem sabe um daqueles gigantescos hambúrgueres de um quilo com bacon?

– Não estava falando de comida – disse para Lula. – Não se pode resolver todos os problemas com comida.

– Desde quando?

– Ando pensando em ter aulas de autodefesa. Talvez aprender kickboxing.

– Eu não preciso de nenhuma aula de autodefesa – retrucou Lula. – Conto com meus instintos animais para acabar com a raça de qualquer infeliz que me ataque.

Isso nem sempre funcionava para mim. Eu não era tão boa assim nesse negócio de acabar com a raça das pessoas. Meu instinto de luta ou fuga tendia mais para a fuga.

– Agora que interrompi a minha soneca, estou disposta a ir atrás do maior – disse Lula. – Quero pegar a Joyce. Onde ela mora? Ainda está naquela casa colonial do tamanho de um hotel perto do Vinnie?

– Não. O contrato de fiança diz que ela mora na rua Stiller, em Hamilton Township.

Até onde eu sei, Joyce está solteira no momento. Mas isso pode ser notícia antiga. É difícil acompanhar o ritmo da Joyce. Ela é uma divorciada em série, galga os degraus da escada matrimonial, joga na sarjeta os maridos usados enquanto negocia acordos lucrativos. Saiu do último casamento com uma renda líquida de um Mercedes E e a metade de uma casa de um milhão e meio de dólares. Corre por aí que o marido ficou com um porquinho-da-índia.

Podia muito bem dar uma espiada na casa da Joyce, pensei. Dar um pulo em Hamilton Township, e, quando voltar, torcer para meu carro estar estacionado atrás do ônibus da firma.

Vinte minutos depois, estávamos rodando na Stiller.

– Esse conjunto de casas é novo em folha – disse Lula. – Eu nem sabia que estavam aí. Semana passada isso era um milharal.

O conjunto de casas tinha o nome de Mercado Mews, e além de novo em folha, parecia também muito caro. Joyce morava numa casa de final de rua com garagem para dois carros. Tudo parecia novo e de bom gosto. Não havia atividade em lugar nenhum. Nenhum carro parado na rua. Nenhum trânsito. Ninguém cuidando dos arbustos de azaleias. Ninguém passeando com o cachorro, nem empurrando um carrinho de bebê.

– Está me parecendo que muitas dessas casas ainda não foram vendidas – disse Lula. – Elas parecem vazias. E é claro que a casa da Joyce também parece vazia.

De acordo com as anotações da ficha, Connie ligava todos os dias, duas vezes por dia, desde o dia em que Joyce sumiu. Ligava para o celular e para o fixo e ninguém respondia.

Lula encostou no meio-fio, fomos até a porta e apertamos a campainha. Ninguém atendeu. Ela pisou no canteiro de flores e espiou pela janela da frente.

– Tem móveis lá dentro, mas nada da Joyce que eu possa ver – disse Lula. – Está tudo arrumado e limpo. Não há corpos no chão.

– Vamos espiar nos fundos.

Demos a volta na casa e descobrimos que o quintal tinha uma cerca de madeira de dois metros de altura. Experimentei o portão na cerca. Trancado.

– Você vai ter de arrombar – disse Lula. – Eu faria isso, mas estou com os meus maravilhosos sapatos Via Spiga.

Já tínhamos feito isso muitas e muitas vezes. Lula estava sempre usando os sapatos errados, e eu era incompetente.

– Anda logo – disse Lula. – Chuta.

Dei um chute fraco.

– Isso é chute de fresca – disse Lula. – Ponha força nisso.

Chutei com mais força.

– Hunh. Você não sabe grande coisa de chutar portas.

Não era brincadeira. Nós passávamos por isso pelo menos uma vez por semana e a coisa já estava ficando batida. Talvez eu não precisasse de aulas de kickboxing. Talvez eu precisasse é de um novo emprego.

– Uma de nós vai ter de pular a cerca – disse Lula.

Olhei para o topo da cerca. Dois metros. Nenhuma de nós era exatamente o Homem-Aranha.

– Quem segura e quem pula? – perguntei para ela.

– Eu seguro, mas acabei de fazer as unhas. E notei que você não fez nada nas suas. A única coisa notável nas suas mãos é o risco branco no lugar da aliança, que não pegou sol e que eu não quero saber.

– Tudo bem, ótimo. Eu seguro, mas você vai ter de tirar os Via Spiga. Não quero ser empalada por um salto agulha.

Lula tirou os sapatos e jogou no jardim de Joyce por cima da cerca.

– Muito bem, estou pronta. Dê impulso.

Tentei dar apoio, mas não consegui tirar Lula do chão.

– Você vai ter de subir nos meus ombros – eu disse.

Lula botou o pé direito na minha coxa, subiu e passou a perna esquerda por cima do meu ombro. Sua saia de stretch subiu até a cintura e o biquíni de tigre se perdeu nas dobras escuras e profundas de sua voluptuosidade.

– Ah, não – ela disse.

– Que ah, não? Não gosto de ouvir ah, não.

– Estou presa. Você tem de botar a mão na minha bunda e dar um empurrão.

– Não vai rolar.

Ela enroscou os braços na minha cabeça para não escorregar e se jogou para trás. Uamp!

– Está tudo bem aí? – perguntei.

– É difícil dizer com você em cima de mim. Acho que vou precisar de um minuto.

Nós duas nos levantamos e avaliamos a situação.

– Meus Via Spiga estão do lado errado da cerca – disse Lula, arrumando a saia. – Não vou perder esses sapatos de jeito nenhum.

Ela tirou sua Glock de dentro da bolsa e deu cinco tiros na fechadura do portão da cerca.

— Caramba! — eu disse. — Não pode fazer isso. Essa barulheira. Todo mundo deve estar chamando a polícia agora.

— Não tem todo mundo — disse Lula. — Isto aqui é uma cidade fantasma.

Ela experimentou o portão, mas continuava trancado.

— Hunh — disse ela. — Talvez dê para cavar por baixo da cerca.

— Você trouxe uma pá?

— Não.

— Então vai ter de decidir entre as suas unhas feitas e os seus sapatos — comentei.

— Você pula — disse Lula.

Ela me botou no topo da cerca, fiquei pendurada um segundo, passei uma perna para o outro lado, depois a outra, e consegui cair sem fraturar nada. Abri o portão, Lula entrou e espiamos pelas janelas dos fundos. A mesma coisa. Joyce não estava à vista. Porta dos fundos trancada.

— Posso nos botar lá dentro — disse Lula. — Posso sofrer um acidente com uma dessas janelas dos fundos.

— Não! Nada de janelas quebradas. E chega de atirar em portas. Posso pedir para Ranger me botar aí dentro.

— Aposto que pode — disse Lula. — Não que seja da minha conta, nem que eu me importe de saber o que está havendo entre você e o Sr. Misterioso. Mas é claro que, se você estiver morrendo de vontade de contar para mim, acho que terei de ouvir.

— A única coisa que estou morrendo de vontade de fazer é dar o fora daqui.

Destrancamos o portão pelo lado de dentro, voltamos para o Firebird de Lula e ela me levou de volta para o escritório.

— Parece que Ranger mandou lavar o seu carro — disse Lula, admirando o RAV4 parado atrás do ônibus. — Não me lembro de tê-lo visto tão limpo. Ranger é como um faz-tudo. Ele livra o seu carro de ser roubado e o devolve melhorado. Estou imaginando que você deve tê-lo deixado muito feliz no Havaí. Não que eu me importe de saber. Estou só arriscando.

Foi mais que deixá-lo feliz, depois não e depois sim. E aí a merda foi parar no ventilador.

— Ele é apenas um cara limpo — eu disse a Lula.

— É, deu para ver isso.

Lula foi embora e eu fui para o meu carro. Tinham deixado a porta do motorista destrancada. A chave estava embaixo do tapete. Não havia nenhum Big Buggy no banco de trás.

Digitei o número do Ranger no meu celular.

— Obrigada — eu disse. — Você deu uma geral no meu carro?

— Havia um problema de sangue no seu painel, por isso Hal levou para o lava a jato.

— Ai, meu Deus.

— Nada sério. Bugkowski escorregou quando resistiu à prisão e arrebentou a cara no seu carro.

— Onde ele está agora?

— Bugkowski berrava feito uma menininha e estava atraindo uma multidão, e Hal não tinha os papéis para justificar uma captura, portanto teve de deixá-lo ir.

— O Hal pegou a minha pasta a tiracolo?

— Pegou. E trouxe para cá, para a Rangeman. Não quis deixar no carro destrancado.

— Será que você podia enviar para mim pelo correio? — perguntei.

Eu não estava nada preparada para vê-lo mesmo.

— Você pode fugir, mas não pode se esconder — disse Ranger.

Verdade. Desliguei e fui para casa. Parei no supermercado e enchi o carrinho até a metade de compras, quando lembrei que estava sem dinheiro, sem cartões de crédito, sem minha identida-

de. Estava tudo na minha pasta a tiracolo... Com o Ranger. Droga! Devolvi as compras e liguei para o Morelli do carro.
— É sobre hoje à noite — eu disse. — Vai ter jantar?
— Só se você quiser comer à meia-noite.
— Você está me evitando?
— Não sou tão inteligente assim — disse Morelli.
Fiquei muito tempo revendo minhas opções atuais depois que Morelli desligou. Podia ir de carro até a Rangeman para pegar minha pasta com Ranger. Podia ir para casa e partilhar um biscoito com o Rex. Podia filar o jantar da minha mãe.
Vinte minutos depois, estava na casa dos meus pais e vovó se apressava a pôr mais um prato na mesa para mim. Minha mãe tinha feito minestrone aquela manhã, e isso queria dizer que haveria também um antepasto, pão da padaria e arroz-doce com biscoitos italianos.
— A mesa está posta para quatro — eu disse para vovó. — Quem vem para jantar?
— Uma senhora muito interessante que conheci semana passada. Entrei para um grupo de jogadores de boliche e ela está na minha equipe. Você vai gostar de conversar com ela. É uma espécie de conselheira de relacionamentos.
— Eu não sabia que você jogava boliche.
— Acontece que é fácil. Você só precisa jogar a bola na pista. Deram uma camiseta e tudo. Nós somos a DCB. Damas com Bolas.
Meu pai assistia à televisão na sala de estar. Farfalhou o jornal e resmungou alguma coisa sobre mulheres estragando o boliche. Ele estava assistindo ao jornal nacional quando um boletim mostrou a imagem de um homem encontrado morto no aeroporto internacional de Los Angeles. Tinha sido golpeado com um instrumento rombudo, teve o pescoço cortado e o enfiaram numa lata de lixo.
Ugh. Como se isso não fosse bastante terrível, eu tinha certeza de que era o cara sentado ao meu lado na primeira perna da via-

gem de volta do Havaí. Conversei rapidamente com ele no início, mas dormi o resto da viagem. Fiquei surpresa de ver a poltrona dele vazia quando reembarcamos. Tinha a impressão de que ele ia até Newark. Acho que aquilo explicava a ausência dele.

Tocaram a campainha. Vovó correu para abrir a porta e entrou na sala de estar com uma mulher simpática, sorridente, gorducha, de cabelo castanho, que usava uma camiseta de boliche da DCB.

– Esta é Annie Hart – ela disse. – A melhor jogadora de boliche que temos. Nossa carta na manga.

Eu conhecia Annie Hart. Estive envolvida num fiasco de Dia dos Namorados com ela um tempo atrás e não a vi mais desde então. Era uma mulher muito simpática que vivia no mundo de Bob e acreditava piamente ser a reencarnação de Cupido. Oi, quero dizer, quem sou eu para falar, mas parecia improvável.

– Que maravilha vê-la de novo, querida – disse-me Annie. – Penso em você de vez em quando e me pergunto se já resolveu seu dilema romântico.

– Já. Está tudo resolvido.

– Ela se casou no Havaí – vovó contou para Annie.

Meu pai levantou da poltrona de um pulo.

– O quê?

– Teve aliança e tudo – disse vovó.

Meu pai arregalou os olhos.

– Isso é verdade? Por que ninguém me contou? Não me contam nada por aqui.

– Olhem só – eu disse e levantei a mão. – Não estou de aliança. Se fosse casada, usaria uma, certo?

– Você tem uma marca de aliança – disse vovó. – Claro que pode haver outras explicações. Você podia estar com vitiligo, como Michael Jackson. Lembra quando ele virou branco?

Minha mãe pôs duas bandejas na mesa da sala de jantar.

— Tenho o antepasto — disse ela. — E uma garrafa de tinto aberta.

Meu pai foi para a mesa balançando a cabeça.

— Vitiligo — disse ele. — Qual será a próxima?

— Annie está ajudando Lorraine Farnsworth com a vida amorosa dela — disse vovó, enfiando o garfo numa fatia de queijo e presunto.

Minha mãe virou para Annie.

— Lorraine tem noventa e um anos de idade.

— Sim — disse Annie. — É hora dela tomar uma decisão. Namora Arnie Milhauser há cinquenta e três anos. Talvez seja hora de seguir em frente.

Meu pai estava de cabeça baixa sobre o antepasto.

— O único lugar para onde ela tem de seguir é o cemitério.

— Ela está muito bem para a idade — comentou vovó. — Claro que manda umas bolas fora, mas que diabo, quem não manda?

— Ela está melhor agora que conseguimos tubos mais compridos para seu cilindro de oxigênio — disse Annie.

Vovó fez que sim com a cabeça.

— É, isso ajudou. Antes, era mantida com rédeas curtas.

Meu celular estava preso à cintura da minha calça jeans e soou avisando recebimento de uma mensagem de texto. "Precisamos falar com você. É urgente. Venha aqui para fora." Estava assinado FBI.

Respondi em mensagem: não.

A mensagem seguinte foi: venha para fora, senão nós vamos entrar.

Eu me afastei da mesa.

— Volto logo. Tenho de ir lá fora um instante.

— Deve ser para soltar um traque — disse vovó para Annie. — Era sempre por isso que eu ia lá fora.

Minha mãe esvaziou o copo de vinho e se serviu de mais.

Fui até a porta da frente e vi que eram os falsos agentes do FBI. Estavam parados na calçada, em frente a um Lincoln preto. O maior dos dois, Lance Lancer, fez sinal para eu me aproximar.

Balancei a cabeça indicando que não. Ele pegou seu distintivo, estendeu o braço para me mostrar e curvou o indicador para eu ir até ele. Balancei a cabeça de novo.

– O que vocês querem? – gritei.

– Queremos conversar com você. Venha aqui.

– Afastem-se do carro. Encontro vocês na metade do caminho.

– Somos do FBI. Você tem de vir até aqui – disse Lancer.

– Vocês não são do FBI. Eu verifiquei. Além do mais, o FBI não anda por aí num enorme Lincoln Town Car preto.

– Talvez tenhamos confiscado o carro – disse Lancer.

– O que vocês querem? – perguntei para ele.

– Já disse que queremos conversar, e não posso ficar aqui berrando. É confidencial.

Saí da casa e fui para a calçada.

– Encontro vocês no meio do caminho – repeti.

Lancer resmungou alguma coisa para Slasher e os dois marcharam até onde eu estava.

– Queremos a fotografia que você pegou no avião – disse Lancer. – Coisas ruins vão acontecer se não nos entregar.

– Já disse que não tenho essa foto.

– Não acreditamos em você. Achamos que está mentindo – disse Lancer.

Deus do céu. Como se as férias não tivessem sido bastante desastrosas, agora eu estava metida em Deus sabe o quê.

– Não está comigo. Não estou mentindo. Vão embora, perturbar outra pessoa.

Lancer arregalou os olhos.

– Pegue ela! – ele disse.

Dei meia-volta e pulei para longe, mas um deles conseguiu segurar a minha blusa. Fui puxada para trás esperneando e arranhando. Houve muito palavrão e tentativas inúteis de tapas e socos, mas num dado momento meu pé acertou as bolas de Slasher. A cara dele ficou vermelha na mesma hora e depois completamente branca. Ele dobrou o corpo com as mãos na virilha e caiu em posição fetal. Corri para dentro da casa dos meus pais, tranquei a porta e espiei pela janela. Lancer estava arrastando o parceiro para o Lincoln.

Endireitei a blusa e voltei para a mesa de jantar.

– Está se sentindo melhor? – perguntou vovó.

– Estou. Está tudo ótimo.

– Sua digestão vai melhorar quando resolvermos seus problemas amorosos – disse Annie.

Pequenas campainhas de alarme dispararam em minha cabeça e fiquei de cabelo em pé. "Resolvermos"? Ela disse "resolvermos"? Eu já tinha problema suficiente com os homens da minha vida sem Annie se meter. Annie era um amor de pessoa, mas estava poucos passos atrás da vovó Bella de Morelli no concurso anual de doidos varridos.

– Eu não tenho nenhum problema amoroso, verdade. Está tudo ótimo.

– Claro que está – disse Annie, e piscou para mim.

– Detesto apressar todo mundo, mas temos de ir – disse vovó.

– O boliche começa às sete e temos de chegar lá cedo, senão todos os sapatos bons desaparecem e ficam só os cheios de fungos. Vou comprar sapatos de boliche para mim, mas tenho de esperar o dinheiro do seguro social.

Comer depressa nunca foi problema. Meu pai não perde minutos desnecessários com processos orgânicos. Toma a sopa toda pelando de quente, repete, seca o prato com casca de pão e espera seguir imediatamente para a sobremesa. Essa abordagem objetiva da refeição faz com que ele volte para a frente da televisão em tempo recorde e economize o tempo que tem de passar se desligando da vovó.

– Hoje estava conversando com a Sra. Kulicki na padaria e ela disse que soube que Joyce Barnhardt tinha se metido em alguma encrenca séria e que foi compactada no ferro-velho – disse vovó, pegando um biscoito de amêndoas.

– Que horror – disse minha mãe. – Como é que a Sra. Kulicki soube de uma coisa dessas? Eu não ouvi nada a respeito disso.

Vovó molhou o biscoito no café.

– O filho da Sra. Kulicki trabalha no ferro-velho e foi ele que contou.

Seria terrível se fosse verdade. Era um saco recuperar dinheiro de fiança de um morto que não tinha ido ao tribunal. Especialmente quando o corpo estava amalgamado com o para-choque de um SUV. Além do mais, acho que ia sentir falta da Joyce, de um modo pervertido, meio doentio.

Depois que vovó e Annie saíram, ajudei minha mãe a lavar a louça e passei alguns minutos assistindo à televisão com meu pai. Ninguém mencionou alianças nem casamento. Minha família resolve problemas com silêncio e bolo de carne. Nossa filosofia é que, se ninguém falar de um problema, é capaz de desaparecer. E, se não desaparece, há sempre o bolo de carne, macarrão de forno, frango assado, bolo de abacaxi de cabeça para baixo, massas, batatas ou mortadela no pão branco para distrair de coisas desagradáveis.

Minha mãe me deu para levar para casa um saco de biscoitos, duzentos e cinquenta gramas de presunto, provolone e uma bisnaga. Quando vamos comer na casa dela, sempre saímos de lá com alguma coisa em um saco.

Parei na entrada do estacionamento do meu prédio e examinei tudo rapidamente. Não havia nenhum Lincoln Town Car preto à vista e tinha certeza de que ninguém havia me seguido. Então, achei que era seguro ir para o meu apartamento. Subi pela escada, fui pelo corredor do segundo andar e colei o ouvido na porta. Silêncio. Abri a porta e espiei lá dentro. Não vi nenhum falso policial do FBI de tocaia na minha cozinha. O mais provável era que Slasher estivesse sentado em algum lugar com uma bolsa de gelo nas partes privadas. Meu chute tinha sido bom. Imaginem quanto dano eu poderia ter causado se soubesse mesmo o que estava fazendo.

Dei para o Rex parte de um biscoito, fui para o meu computador e pesquisei se havia alguma notícia do homem assassinado no aeroporto de Los Angeles. O nome dele era Richard Crick. Cinquenta e seis anos de idade. Cirurgião. Tinha consultório em Princeton. Estava no Havaí participando de uma conferência profissional. A polícia especulava que tinha sido um assalto frustrado.

Eu suspeitava de outra coisa. Crick tinha uma coisa de valor... a fotografia. Por algum motivo, ele botou a fotografia do homem na minha bolsa enquanto eu dormia. E depois pode ter me dedurado antes de morrer, ou então algumas pessoas chegaram a essa conclusão. Eu não tinha ideia do significado daquela fotografia, nem queria saber.

Botei Crick em um dos programas de pesquisa da firma de fiança e vi a informação aparecer. Tinha sido médico do Exército por dez anos. Três no Afeganistão. Três na Alemanha. O resto nos Estados Unidos. Montou o consultório particular quando saiu do Exército. Era divorciado. Tinha dois filhos adultos. Um morava em Michigan, o outro na Carolina do Norte. Completamente limpo até um ano e meio atrás, quando sofreu um processo por erro médico num caso de óbito. Até onde pude ver, o processo ainda estava pendente. Ele era proprietário de uma casa em Mill

Town. A última avaliação foi de trezentos e cinquenta mil dólares. Devia cento e setenta e cinco mil de financiamento. Dirigia um Accord de dois anos. Nenhum outro processo. Nenhuma dívida. Não constava de nenhuma lista de mau pagador. Resumindo, um cara bem sem graça.

Não serviria para nada invadir a casa e o consultório dele para dar uma espiada. Eu tinha chegado tarde nesse jogo. Os falsos agentes do FBI, os verdadeiros, a polícia municipal, empregados e parentes já deviam ter vasculhado tudo.

Liguei a televisão com o controle remoto e dei uma zapeada pelos canais. Acabei parando no Food Channel. Dormi no meio de um espacial do Food Truck e só acordei às onze e meia. Verifiquei se havia mensagens no celular, não tinha nenhuma e fui para a cama.

CINCO

Acordei desorientada. O quarto estava escuro. Um alarme tocava. Eu estava ao lado de um corpo quente. Morelli. Ele estendeu o braço por cima de mim e desligou o alarme, que era do celular dele.
– Qual é? – perguntei. – Que horas são?
– São cinco horas. Preciso ir. Instruções logo cedo. E tenho de passar em casa para alimentar o Bob antes de ir para o trabalho.
– Quando foi que você chegou aqui?
– Por volta da meia-noite. Você estava dormindo.
– E você simplesmente se enfiou embaixo das cobertas? Pensei que fôssemos falar de problemas.
Ele desceu da cama.
– Eu estava cansado. Assim, foi fácil.
– Fácil? – ergui o corpo apoiada no cotovelo. – Desculpe, mas... fácil?
– É, não ter de conversar com você.
Ele chutava no escuro, pegando a roupa do chão.
– Essa cueca é minha, certo?
– De quem mais seria?
– Podia ser de qualquer um – disse Morelli.
Rolei os olhos nas órbitas e acendi a lâmpada de cabeceira.
– Isso ajuda?
Ele vestiu a calça jeans.
– Obrigado.
Com o quarto parcialmente iluminado, pude ver o curativo no nariz de Morelli e o olho preto. A briga no Havaí tinha sido violen-

ta, mas curta, aterradora de ver e irritante demais de lembrar. Ranger precisou de sete pontos para fechar o corte embaixo do olho e fraturou a mão quando repaginou a cara do Morelli.

– Como está o seu nariz? – perguntei a Morelli.
– Melhor. O inchaço está diminuindo.
– Aquela briga foi horrível!
– Já estive em brigas piores.

Eu sabia que isso era verdade. Morelli teve uma época muito violenta.

Sentei e me cobri com o cobertor.

– Tive medo de que vocês dois se matassem.
– Eu estava tentando – disse Morelli, sentado na minha poltrona, calçando as meias. – Não esqueça que vai conversar com o Berger hoje. E não o provoque. Ele pode criar problema para você, se quiser.

Ele chegou até a cama e me beijou de leve.

– Vou tentar sair mais cedo hoje à noite.
– Talvez eu saia com a Lula.

Ele pegou a arma na mesa de cabeceira e a prendeu ao cinto.

– E não me provoque também. Ando de pavio curto esses dias.

Ai, ai, ai, as minhas encomendas...

Fiquei agitada na cama umas duas horas, querendo dormir de novo, mas não consegui. Acabei me levantando por volta de oito horas e saí do apartamento mais ou menos às nove. Minha ideia era parar no ônibus-escritório antes de ir para o FBI.

O trânsito estava lento na Hamilton, e vi o motivo do engarrafamento quando estava a meio quarteirão do ônibus. O ônibus não existia mais. Dois cones cor de laranja marcavam a área da destruição. Depois dos cones estava o cadáver fumegante e carbonizado de metal retorcido e a mobília queimada e fedida do que costumava ser o ônibus da firma. Parei do outro lado da rua, atrás do Cadillac do Vinnie, do Firebird de Lula e do Hyundai da Connie. A ausência da Mercedes de DeAngelo era óbvia. Vinnie, Lula e Connie estavam na calçada, de olhos vidrados, olhando sem ver para os destroços.

— Estou achando que foi um raio — disse Lula. — Isso aqui parece um desastre natural. Estou achando que o raio partiu do ventilador lá dentro, serpenteou até encontrar o micro-ondas e aí explodiu.

— Não havia raios ontem à noite — disse Connie. — Não chove há dias.

— Bem, então minha próxima teoria é que foi terrorismo — disse Lula. — Uma explosão suicida.

— Por que um suicida ia explodir o ônibus da firma? — perguntou Connie.

— Eles não precisam de motivo — retrucou Lula. — Simplesmente andam por aí com bombas enfiadas no rabo, e quando sentem vontade de apertar o botão — CABUM —, entranhas de terrorista por todo lado. Um deles pode ter passado pelo ônibus e sentido o cheiro das rosquinhas, por isso entrou e comeu uma, depois se explodiu.

Eu tinha quase certeza de que a destruição do ônibus não era obra de terrorista. Tinha quase certeza de que tinha sido DeAngelo, e sabia que Connie pensava a mesma coisa. Nenhuma de nós ia falar nada porque não queríamos provocar um ataque e berros de Vinnie. Mesmo que parecesse improvável, já que no momento ele estava a um segundo de entrar em coma.

— Terrorista — disse Vinnie. — É, faz sentido.

— Lucille deve ter dado um Valium para ele hoje de manhã — eu disse para Connie.

Connie olhou para Vinnie.

— Ele está aqui desde às três da madrugada. Está tão assado quanto o ônibus.

– Podemos continuar funcionando? – perguntei para ela.

– Podemos. Perdemos o ônibus e pouca coisa além disso. Estive trabalhando no meu laptop e continua funcionando para mim. Perdemos muitos arquivos no incêndio que acabou com o escritório original, mas não perdemos nada com esse incêndio. Agora é tudo eletrônico.

Olhei para Lula. Ela estava de preto. Botas de vaqueiro pretas de pele de lagarto artificial, calça jeans preta que parecia pintada nela, camiseta preta com um acre de peito espremido para fora. Cabelo cor-de-rosa.

Fiquei curiosa:

– Por que preto? – quis saber. – Você nunca se veste toda de preto.

– Eu te disse ontem, estou ficando séria. Não levo mais esse trabalho na flauta. Estou incorporando meu Ranger interior e usando preto como ele. Concluí que ele acertou com esse negócio de preto.

– Ele usa preto para não ter de combinar os pés de meia de manhã.

– Está vendo? É isso que estou dizendo. É questão de ser eficiente. De completar o trabalho. Wham. Esse vai ser meu novo lema. Wham. Agora que estou de preto, estou achando que posso pegar Joyce Barnhardt. Sem problema.

– Pode não ser tão fácil – eu disse. – Corre um boato de que Barnhardt foi compactada.

– Que droga! – disse Lula. – Isso acaba com a diversão de capturá-la.

– Ouvi o mesmo boato – disse Connie.

– Que pena – disse Lula. – Eu estava pronta para agarrar a Barnhardt. Estava pronta para wham a Joyce.

– Preciso falar com dois caras no centro esta manhã – disse para Lula. – Não devo demorar. Pego você quando terminar e vamos para o ferro-velho.

– Já que não temos mais o ônibus-escritório, estarei na coffee shop – disse Lula. – Estou pensando em comer um daqueles bolinhos de canela. O que o Ranger comeria?

– Ele pediria meio bagel com um pouco de requeijão e salmão defumado.

Lula balançou a cabeça.

– Aquele homem não sabe grande coisa de comida.

SEIS

Saí da cena do incêndio, desci a Hamilton e avistei quem me seguia quando entrei na Broad. Lincoln preto dois carros atrás de mim. O mais provável é que tenham me seguido desde a hora em que saí do apartamento e que eu não estava prestando atenção. O FBI tinha salas num prédio no centro da cidade. Havia um estacionamento subterrâneo, mas preferi não usar. Mesmo quando as câmeras de segurança estavam ligadas, eu me sentia vulnerável em uma garagem de prédio. Achei uma vaga na rua a um quarteirão dali, tranquei o carro e fui a pé até o prédio do FBI. Acenei para o Lincoln quando ele passou, mas ninguém acenou de volta, nem tocou a buzina. Acho que Lancer e Slasher estavam ocupados pensando num novo disfarce, já que o FBI estava obviamente fora de questão.

A sala do Berger ficava no sexto andar. Ele tinha um pequeno cubículo com uma mesa e duas cadeiras. Imaginei que Gooley tivesse um cubículo idêntico em algum lugar daquele salão enorme, cheio de cubículos.

– Você trouxe a foto? – perguntou Berger.

Sentei em uma das cadeiras.

– A foto não está comigo.

Berger deu um suspiro.

– Você teve a foto em algum momento?

– Tive. Descobri quando cheguei em casa. Não tinha ideia de como foi parar na minha bolsa, nem de quem era. Não havia nada escrito nela. Não tinha nome nem endereço. Imaginei que tinha pegado por engano quando comprei revistas para ler no avião. Por isso joguei fora.

– Alguma possibilidade de recuperá-la?

– Não. Eu tentei. Já tinham pegado a lata de lixo.

– Era de um homem ou de uma mulher? – perguntou Berger.

– Você não sabe?

Ele balançou a cabeça.

– Até onde eu sei, só uma pessoa conhecia a identidade de quem está na foto e essa pessoa está morta.

– Por acaso essa pessoa era Richard Crick, o médico que foi enfiado na lata de lixo no aeroporto de Los Angeles?

– Bingo.

– Era uma foto de um homem parado numa esquina – eu disse para Berger. – Casual. Sem posar. Completamente comum. Nenhum piercing, nem tatuagem. Só um cara bonitão. Devia ter uns quarenta anos de idade. Cabelo curto, castanho. Pele clara. Usava um terno escuro.

– Você reconheceu a esquina?

– Não. Podia ser em qualquer lugar. Parecia ter um prédio comercial ao fundo. Nenhuma árvore ou arbusto, de modo que não dava para saber se era no Havaí, no Oregon ou em Nova York.

– Você reconheceria esse cara se o visse de novo?

– Difícil dizer. Talvez. Não prestei muita atenção à foto.

– Quero que você trabalhe junto com um desenhista – disse Berger. – A essa altura, qualquer coisa é melhor do que nada.

– Será que eu quero saber por que essa foto é tão importante?

– Não. Nem eu sei. E não quero saber. Alguma coisa a ver com a segurança nacional.

– Estou sendo assediada por dois homens que se fazem passar por agentes do FBI. Morelli botou os dois no sistema e eles não são do bureau.

– Americanos?
– Sim.
– É possível que encontre também alguns estrangeiros fuçando por aí – disse Berger.
– Maravilha. E o que eu devo fazer com essa gente?
– Não deixe que cheguem muito perto. Imagino que alguns deles devem ser uns animais.
– Vocês não deviam me proteger?
– Proteção foi cortada do orçamento. Volte amanhã, à mesma hora. Terei um legista desenhista aqui. Vamos ver se você pode nos dar alguma coisa útil.

Saí do prédio e encontrei Ranger encostado no meu carro, de braços cruzados, sem expressão, numa pose tranquila. Minha pasta pendia do seu ombro. Ele tinha um Band-Aid cobrindo os pontos embaixo do olho. O Band-Aid era mais claro do que a pele dele. Ranger era descendente de cubanos e tinha aparência latina. Era poliglota, ambidestro e malandro de rua. Tinha sido membro das Forças Especiais. Tinha a minha idade. Estava mais para felino da selva do que para um golden retriever.

– Você está dirigindo sem carteira e provavelmente sem dinheiro e sem cartões de crédito – disse Ranger.

– Parecia o menor dos males.

Ele moveu um pouco o canto da boca, como se estivesse pensando em sorrir.

– Está dizendo que eu sou mau?

Ranger brincava comigo. Era difícil definir se isso era bom ou ruim.

– Estou dizendo que não sei para onde estou indo com você – eu disse.

– Quer que eu dê algumas sugestões?

– Não! Você deu sugestões demais no Havaí.

— E você também deu algumas — ele disse, e olhou para a minha mão. — Você ainda está com a minha marca no dedo. Não é legal como uma aliança de casamento, mas qualifica uma boa diversão.

— Essa marca de aliança lhe deu sete pontos e um osso quebrado na mão.

— Pelo menos o Morelli luta limpo.

— O que quer dizer isso?

— Querida, você detonou seu taser na minha nuca.

— É, e não foi fácil com vocês dois rolando no chão, dando porrada um no outro.

Na verdade eu tinha nocauteado os dois, algemado enquanto estavam imobilizados e levado para o pronto-socorro. Depois troquei minha passagem de avião por um voo que saía mais cedo, liguei para Lula e parti antes que acabassem de costurar e de fazer os curativos nos dois. Além de querer botar distância entre nós, achei mais inteligente sair da ilha antes de ser acusada de uso ilegal de arma ilegal. Às vezes existe uma linha muito tênue entre um ato de covardia e uma decisão brilhante, e a minha decisão brilhante foi sair de Honolulu e deixar a arma de choque por lá.

Ranger passou a pasta do ombro dele para o meu, puxou-me para perto e me deu um beijo com vontade.

— Avise se os caras que estão te seguindo no Lincoln incomodarem demais — ele disse, e abriu a porta do meu carro.

Não tinha por que perguntar como é que Ranger sabia do Lincoln. Ranger sabe praticamente de tudo.

Deslizei para trás do volante do RAV4, engrenei a marcha e segui para o café. Lula e Connie estavam sentadas a uma mesa perto da janela da frente. Connie trabalhava no seu laptop, e Lula bebia café, folheando uma revista.

— Esse é o novo escritório? — perguntei para Connie.

— Até aparecer coisa melhor. DeAngelo diz que o prédio vai ficar pronto daqui a três semanas. É difícil acreditar.

— Ele disse isso antes ou depois de incendiar o ônibus? — perguntei.

— Depois. Acabei de falar com ele.

Lula levantou a cabeça.

— Você acha que foi DeAngelo que incendiou o ônibus?

— É uma teoria — eu disse.

Peguei um frappuccino e um biscoito grande e sugeri para Lula que fôssemos para o ferro-velho para checar o boato sobre a Joyce.

— É difícil acreditar que a Joyce está morta — disse Lula. — Ela é ruim demais para morrer. Seria como matar o diabo. Entende o que eu quero dizer? Aposto que é difícil à beça matar o diabo.

Entramos no Firebird, Lula atravessou a cidade e acelerou na rua Stark, passou pelas lojinhas Mom-and-Pop, mercadinhos, bares e lojas de penhores. Os pequenos mercados e as lojas de penhores deram lugar a casas de crack, saneamento do Terceiro Mundo e gente de olhar vazio sentada nas varandas. As casas de crack foram substituídas por favelas incendiadas e infestadas de ratos na terra de ninguém onde só existiam os malucos e os mais desesperados. E o ferro-velho apareceu feito fortaleza desafiadora, uma montanha de metal pesado e fibra de vidro descartada, depois da terra de ninguém.

Lula parou o carro dentro do terreno do ferro-velho e procurou medir a distância do enorme ímã que içava os carros e levava para o compactador.

— É melhor que não tenham uma ideia errada com o meu Firebird — disse ela.

— É, mas se essa gente fosse inteligente, não estaria trabalhando num ferro-velho no fim do mundo.

Ali não havia o que discutir. Não era tanto o ferro-velho, mas a proximidade com o inferno. O primo de Connie, Manny Rosoli, era o dono do ferro-velho. Eu o conhecia de forma um tanto quanto remota, e ele parecia um bom homem. E como oitenta por cento da família de Connie eram ralé, isso dava ao Manny uma certa medida de segurança, apesar da localização precária.

Encontrei o trailer que servia de escritório e perguntei pelo Andy, o filho da amiga da minha avó, a Sra. Kulicki. Disseram que ele estava empilhando os carros e indicaram a parte do terreno onde os carros eram postos quando saíam do compactador. Felizmente o compactador não estava sendo usado naquele momento, de modo que fui poupada do barulho dos carros sendo esmagados até a morte.

Foi fácil encontrar o Andy, já que era a única pessoa no lugar. Além do mais, ele usava um macacão cor de laranja vivo, com seu nome bordado em preto. Era um cara magro e cheio de tatuagens, muitos piercings. Imaginei que devia ter uns dezenove ou vinte anos de idade.

— Você tem uma pulseira no tornozelo também? — perguntou Lula.

— Isto não é roupa da prisão — disse Andy. — É para o cara do compactador poder me ver, para que não largue um carro em cima de mim.

— Estou procurando Joyce Barnhardt — eu disse para ele.

— Pode ter um trabalhão para achá-la — ele disse. — Ela pode ter sido compactada. Eu estava limpando aqui e encontrei a carteira de motorista dela no chão, junto com um sapato de salto alto esmagado e um batom. Vocês ficariam surpresas de ver o que se solta por aqui depois do compactador. É todo tipo de coisa caindo desses carros quando são içados e empilhados.

— Onde está o carro agora?

– Não sei. Não há como dizer de que carro isso saiu.
– Você avisou para a polícia? – perguntei.
– Não. Contei aqui para a gerência. Mas disseram que, no caso de suspeita de corpos no compactador, nós temos uma política de "não pergunte e não diga nada".
– O que aconteceu com a carteira e o sapato?
– Joguei fora. A carteira estava toda rasgada e torta, o sapato, um lixo e cheirava muito mal. De qualquer maneira, a gerência disse que ninguém vem aqui reclamar as coisas que caem do compactador.

– E provavelmente o ferro-velho está sendo um grande negócio de desova, já que puseram as câmeras de vigilância lá no aterro – disse Lula. – Aposto que podíamos trazer um cão farejador de corpos e ele nem saberia por onde começar.

SETE

—Estou com fome – disse Lula quando saímos do ferro-velho.
– O que Ranger comeria no almoço? Aposto que gostaria de um balde de frango frito.
– Ele costuma comer um sanduíche na Rangeman. De rosbife em pão de grãos. Ou de peito de peru.
– Eu poderia fazer isso. O que mais ele come?
– Uma maçã, às vezes. E bebe água.
– O quê? É só isso? Como pode viver com isso? E as batatas fritas? E o ice cream soda? E quantos desses sanduíches de rosbife ele come no almoço?
– Um sanduíche. Sem fritas.
– Isso é antiamericano. Ele não está estimulando a economia desse jeito. Eu sentiria que é meu dever patriótico comer pelo menos batatas fritas.

Lula parou numa delicatéssen no primeiro quarteirão da Stark.
– Isto aqui não está com uma cara boa – eu disse. – A vitrine está suja e acabei de ver um rato sair correndo pela porta da frente.
– Já estive aqui antes – ela disse. – Eles dão duzentos e cinquenta gramas de carne no sanduíche e acrescentam picles de graça. Se só vou comer um sanduíche, o lugar é este.

A mim parecia que eles acrescentavam envenenamento alimentar de graça também.
– Eu passo.
– Você não tem espírito de aventura culinária. Tem de ser mais como aquele cara agressivo do Travel Channel. Ele anda o mun-

do inteiro comendo o cu de cangurus e o vômito de caracóis. Ele comeria qualquer coisa. Não se importa se passar muito mal. É mais um dos meus modelos de comportamento, só que está precisando desamassar.

Ela tirou da bolsa sua grande Glock prateada e deu para mim.

– Espere aqui e não deixe ninguém levar o meu carro.

Avaliei o peso da Glock apontando com ela pela janela, para uma esquina deserta. A minha arma era menor, um revólver Smith & Wesson .45. Ganhei do Ranger quando comecei a trabalhar com as fianças e Connie tinha pedido para ele ser meu mentor. Ele era assustador de tão durão e misteriosamente complexo naquela época. Hoje em dia não está diferente. Abandonou o uniforme camuflado das Forças Especiais pelo preto Rangeman, perdeu o sotaque da comunidade e o rabo de cavalo conforme as necessidades do negócio exigiam, mas continua sendo um cara durão, com muitos segredos.

Lula saiu apressada da delicatéssen com uma caixa grande de plástico em uma das mãos e um enorme sanduíche embrulhado em papel encerado na outra, e uma garrafa de refrigerante de dois litros embaixo do braço.

– Ele botou todo o meu picles grátis no sanduíche – ela disse quando sentou ao volante. – E pedi salada de batatas em vez de batatas fritas. Foi a metade do preço.

Caramba. Salada de batatas em promoção na espelunca das ratazanas.

– A salada de batatas pode não ser uma boa ideia – eu disse.

Lula abriu a tampa e cheirou.

– O cheiro está bom – ela comeu com o garfo de plástico. – O gosto está bom. Tem um toque meio passado.

Ela desembrulhou o sanduíche, comeu metade e bebeu o refrigerante.

Tentei não fazer cara de nojo. Não queria estragar a sua experiência alimentar, mas já estava ficando enjoada com o cheiro da carne e da maionese. Abri a minha janela e botei meia cabeça para fora quando o Lincoln parou ao nosso lado.

Lancer fez o gesto de atirar com a mão, apontando o indicador para mim.

— Bang – ele disse.

Eu ainda estava com a Glock de Lula no colo. Peguei e apontei para Lancer. Ele foi embora.

— O que foi isso? – perguntou Lula.

— É complicado.

— Estou ficando muito cansada de ouvir "é complicado". Você diria isso para o Ranger? Acho que não. Aposto que ele te chama de querida e que você conta tudo o que ele quer saber.

Eu não conto nada para o Ranger. O Ranger não é de conversa. Ranger revela muito pouco e não estimula verborragia dos outros.

— Voltando para a casa do Havaí, peguei acidentalmente uma foto de um homem – eu contei para Lula. – Não sabia quem ele era, nem como eu tinha conseguido aquela foto, por isso joguei fora. Acontece que só tem aquela, está ligada de alguma forma à segurança nacional e agora eu sou a única que sabe como é o cara. O FBI está procurando o cara e os dois retardados que acabaram de passar estão à procura do mesmo cara. E é possível que haja mais gente à procura dele.

— E você disse que é a única que sabe como ele é?

— É.

— Você sabe onde esse cara mora?

— Não sei nada dele.

— Isso torna você realmente especial – disse Lula. – É como ser um BBB só seu.

Lula acabou de comer o sanduíche e o monte de salada de batatas, e demos uma olhada na minha lista de fujões.

– Eu não estou nada animada com isso aí – disse Lula. – Agora que vou operar no nível do Ranger, preciso de maiores desafios. Onde estão os assassinos e os estupradores em série? Como é que pode não termos nenhum desses? O melhor que temos é a Joyce, e ela está parecendo muito difícil. Se não estiver morta, está por aí com um pé de sapato só e sem carteira de motorista.

Eu sentia o peso da Joyce. Ela não era minha pessoa favorita, mas não gostava de pensar que tinha sido amassada e descartada. Ninguém devia ser esmagado e descartado. Digitei o número do Morelli no meu celular.

Morelli atendeu com um suspiro.

– Oi, é você? – perguntei para ele.

– Sim.

– Está ocupado?

– Estou com sangue e papelada até os joelhos. Não sei o que é pior. O que você está pensando?

– Você ouviu o boato sobre Joyce Barnhardt ter sido compactada?

Um segundo de silêncio.

– Não.

– Bem, o boato existe. Começou com Andy Kulicki. Ele trabalha no ferro-velho. Acabei de vir de lá e Andy disse que o compactador cuspiu um pé de sapato de mulher de salto alto, um batom e a carteira de motorista da Joyce. Talvez seja bom ir até lá com um cão farejador de corpos.

– Ora, estou muito contente de saber disso, porque estava torcendo para ver outro assassinato.

– Achei que era meu dever cívico passar isso adiante.

– Você me dá azia – disse Morelli.

Então ele desligou.

– E aí? – Lula perguntou, erguendo uma sobrancelha.

– Ele disse que eu dou azia.
– Isso não é muito romântico.
– Ele tem um trabalho duro.
– Eu também – disse Lula. – Estou com azia também.
– Você está com azia porque comeu naquele café do rato.
– Talvez tenha razão. O gosto estava bom, mas não caiu bem no meu estômago. Quem sabe só preciso de mais refrigerante?
Lula bebeu mais refrigerante e arrotou.
– Ah, sim – disse ela. – Agora está melhor.
– Vou tentar mais uma vez o Lewis Bugkowski – comentei. – Dessa vez vou usar minha pistola de choque e algemas flexíveis.

Na verdade, pistolas de choque são ilegais em Nova Jersey, assim como no Havaí, mas, como ocorre com a ocultação da arma, Trenton tolera oficiosamente.

– Wham! – disse Lula. – Vamos nessa. Onde ele mora?
– Na rua Pulling.

Lula entrou na Broad, atravessou o centro da cidade e começou a transpirar.

– Você está bem? – perguntei. – Está suando e a cor do seu rosto não está normal.
– De que cor está?
– De aspargo.
– Acho que estou com gripe.
– Que tal intoxicação alimentar?
– Estou sentindo que meu estômago está todo inchado – disse Lula. – Não cabe mais na calça. E está emitindo uns barulhos estranhos. Acho que vou precisar de um banheiro.
– Consegue chegar até o café?
– Consigo. Só preciso acelerar. É melhor fechar os olhos.

Três minutos depois, ela parou o carro na frente do café.

— Vou correr — disse Lula. — Apenas fique fora do meu caminho, porque, quando eu estiver de pé, as portas do inferno podem se abrir.

Ela abriu a porta do carro com um chute e partiu.

— Saiam do caminho! Ei vou passar! — ela berrou.

Lula desapareceu no banheiro nos fundos do café e segundos depois duas mulheres saíram correndo de lá.

Comprei um sanduíche misto e fui me juntar à Connie à mesa perto da janela.

— Lula comeu um rosbife verde com salada de batatas pela metade do preço — contei a Connie.

— Quem está na chuva é para se molhar — disse Connie. — Como foi lá no ferro-velho?

— Andy achou um pé de sapato e a carteira de motorista da Joyce na área onde amassam os carros.

— Você conseguiu associar a algum carro específico?

— Não. Acontece que o seu primo Manny usa uma política desleixada quanto às coisas que saem do compactador.

— É norma dos ferros-velhos jamais espiar dentro da mala — disse Connie.

A porta do banheiro abriu com estardalhaço e Lula saiu trôpega.

— Estou morrendo — disse ela. — Estou com cara de quem está morrendo?

— Sua aparência já foi melhor — comentei. — Quer que eu a leve de carro até o pronto-socorro na rua ao lado?

— Obrigada pela oferta, mas vou para casa sozinha. E nunca mais vou comer salada de batatas. Devia haver uma lei contra salada de batatas.

Acabei de comer o meu sanduíche e levantei.

— Tenho lugares para ir. Pessoas para capturar.

– Se eu não estiver aqui, estarei na minha cela – disse Connie. – Tenho de dar uma olhada em escritórios para aluguel de temporada.

Saí do café e fui para a casa do Buggy. Hoje estava mais bem preparada. Tinha as algemas flexíveis no bolso de trás e estava com a mão sobre o taser quando bati na porta da frente da casa dele.

– Caramba, estou contente de te ver – disse Buggy, olhando para mim. – Preciso do seu carro emprestado. Tenho de ir à farmácia comprar uma caixa de Band-Aids.

Buggy tinha um corte na testa e um chumaço de algodão enfiado em cada narina. Desconfiei que devia ser o dano do encontrão dele com o meu RAV4 na véspera.

– Tenho uma ideia melhor – sugeri. – Eu te levo até lá.
– Ah, não. Eu gosto de dirigir.

Encostei a arma de choque no peito dele e apertei o disparador. Nada aconteceu. Bateria fraca.

Buggy arrancou minha bolsa do ombro.
– Suas chaves estão aqui dentro, não é?
– Não! Devolva a minha bolsa!

Ele vasculhou a bolsa, achou as chaves e largou a bolsa no chão.
– Obrigado. Estava pensando como ia comprar Band-Aids – ele disse, me empurrou para o lado para ir até o carro e sentar no banco do motorista.

Fiquei vendo Buggy ir embora e liguei para o Ranger.
– Você não vai acreditar no que acabou de acontecer.
– Querida, do jeito que as coisas estão, sou capaz de acreditar em praticamente qualquer coisa.
– O grande bobalhão levou o meu carro de novo.

Um segundo de silêncio.

— Acho que seria mais fácil se eu desse um carro para ele — Ranger disse. — Ele está com a sua bolsa?
— Não.
— Vou mandar o Hal pegar o seu carro. E você? Lula vai te salvar outra vez?
— Não.
Mais um segundo de silêncio.
— Sou eu que vou?
— Você quer vir? — perguntei.

OITO

O Porsche Turbo 911 preto parou na frente da casa do Buggy e eu entrei nele. Ranger estava com o uniforme da Rangeman, camiseta preta e calça cargo preta. Estava armado, como sempre. E, também como sempre, tinha o toque sutil, persistente e irresistível do perfume do seu gel de banho Bulgari.

– Já que estamos juntos – eu disse –, você tem tempo para me botar dentro de uma casa trancada na Hamilton Township?

– Tenho uma reunião às quatro horas. Até lá, sou todo seu.

Dei o endereço a ele e contei a história de Joyce. Vinte minutos depois, Ranger estacionou ao lado da van de um eletricista na frente da casa-modelo da Mercado Mews e caminhamos um quarteirão e meio até a casa da Joyce. Era melhor não deixar nosso carro parado na frente da casa que íamos invadir. Tocamos a campainha e batemos na porta da frente. Ninguém atendeu, demos a volta até os fundos da casa e Ranger parou com as mãos na cintura, olhando para os buracos de bala no portão da cerca.

– Estava trancada – eu disse.

– Por isso atirou?

– Na verdade, foi Lula que atirou.

Ranger abriu o portão e entramos no quintal de Joyce. Fechei e tranquei o portão, e Ranger experimentou a porta dos fundos. Trancada. Ele tirou uma caixa fina de um dos bolsos da calça cargo, escolheu uma ferramenta, abriu a porta e o alarme de segurança de Joyce disparou. Ele me puxou para dentro da casa e trancou a porta.

— Comece a explorar a casa enquanto eu fico de olho na polícia — disse Ranger. — Você deve ter de dez a quinze minutos.

— E depois?

— Depois nós nos escondemos e esperamos. Não há sinais de arrombamento na casa, por isso a polícia vai dar uma volta, espiar pelas janelas, experimentar as portas e provavelmente irá embora.

Comecei na cozinha, examinei armários e gavetas, espiei dentro da geladeira, tentando ignorar o alarme. Havia terminado de explorar a cozinha quando Ranger fez sinal de que a polícia tinha chegado. Ele me puxou para dentro de um armário de vassouras e fechou a porta.

Dentro do armário estava tudo escuro. O alarme parou de tocar e a casa ficou silenciosa.

— Como vamos saber que a polícia foi embora? — perguntei.

— Havia um carro da Rangeman aqui nesta área. Pedi para ficarem observando a duas quadras daqui, e eles vão ligar quando a polícia sair.

Ranger tinha me abraçado e me segurava colada ao corpo. Estava quente e respirava calmamente. A minha respiração era mais ofegante.

— Tem uma coisa dura me cutucando — eu disse.

Ele mudou de posição.

— É a minha arma.

— Tem certeza?

— Pode verificar.

Apalpei, mas não queria estimular nada que pudesse levar à nudez e a posições comprometedoras, caso a polícia resolvesse invadir a casa e abrir a porta do armário de vassouras. Só que, quanto mais eu ficava colada nele, menos eu ligava para a polícia.

O que acontece com o Ranger é o seguinte. Ele vive perigosamente. Tem cicatrizes das escolhas do passado e enfrenta problemas sérios. Não tenho ideia de quais são esses problemas, porque Ranger não revela nada. Desconfio que ninguém jamais saberá o que inspira o Ranger. O que sei com certeza é que jamais serei mais do que uma diversão amorosa para ele. Ele cuidará de mim da melhor forma possível, mas eu nunca serei prioridade para ele. Hoje eu penso que a prioridade dele é reparar o seu carma. E respeito isso. É uma prioridade nobre. O problema é que, enquanto está consertando seu carma, eu sinto tesão por ele. Morelli é um amante maravilhoso. É divertido. É gratificante. Super sexy. Ranger é mágico.

O telefone do Ranger tocou, sinal de que a área estava livre. Fui abrir a porta do armário e ele me segurou com mais força. Passou a boca no meu pescoço. Enfiou a mão por dentro da minha blusa e acariciou meu seio. E então me beijou.

– Isso não é a sua arma, é? – perguntei.

– Não – ele disse. – Não é a minha arma.

Quando finalmente saí, meio trôpega, do armário, me faltavam peças críticas de roupa, mas eu me sentia muito mais tranquila.

– Termine a sua busca – disse Ranger. – O carro da Rangeman vai avisar se a polícia voltar.

Vasculhamos o resto da casa e logo antes de sair eu verifiquei a garagem. Nenhum carro.

– O que isso quer dizer? – perguntei.

– Não há como saber, mas o ferro-velho deve ter um relatório dos carros que foram para lá. Connie deve conseguir que o primo dela verifique esses relatórios diários. Você deu baixa da carteira de motorista na polícia?

– Sim, eu contei para o Morelli.

– Então tenho certeza de que ele deve estar lá com um cão farejador de corpos. Ele é um idiota, mas é bom policial.

– Por que um idiota?

— Ele me deixa chegar perto de você. — Ranger olhou para o relógio. — Preciso ir.

Disparamos o alarme de novo quando abrimos a porta para sair. Não tinha problema. Estaríamos muito longe quando a polícia voltasse.

Meu carro e o Hal estavam à minha espera quando Ranger me deixou no café.

— Seu carro estava estacionado no Shopping Quaker Bridge — disse Hal. — O grandalhão estava dentro do shopping, em algum lugar. Procuramos na praça de alimentação, mas não o encontramos, por isso trouxemos o carro de volta para cá. O problema é que não tem mais chave.

— Tenho uma cópia em casa.

— Ótimo — disse Hal. — Espere só um minuto, que vou ligar o carro para você. Pode levá-lo depois.

Não vi Connie no café, por isso esperei Hal ligar o motor do carro, agradeci e fui para casa. Estava na Hamilton quando meu telefone tocou.

— Oi — disse Buggy. — Cara, eu sinto muito, mas alguém roubou o seu carro. Estacionei numa vaga ótima, onde ninguém podia amassá-lo, e não está mais lá. Há só uma vaga vazia. Você deve comunicar para a polícia, ou alguma coisa assim.

— O carro está comigo. Um amigo o encontrou no shopping e trouxe de volta para mim. Onde você está agora?

— Ainda estou no shopping.

— Pensei que você ia à farmácia.

— Mudei de ideia. Precisava de um tênis novo.

— Fique aí que vou pegá-lo e levá-lo para casa.

— Está bem. Vou estar na entrada da praça de alimentação.

Corri de volta para o meu apartamento, peguei minha chave extra e parti para o shopping. Peguei a Rota 1 e tracei um plano. Não podia derrubá-lo com um choque, de modo que provavelmente não ia dar para algemá-lo. Deixaria que ele entrasse no carro e o levaria para a delegacia. Ia parar na porta dos fundos e deixar a polícia arrancá-lo do banco da frente. Se ele resistisse, eu iria para o primeiro drive-thru para distraí-lo com um saco de hambúrgueres.

Peguei a saída para o shopping, dei uma volta no estacionamento e deixei em ponto morto na frente da entrada da praça de alimentação. Nada do Buggy. Fiquei lá cinco minutos. Ainda nada do Buggy. Devia ter cansado de esperar. Estacionei e entrei correndo para ver se o encontrava na praça de alimentação. Nada. Comprei sorvete de baunilha e chocolate de máquina e voltei para o estacionamento.

Nada de carro. Meu carro tinha sumido. Digitei o número do Buggy no celular.

– Oi – disse Buggy.

– Você pegou o meu carro de novo?

– Peguei, obrigado.

– Tem de trazer de volta. Não tenho como ir para casa.

– Eu vou ao cinema.

– É maldade o que você está fazendo. Eu fui gentil, me ofereci para pegar você e agora você rouba o meu carro.

– Eu não roubei. Só peguei emprestado.

– Traga-o de volta!

– O quê? Não estou ouvindo. Deve ser problema do sinal.

O telefone ficou mudo.

– Pelo amor de Deus! – berrei. – Idiota! Idiota! Idiota!

Bati com a base da mão na testa com tanta força que quase perdi o meu sorvete.

– Odeio esse cara. Ele tem de apodrecer no inferno.

Uma senhora saiu do shopping e deu uma volta bem longe de mim, resmungando sobre drogas e jovens.

– Desculpe. Alguém roubou o meu carro.

Controle-se, pensei. É só um carro. E não era nem um bom carro. Mas é claro que esse não era o problema. O problema era que eu tinha sido enganada por um retardado.

Encontrei um banco na entrada do shopping e tomei meu sorvete. Não ia ligar para o Ranger de jeito nenhum. Era embaraçoso demais. Não podia ligar para a Lula. Ela estava passando mal. Connie estava ocupada procurando um escritório para alugar. Eu não queria atrasar esse processo. Se ligasse para a minha mãe, ia ouvir aquele sermão "Por que você não tem um bom emprego em um banco?". Podia ir andando, mas ia levar o dia inteiro e seria provavelmente atropelada por um caminhão na autoestrada. Um táxi seria caro demais.

Estava sentada no banco, pensando em tudo isso, quando a vovó e Annie Hart saíram do shopping.

– Pelo amor de Deus – disse vovó. – Você está aí sentada, esperando um criminoso?

– Mais ou menos – respondi. – O que você está fazendo aqui?

– Annie veio comigo comprar sapatos de boliche, porque recebi o pagamento do seguro social.

Vovó dirigia com pé de chumbo e tinha perdido a carteira de motorista anos atrás, depois de receber uma pilha de multas por excesso de velocidade. Por isso vovó agora dependia de outros motoristas, mais equilibrados, para ir e vir.

– Estou tendo problemas com o meu carro. Posso pegar uma carona com vocês?

– Claro que sim – concordou Annie. – Eu estava querendo mesmo conversar com você.

– O que foi desta vez? – perguntou minha avó. – O seu carro explodiu, bateu no caminhão do lixo, ou foi roubado?

Segui as duas pelo estacionamento.

— Foi roubado. Não conte para a minha mãe.

Annie arregalou os olhos.

— Você registrou na polícia?

— Ainda não. Vou esperar para ver se devolvem.

— Isso acontece muito com ela — vovó disse para Annie. — Não é nada de mais. Nós temos um Buick de reserva na garagem que ela pode usar.

Entramos as três no Jetta vermelho da Annie, ela saiu do estacionamento e pegou a Rota 1.

— Eu vou arrasar com esses sapatos — disse vovó, abrindo a caixa e olhando para o par de sapatos novos. — No mês que vem, vou comprar uma bola.

— É importante ter o equipamento apropriado — disse Annie.

— Você devia jogar boliche — disse vovó para mim. — Tem uns homens bonitões no boliche. Pode ser exatamente o que uma jovem divorciada como você precisa.

— Eu já tenho muitos bonitões na minha vida — eu disse. — Na verdade, tenho demais.

— Você devia tomar uma decisão — disse Annie. — Tenho certeza de que no fundo do seu coração você sabe quem é seu verdadeiro amor. Apenas siga seu coração.

Não era tão fácil assim. Meu coração estava confuso. Meu cérebro não queria nenhum daqueles homens na minha vida. E minha perseguida queria os dois!

— Eu podia fazer uma poção que ia simplificar tudo para você — disse Annie.

— Obrigada. Mas prefiro não me envolver com poções.

— Elas são perfeitamente seguras — argumentou Annie. — Temos alta tecnologia na fabricação de poções agora. Sou até membro da AAFP, Associação Americana dos Fabricantes de Poções.

– Quem sabe eu não devia começar a fazer poções? – disse vovó. – Tenho pensado em sair da aposentadoria. Poções podem ser um bom negócio. Como é que se faz para ser membro dessa AAFP?

– Você pode se inscrever on-line – disse Annie. – É só entrar no site deles.

– São só poções de amor? – vovó quis saber. – Ou você pode fazer qualquer tipo de poção?

– Eu me especializei em poções do amor – disse Annie. – Mas as poções podem resolver uma vasta gama de problemas.

– Terei de pensar nisso – disse vovó. – Quero ter uma boa especialidade.

Quando vovó e eu chegamos à casa dos meus pais, já passava das cinco horas e senti o cheiro de frango fritando desde a rua. Minha intenção era entrar correndo na casa, pegar a chave do Buick e perseguir o Buggy. Agora que sentia o cheiro do frango frito da minha mãe, estava mudando de ideia. Podia ficar para o jantar e ir atrás do Buggy mais tarde. Na verdade, que se danasse a captura do Buggy hoje. Era melhor procurá-lo amanhã, com a bateria do taser carregada.

Vovó entrou correndo em casa e foi direto para a cozinha.

– Encontramos Stephanie no shopping – ela contou para minha mãe. – Ela vai jantar conosco.

Minha mãe estava no fogão, virando pedaços de frango frito numa frigideira grande.

– Estou experimentando uma receita nova. Achei numa revista. E tem purê de batatas e vagem. E antes que eu esqueça: estiveram dois homens aqui procurando você. Disseram que eram do FBI.

Meu coração parou de bater um instante.

— Eles disseram seus nomes?
— Um se chamava Lancer e o outro, Slasher — disse minha mãe. — Pareciam simpáticos. Muito educados. Eu disse que não sabia onde você estava e eles foram embora.
— Que história é essa? — perguntou vovó. — Você está investigando algum criminoso famoso? Aposto que é alguém da lista dos dez mais procurados.
— É um engano. Se houvesse alguém da lista dos dez mais procurados aqui por perto, Ranger ficaria com esse trabalho, não eu. Falo com eles amanhã.

Botei a mesa e fui para a sala de estar dizer oi para o meu pai.
— Olha só isso — ele disse, apontando para a televisão. — Tem mais sobre aquele cara que enfiaram numa lata de lixo. Agora estão dizendo que ele foi drogado antes de ser morto e o enfiarem na lata. Não é oficial nem nada, mas foi isso que o guarda disse. E aposto que tem uma mulher envolvida.
— Uma mulher?
— Estão falando dela como o pivô da história. Você sabe o que isso quer dizer. O beijo da morte. O pivô da história é sempre o assassino.

Odiei pensar que isso era verdade, porque eu podia ser o pivô da história.

Minha avó apareceu na sala.
— Vocês estão falando daquele assassino da lata de lixo? Ouvi dizer que o morto era médico do Exército e que pode ter sido espião quando esteve no Afeganistão.

Ela chupou a dentadura.
— Esse negócio de espionagem sempre nos alcança. Num minuto, somos espiões, no minuto seguinte, estamos mortos, numa lata de lixo. A menos que você seja o James Bond. Ele é imbatível. É o máximo!

Meu pai afundou mais na poltrona e aumentou o volume da televisão.

– Desligue essa televisão! – minha mãe berrou da sala de jantar. – Está alta demais e o jantar está pronto.

Sentei no meu lugar à mesa e meu celular tocou.

– Estou no ferro-velho – disse Morelli. – O cachorro encontrou um corpo, mas não conseguimos vê-lo. Não temos um abridor de latas suficientemente grande.

– Um corpo só?

– Até agora. O cachorro ainda está trabalhando. Onde você está?

– Estou jantando na casa dos meus pais. Mamãe fez frango frito.

– Nossa, isso é tortura. Eu adoro o frango frito da sua mãe.

– Vou levar um pouco para você aí em casa.

– Posso demorar aqui – disse Morelli.

– Tudo bem.

– Quem era? – perguntou vovó quando desliguei. – Era aquele Ranger?

– Não. Era o Morelli.

– É difícil acompanhar isso tudo – comentou vovó. – Não sei como você consegue. Está casada e depois não está mais, e aí guarda frango para o Morelli.

Eu também não conseguia acompanhar isso. Não sabia que diabos eu estava fazendo.

– Você tem de deixar a Annie te ajudar – disse vovó. – Ela é muito inteligente. Está tratando de todo mundo na equipe de boliche. Tinha até um homem em vista para mim, mas eu disse para ela que ele era velho demais. Não quero ter de tomar conta de nenhum velhote flácido e enrugado. Quero um jovem garanhão com uma bundinha bonita e durinha.

Minha mãe se serviu de mais vinho, meu pai largou o garfo e bateu a testa na mesa. Bang, bang, bang, bang.

— Corre atrás — eu disse para vovó.

— Não estou tão velha assim. Há partes de mim que não se empertigam mais como antigamente, mas ainda tenho algumas milhas para gastar.

Meu pai fingiu enfiar o garfo no olho.

Tudo bem, então minha família é um pouco disfuncional. Não são pessoas perigosas. Pelo menos todos nós sentamos e jantamos juntos. Mas até que para os padrões de Jersey, nós somos bem normais.

NOVE

Meu pai estava instalado, assistindo a reprises de seriados, quando eu saí. Minha mãe e minha avó estavam à pequena mesa da cozinha, curtindo o ritual do vinho do Porto, comemorando a volta da ordem e da limpeza na cozinha. E eu parti no Buick 53 azul-claro e branco que ficava na garagem para emergências. Sentado no banco ao meu lado, um saco de sobras com frango frito, bolinhos da padaria, um vidro de picles de beterraba, metade de uma torta de maçã e uma garrafa de vinho tinto. Tenho certeza de que tinham juntado o vinho com a esperança de que eu tivesse uma noite bem romântica com Morelli fazendo um neto. Melhor ainda se eu casasse primeiro.

Passei pela casa do Bugkowski por pura curiosidade mórbida, para ver se o meu carro estava lá. Além de não estar estacionado junto ao meio-fio, a casa estava às escuras. Não havia ninguém lá. O grandalhão Buggy devia ter levado os pais para passear em seu novo RAV4.

Vinte minutos depois, cheguei ao estacionamento do meu prédio e verifiquei tudo de novo. Nenhum RAV4. Nenhum Lincoln Town Car preto. Nenhum SUV verde do Morelli. Nenhum carro brilhante e caríssimo do Ranger. Achei uma vaga perto da porta dos fundos do prédio, estacionei e tranquei o carro. Peguei o elevador para o segundo andar, andei pelo corredor e fiquei ouvindo do lado de fora da minha porta. Tudo quieto. Entrei, fechei a porta com o pé e um cara moreno de cabelo encaracolado saltou da cozinha em cima de mim. Ele segurava uma faca enorme e tinha semicerrado os olhos escuros.

– Eu quero a fotografia – disse ele. – Passe para mim, senão eu te mato. Uma morte bem lenta.

Peguei a garrafa de vinho do saco das sobras, bati com ela na cara do sujeito com toda a força que tinha, os olhos dele rolaram nas órbitas e ele despencou no chão. Eu tinha agido movida unicamente pelo instinto e fiquei surpresa ao ver que ele tinha desmaiado. Apoiei a mão na parede para me equilibrar e respirei fundo duas ou três vezes. Tive nojo de ficar com o cara dentro do meu apartamento, por isso eu o algemei e o arrastei para o corredor. Voltei para o meu apartamento, fechei e tranquei a porta, caso houvesse algum parceiro dele escondido e à espreita em algum lugar.

Tirei meu Smith & Wesson do pote de biscoitos e percorri o apartamento espiando nos armários e embaixo da cama. Encontrei só poeira, mais nenhum cara moreno. Voltei para a cozinha e liguei para Bill Berger.

– Tinha um sujeito horrível no meu apartamento quando cheguei em casa agora há pouco – contei para ele. – Segurava uma faca grande e disse que ia me matar se eu não lhe desse a fotografia.

– E aí? – perguntou Berger.

– Dei com uma garrafa de vinho na cara dele e ele apagou.

– Onde ele está agora?

– No corredor do lado de fora.

Um segundo de silêncio.

– O que ele está fazendo no corredor?

– Não queria que ficasse aqui no meu apartamento, por isso eu o arrastei para o corredor.

Mais silêncio. Berger não devia estar acreditando em nada daquilo.

– Você procurou alguma identificação? – ele finalmente perguntou.

Droga!

– Não. Espere aí que vou ver.

Abri a porta e não havia ninguém no corredor. Nenhum cara moreno.

– Ele desapareceu – disse a Berger.

– Problema resolvido – disse Berger, e desligou.

Fechei e tranquei a porta, liguei meu taser num interruptor de parede, guardei o Smith & Wesson no pote de biscoitos e abri uma garrafa de vinho. Graças a Deus que não tinha quebrado, porque eu estava precisando muito de um drinque. Um Cosmo, uma Margarita, ou um copo de 200ml cheio de uísque seriam até melhor. Levei a garrafa para a sala de estar, sentei na frente da televisão, liguei na Food Network e tentei equilibrar meus batimentos cardíacos.

Uma mulher estava fazendo cupcakes. Cupcakes são bons, pensei. Há inocência em um cupcake. Alegria. Servi um segundo copo de vinho e assisti à mulher congelando os cupcakes.

Na metade da garrafa de vinho, mudei para o canal Travel e não me lembro de grande coisa depois disso.

Acordei com o sol entrando no meu quarto. Estava nua, embaixo da coberta e sozinha. Lembrei vagamente de ter quase acordado quando Morelli disse que o frango tinha sido tudo que esperava que fosse.

Rolei para fora da cama, me enrolei no robe e arrastei os chinelos até a cozinha. Nada de Morelli. Nada de frango. Nada de pãezinhos. Nada de torta de maçã. Tinha um bilhete grudado na bancada perto da gaiola do Rex.

Você estava dormindo no sofá, por isso botei você na cama e comi o frango.

Liguei para Morelli.

– Como é que acabei nua? – perguntei para ele.
– Foi assim que encontrei você. Resmungando alguma coisa sobre o calor e que Deus tinha de fazer alguma coisa a respeito. Meu Deus.
– Como foi lá no ferro-velho?
– Não achamos o corpo da Joyce, mas achamos Frank Korda, o joalheiro de quem ela supostamente roubou o colar, e achamos também o outro pé do sapato da Joyce.
– Korda estava morto?
– Estava, bem morto.
– Você acha que Joyce o matou?
– Pessoalmente não acho, mas como policial tenho de levar isso em consideração.
– Alguma pista?
– Os parentes e amigos de sempre – disse Morelli. – Está parecendo que alguém tentou invadir a casa da Joyce. Imagino que você não saiba nada disso, não é?
– Quem, eu?
– Se alguém arrombar, deve tomar cuidado para não ocultar provas.
– Tenho a sensação de que não vão encontrar nada lá. E vou dar um palpite: Frank Korda foi encontrado na Mercedes da Joyce.
– Seu palpite está correto. Tenho de ir. Vamos levar o cachorro de volta para o ferro-velho.
– Você devia levar o Bob. Ele podia se juntar ao cão farejador de corpos e fazer algum exercício. Talvez Bob possa encontrar outro corpo.
– Se Bob achasse um corpo, ele o comeria – disse Morelli.

Desliguei, tomei uma ducha e vesti o uniforme juvenil habitual: camiseta, calça jeans e tênis. Alimentei o Rex e botei água fresca para ele. Ele saiu correndo da sua casa de lata de sopa, enfiou um monte de biscoitos para hamster nas bochechas e voltou correndo para a lata. Ainda devia estar assustado com o cara com a faca da noite passada. Era compreensível, porque seríamos dois. Joguei meu taser carregado na bolsa e saí. A primeira parada foi no café. Connie, Lula e Vinnie estavam sentados à mesa perto da janela. Peguei um café e um pãozinho com canela e fui juntar-me a eles.

— Acharam Frank Korda no ferro-velho — disse Connie. — Informaram no canal da polícia.

Assenti com a cabeça.

— Morelli me contou. Como vai a procura de um escritório para alugar?

— Já peneirei as opções — disse Connie. — Tem uma loja de rua a dois quarteirões da delegacia de polícia. Ou posso alugar um Winnebago RV, que seria menor do que o ônibus, mas que poderíamos estacionar no lugar de sempre.

— Teríamos mais trabalho ao lado da delegacia — disse Vinnie.

— Vamos para a loja.

— Vou pegar o contrato hoje e podemos nos mudar amanhã — disse Connie. — Não é bonita, mas é um espaço bem utilizável.

— Desde que tenha um bom banheiro — disse Lula. — Ainda devo ter restos de salada de batatas dentro de mim.

— E a investigação sobre o incêndio? — quis saber Vinnie. — Eles já sabem como começou?

Connie fechou o laptop e levantou.

— Disseram que era suspeito, mas ainda estão examinando todos os pedacinhos que recolheram.

DeAngelo e seu capataz entraram no café.

— Oi, o que faz aqui? — DeAngelo perguntou para Vinnie. — Por que não está trabalhando no seu escritório? Ah, é, lembrei agora... explodiu.

Vinnie semicerrou os olhos, disse alguma coisa em italiano e apontou o dedo médio levantado para DeAngelo.
— É melhor tomar cuidado — disse DeAngelo. — Sua casa pode ser a próxima a explodir.
Vinnie cerrou os dentes.
— Você está me ameaçando?
— Eu não ameaço — disse DeAngelo. — Sou mais pragmático.
— Para mim você não faz nada, além de mexer os lábios — disse Lula. — Se fosse mesmo pragmático, estaríamos no nosso escritório novo agora.
DeAngelo olhou para Vinnie.
— Quem é a garota gorda?
Todos engoliram em seco.
— Oi? — disse Lula, chegando para frente com as mãos na cintura e aquele olhar de javali no ataque. — Você acabou de dizer o que eu penso que disse? Porque, se disse isso, é melhor dizer que foi um erro. Sou uma pessoa razoável, mas não suporto desrespeito e difamação. Sou uma mulher grande e bonita. Não sou uma garota gorda. Se não se desculpar, eu te amasso como um inseto. Piso em você até virar uma mancha gordurosa no chão.
— Gosto disso — DeAngelo disse para Lula. — Você quer me bater?
— Não, eu não quero bater em você. Isso é nojento. Não o conheço o suficiente para querer bater em você.
DeAngelo piscou um olho para ela e foi pegar um café.
— Ele está se exibindo para mim — disse Lula.
Empurrei minha cadeira para trás.
— Tenho de ir ao FBI agora de manhã.
— E depois? — perguntou Lula. — Quem está na lista hoje?
— Big Buggy e o meu RAV4, para começar. Telefono quando terminar lá no centro.

DEZ

Berger, o artista do FBI e Chuck Gooley estavam à minha espera numa sala de conferências no sexto andar. Começamos com formatos de rosto e daí seguimos para olhos, bocas e nariz parecidos. Quando terminamos, eu estava completamente confusa e não sabia se o desenho lembrava, remotamente, o cara da foto.

— Então esse é o cara? — Berger me perguntou, apontando para o desenho.

— É. Pode ser. E sobre o maníaco na minha cozinha, que queria me matar...

— Como era esse?

— Pele morena, do Oriente Médio. Vasta cabeleira preta e encaracolada. Olhar de louco. Um metro e oitenta e seis. Magro. Quarenta e poucos anos. Um sotaque que não consegui definir. Tatuagem de uma rosa na mão da faca.

— Vou botar no sistema e aviso se fizer a identificação.

Desci do sexto andar, saí do prédio e parei no meio da calçada porque Lancer e Slasher estavam parados ao lado do Buick, a meio quarteirão dali. Muito bem, as opções que eu tinha eram as seguintes. Podia ligar para o Berger, mas não sabia bem de que isso adiantaria. Berger tinha deixado claro que minha segurança não era prioridade dele. Eu não queria arrastar o Morelli para longe dos seus assassinatos. Se pedisse ajuda para o Ranger, ele ia me botar sob vigilância vinte e quatro horas. Ranger tinha essa tendência de ser superprotetor.

Resolvi que nenhuma dessas opções ia funcionar para mim, por isso passei meu taser da bolsa para o bolso do meu casaco e me aproximei de Lancer e Slasher.

– Oi – eu disse. – Alguma novidade? Lancer estava apoiado na porta do carona do Buick.

– Parece que você está íntima do FBI.

– Eles estão interessados na fotografia.

– Não diga! – disse Lancer. – Você entregou para eles?

– Eu disse a eles a mesma coisa que disse a vocês. Não está comigo.

– É, mas você a viu, certo?

– Errado.

– Você está mentindo – disse Lancer. – Dá para perceber.

– Tem um outro cara atrás da foto – eu disse. – Alto, cabelo preto encaracolado, parece que é do Oriente Médio, tem a tatuagem de uma rosa na mão.

Lancer e Slasher se entreolharam e fizeram uma careta.

– Raz – disse Lancer.

– Quem é Raz? – perguntei.

– Ninguém sabe seu verdadeiro nome – disse Lancer. – Raz é apelido de Razzle Dazzle. É assim que o chamam. É melhor não se meter com ele. Ele não tem escrúpulos.

– Não estou entendendo – eu disse para Lancer. – Por que todo mundo está tão interessado nessa fotografia?

– Não sei. Não quero saber – disse Lancer. – Fomos contratados para pegá-la.

– Quem contratou vocês?

– Não é da sua conta. Se não está com a foto, aposto que sabe onde ela está. E aposto que conseguiríamos fazer você nos contar. Temos jeito para convencer meninas a falar.

Slasher sorriu.

— É, temos muito jeito.

— Vou me lembrar disso, mas mesmo assim não há nada que eu possa dizer sobre a fotografia. E por mais que quisesse muito continuar esse papo, acho que agora preciso ir.

— E eu acho que não podemos deixar você ir — disse Slasher. Ele estendeu o braço para me segurar, dei-lhe um tiro com a arma de choque e ele caiu de joelhos.

— Ei! — disse Lancer. — Essas coisas são ilegais. É contra a lei fazer isso.

Zzzzt. Eletrocutei Lancer e ele caiu também.

Olhei em volta para ver se alguém tinha notado. Nenhum carro freou cantando pneus. Nenhum pedestre correu atrás de mim. Ótimo. Tirei as carteiras de Lancer e Slasher, entrei no Buick e parti.

Quando cheguei ao café, minha respiração tinha voltado ao normal e meu coração, parado de saltitar no peito. Lula estava sozinha à mesa da janela, com quatro copos de café intocados diante dela, fazendo palavras cruzadas.

— O que é esse café todo? — perguntei para ela.

— Sinto que tenho de comprar alguma coisa de vez em quando para ficar sentada aqui, mas a única coisa que estou bebendo é Pepto-Bismol. Connie e Vinnie foram assinar o contrato de aluguel do escritório temporário. Depois disso, eles iam ali do outro lado da rua para pagar a fiança de um cara que soltou todos os passarinhos de uma loja de animais no shopping. Ele cantava aquela música "Born Free" e apontava um cano duplo enquanto isso. Deixou todo mundo apavorado.

— Alguém se feriu?

– Não, mas dois canários perderam algumas penas no ventilador de teto.

Botei as duas carteiras na mesa e examinei a primeira. O nome do cara era Mortimer Lancelot. Vai entender. Era quase tão ruim quanto Lance Lancer. Passei para a segunda carteira. Sylvester Larder. Os dois caras tinham endereço de Long Branch, Nova Jersey. Anotei a informação das duas carteiras de motorista e liguei para o Berger.

– Tenho nomes para você – eu disse. – Os dois falsos caras do FBI são Mortimer Lancelot e Sylvester Larder. Os dois têm endereço em Long Branch. O cara na minha cozinha parece que é conhecido como Razzle Dazzle. Algum desses nomes significa alguma coisa para você?

– Razzle Dazzle é um doido varrido. Se encontrá-lo de novo na sua cozinha, é melhor atirar nele. Não conte para ninguém que eu disse isso.

E Berger desligou.

Afundei na cadeira e tomei um dos cafés de Lula.

– Estou achando que você pegou alguma vibração ruim no Havaí – disse Lula. – Porque olha só os fatos. Está com a marca da aliança onde ela devia estar e não quer falar disso, então estou chegando à conclusão de que a sua vida amorosa está uma merda. E, como se não bastasse, você está no meio de uma merda louca de investigação que nem procurou. Sem falar que não pegamos nenhum bandido desde que você voltou. É melhor fazer alguma coisa sobre essa vibração.

– Tem alguma ideia?

– Não tenho ideia nenhuma. Estou só falando.

Eu não tinha certeza do que era vibração, mas via o quadro geral e Lula não estava errada. Ultimamente a minha sorte andava péssima. Estava excelente quando cheguei ao Havaí e em algum ponto, no meio das férias, ficou ruim.

Um lampejo preto atraiu minha atenção e espiei pela grande janela da vitrine a tempo de ver o Lincoln parar em fila dupla na frente do café. Lancer e Slasher desceram do carro, invadiram correndo o café e pararam ao meu lado, com olhares furiosos.

— Você roubou nossas carteiras — disse Lancer.

Peguei as carteiras na mesa e entreguei a Lancer.

— Verificação de identidade.

— É melhor que não tenha botado nada na conta do meu cartão de crédito — disse Slasher.

— Isso é ofensivo — disse Lula. — Afinal de contas, o que ela parece? É uma empresária bem-sucedida. Não precisa do seu cartão idiota. Ela tem o dela. Você está precisando de uma aula de boas maneiras. Quem diabos são vocês?

— Sylvester Larder, também conhecido como Sly Slasher — eu disse.

Ele pegou sua carteira da mão de Lancer.

— Todos me chamam de Slasher.

— Isso é um apelido relacionado ao trabalho? — perguntou Lula. — Porque você não parece o que o nome quer dizer, quem usa facas e machadinhas para mutilar e matar. Parece mais um vendedor de seguros. Ou um daqueles caras que arrumam as toranjas no supermercado.

Lancer deu uma risada que parecia um latido.

— Muito engraçado — disse Slasher. — Por que não pergunta para ela se você se parece com Lancelot?

Levantei da minha cadeira.

— Preciso ir — eu disse. — Sinto pelas suas carteiras e por reorganizar seus neurônios.

— É melhor você entrar no jogo conosco antes de termos de jogar duro — disse Lancer. — Precisamos de resultados. Nosso patrão não gosta de decepção.

Lula e eu saímos do café, entramos no Buick e fomos para a casa do Buggy.

— Eles podem estar numa encrenca danada se o patrão não gosta de decepções — disse Lula. — E acho que eles não acreditam quando você diz que não está com a fotografia. Não está com ela mesmo, não é?

— É.

— Como é que todo mundo pensa que está com você, se não está?

— Porque esteve comigo.

— Assim como você teve uma aliança no dedo — disse Lula.

Senti a minha pressão subir um ponto.

— Dá um tempo, OK?

— Hunh — disse Lula.

Entrei na rua Pulling e vi meu RAV4 estacionado na frente da casa do Buggy.

— Acho que ele pegou seu carro emprestado — disse Lula.

— Alguma coisa assim.

— Vamos fazer nossa caçada com ele?

— Vamos. Eu uso minha arma de choque, o algemamos quando ele cair e arrastamos para o Buick. Tem um banco de trás maior.

— Vamos lá. Estou nessa — disse Lula. — Não sei se notou, mas estou de preto hoje de novo. Estou na zona Ranger. WHAM!

Fiquei contente com aquela atitude tão positiva de Lula, porque eu estava um pouco insegura. E achava bom Lula estar na zona, embora desconfiasse que a roupa dela fosse da sua coleção sado-masô, já que usava bota salto 8 acima do joelho, minissaia de couro preto e um bustiê justíssimo também preto.

Estacionei o carro e Lula e eu fomos para a porta. Deixei as algemas flexíveis à mão e peguei o taser.

– Trate de distraí-lo – disse para Lula. – Quando ele olhar para você, dou um choque nele.

– Certo – disse Lula. – Vou distrair o diabo dele.

Toquei a campainha e Buggy atendeu.

– Olá – ele disse quando abriu a porta e me viu. – Qual é?

– Vim pegar o meu carro.

– Estou achando que vou ficar com ele. Gosto muito.

– Você não pode simplesmente ficar com carros por aí – disse-lhe Lula.

– Hã-hã, posso, sim – ele disse, olhando para ela e para mim de novo.

– Explique por que ele não pode fazer isso – eu disse para Lula.

– Porque não pode – ela disse.

– Só isso? – perguntei para ela. – Não vai dizer mais nada?

– Porque não é direito – ela disse para Buggy. – Você tem de comprar um carro. Não pode ficar com o carro dos outros.

Buggy não estava prestando atenção em Lula. Ele olhava para mim, as sobrancelhas juntas, os lábios apertados.

– Eu quero ele – ele disse.

– Ele não está prestando atenção em você – eu disse a Lula.

– E eu não sei? Qual é o problema desse menino?

Ela chegou para a frente e berrou para Buggy:

– Oi! Você aí!

– Oi – disse Buggy.

Lula tirou um dos seios gigantescos do bustiê de couro preto.

– O que acha disso?

– É grande – disse Buggy.

— Pode apostar — Lula disse.

Saquei o taser, pressionei no braço do Buggy e apertei o botão para ligar. Ele não caiu de joelhos.

Disparei de novo.

— Está me pinicando — disse Buggy. — Pare com isso.

— Deve ter a ver com peso corporal — disse Lula. — Você precisa daquela merda que fazem para elefantes.

Buggy arrancou o taser da minha mão e o jogou nos arbustos ao lado da casa.

— Vá embora — disse ele. — E é melhor não levar o meu carro, porque vou ficar doido com isso.

Não havia por que bancar a boba, pensei. Apenas pegue o RAV4 calmamente, vá para casa e faça uma reavaliação. É óbvio que deve existir uma maneira de pegar esse homem. Uma rede bem grande, talvez. Um dardo tranquilizante para rinocerontes. Fazê-lo seguir uma trilha de hambúrgueres até a delegacia de polícia.

Vasculhei os arbustos, achei o meu taser, dei a chave do Buick para Lula e um sorriso simpático para Buggy. Fiz meia-volta, caminhei até o RAV4, enfiei a chave e abri a porta do lado do motorista. Buggy me agarrou por trás e me jogou na rua.

— Ei, idiota — Lula disse para Buggy. — Não pode fazer isso com ela. Isso é uma baita grosseria.

— Eu faço o que bem entendo — retrucou Buggy. — Esse carro é meu agora.

Lula tirou sua Glock da bolsa e a apontou para Buggy.

— Correndo o risco de ficar pessoal demais, estou com um problema intestinal delicado hoje e você não está colaborando nada. E já expliquei para você como funciona a propriedade de carros. Agora você tem de tirar sua bunda gorda daqui, senão vou botar mais um furo nela.

— Você não me assusta — disse Buggy. — Não pode atirar num homem desarmado.

— Quem disse? — provocou Lula. — Atiro em homens desarmados o tempo todo.

Eu me levantei, fui por trás do Buggy, apertei o taser no pescoço dele e disparei. Buggy ficou completamente paralisado, caiu de joelhos e molhou a calça.

— A terceira vez é batata — disse Lula.

Enfiei as algemas flexíveis nos pulsos dele e prendi suas duas mãos nas costas. Buggy ainda estava de joelhos, os olhos vidrados e babando.

— Como é que vamos levá-lo para o carro? — Lula olhava fixo para ele. — O cara deve pesar cento e cinquenta quilos e ainda está com a calça molhada. Precisamos de uma empilhadeira para içá-lo. Talvez uma daquelas manipuladoras com ganchos.

— Quem sabe agora, que ele está algemado, raciocine melhor? — eu disse.

Os olhos de Buggy recuperaram o foco.

— Grrrr — resmungou ele.

Lula abaixou a cabeça e olhou para ele.

— Não parece racional.

Buggy fez força para libertar as mãos.

— GRRRRR!

Ele apoiou-se em um pé primeiro, depois no outro. Balançou a cabeça como se pudesse assim clarear as ideias, ficou de pé e balançou um pouco até se equilibrar.

— Sabe aquele filme em que trazem Frankenstein de volta à vida? — disse Lula. — Isso é como aquele filme. Sabe o que aconteceu com Frankenstein assim que acordou? Ele não estava gostando nada daquilo.

— Temos de ir até o centro para pagar sua fiança de novo — eu disse para Buggy. — Não vai demorar.

Buggy avançou para cima de mim. Estava com as mãos presas às costas e o andar todo desajeitado. Avançou para mim uma segunda vez, mas eu pulei fora. Ele tropeçou, caiu no chão e rolou de costas. Foi assim que ficou, esperneando, sem poder se endireitar.

– Ele é como uma tartaruga gigante – disse Lula. – O que vamos fazer com ele?

Eu não sabia. Não podíamos levantá-lo. Eu nem sabia se podíamos arrastá-lo. Quando nos aproximamos, ele começou a tentar nos chutar. O rosto dele estava vermelho e suando, com as veias saltadas na testa, retesadas no pescoço.

– Você tem de se acalmar – disse-lhe Lula. – Vai acabar tendo um AVC. E você já não é um homem muito atraente, para início de conversa, então não vai querer piorar tudo com essa coisa de veias saltadas. Não é uma boa aparência para você.

Ele rolava de um lado para outro e grunhia:

– Unh, unh, UNH!

E no último UNH ele arrancou as algemas flexíveis, rolou e ficou de quatro, depois de pé, os olhos pequenos brilhando malignos, braços estendidos, boca aberta. Um urso-pardo matador.

– YOW! – disse Lula. – Cada um por si.

Ela correu para o Buick, e eu para o RAV4. Pulei dentro do carro, fechei a porta e saí dali, com Lula atrás.

Fui para a casa dos meus pais, estacionei na rua e fiquei lá sentada alguns segundos, me recuperando. Lula bateu na janela do meu lado e desci.

– Está vendo, é disso que estou falando – disse Lula. – Você está com alguma praga. Essa não foi uma experiência maravilhosa. Já viu alguém arrancar aquelas algemas de plástico antes? Acho que não.

ONZE

Vovó estava na porta da frente, acenando para nós.
— Chegaram bem na hora do almoço — disse ela.
O rosto de Lula se iluminou.
— Almoço! É disso que preciso depois da minha experiência traumática.
Vovó foi na frente para a cozinha.
— O que aconteceu?
— Um idiota quase arrancou nossos braços e pernas um por um — disse Lula. — Só que conseguimos evitar e viemos para cá.

Minha mãe estava pondo os pratos de comida na mesa de jantar, procurando não resmungar sobre a ideia de eu ter meus membros arrancados.

— Presunto, bolo de carne com azeitonas recheadas, queijo suíço e um pouco de salada de penne — disse ela. — Sirvam-se.

Sentei e vovó me deu uma pequena garrafa de vidro.
— Annie deixou isso para você hoje de manhã. Disse que você deve beber na próxima vez que estiver com o seu verdadeiro amor, que tratará da sua indigestão.

Lula olhou para mim.
— Quer dizer que você já resolveu quem é o seu verdadeiro amor? Não que eu me importe, mas estava imaginando, só para conversar, se tem alguma coisa a ver com a aliança que já esteve no seu dedo.

Minha mãe e minha avó pararam de comer e inclinaram o corpo para frente, esperando a minha resposta.

— Ai, pelo amor de Deus. Por que está todo mundo fazendo esse cavalo de batalha dessa marca idiota sem bronzeado? É só uma marca de bronzeado!

— É — disse Lula —, mas você tem feito segredo disso e toda essa conversa de verdadeiro amor e indigestão me fez unir os pontinhos e acabei entendendo tudo. Você está grávida!

Minha mãe tapou a boca com a mão, emitiu um som de sufocada e caiu de boca em cima do bolo de carne com azeitonas. Por um segundo pensei que fosse um ataque do coração, cuja responsável era eu.

— Ela só desmaiou — disse vovó. — Costumava desmaiar toda hora quando era menina. Uma verdadeira rainha do dramalhão.

Esticamos minha mãe no chão e vovó foi pegar uma toalha molhada. Mamãe finalmente abriu os olhos e olhou para mim.

— Quem? O quê?

— Não estou grávida — eu disse.

— Tem certeza?

Tive de pensar um pouco.

— É quase certo.

Eu teria certeza em uma semana.

Sentamos minha mãe na cadeira de novo, peguei o uísque no armário e todas nós bebemos um pouco.

— Eu não aguento mais isso — disse Lula. — Quero saber da aliança. Quero saber com quem você se casou. E que diabos aconteceu no Havaí?

— É — disse vovó. — Eu também quero saber.

— Idem — minha mãe disse, bebendo mais um gole da garrafa de uísque.

Eu estava evitando isso. Havia partes das minhas férias que tinham sido espetaculares, mas havia também as partes que eu preferia esquecer... Como o final. Além de não querer falar sobre isso, não tinha ideia do que dizer. Era tudo muito constrangedor. Infelizmente, devia uma explicação para Lula e para a minha família. Só não podia contar tudo para eles.

— Não foi nada. Foi trabalho. Vou contar o que aconteceu, mas vocês têm de jurar que não vão contar para ninguém.

Todas fizeram o sinal da cruz, puxaram zíperes sobre a boca e jogaram as chaves fora.

— Eu ofereci a segunda passagem de avião para o Morelli, mas ele não podia se afastar do trabalho. Ele nunca se afasta do trabalho. Então fui sozinha. Desembarquei do avião em Honolulu e estava caminhando no terminal quando avistei Tootie Ruguzzi.

— Dê o fora daí — disse Lula. — A mulher do Rug?

— É.

— Aqueles dois desapareceram da face da Terra — disse vovó. — Nós todos pensamos que tinham morrido.

Simon Ruguzzi, mais conhecido como Rug, é um assassino de aluguel famoso no lugar. Faz parte dos Colichio, uma família criminosa, mas também se sabe que age por conta própria. Três anos atrás ele executou sete membros de uma gangue hispânica que tentava ocupar à força o território dos Colichio. Dois outros membros da gangue testemunharam o massacre, mas escaparam e deduraram Rug. Ele foi preso e processado, mas de alguma maneira conseguiu a liberdade com uma fiança ridiculamente alta. E foi essa a última vez que qualquer pessoa viu Rug ou Tootie. Vinnie tinha ficado com a fiança e Ranger e eu procuramos Rug desde então.

— O Rug estava com ela? — perguntou Lula.

— No terminal, não. Ela estava sozinha. Eu a segui lá fora e a vi pegar o ônibus para um balneário. Peguei meu carro de aluguel e fui para o endereço que estava na lateral do ônibus. Era um daqueles balneários caríssimos na beira da praia, com vista para a Diamond Head, que oferece pacotes para eventos especiais. Eu tentei entrar, mas era o mês exclusivo de hospedagem de casais. Privacidade de alta segurança, exclusiva e muito bem guardada.

— Eles não estavam deixando nem caçadores de recompensa entrar? — perguntou Lula.

— Meu nome não estava na lista de convidados. Fim da história.

— E se você fosse convidada?

— Eu tinha de ser casada.

— Estou começando a entender — disse Lula.

— Foi mais complicado do que isso — expliquei para ela. — Mesmo se eu capturasse o Rug, não tenho autoridade para trazê-lo para Jersey. Vinnie e Ranger cuidam das fianças mais caras e arriscadas e de extradição.

— Por isso você chamou o Ranger — disse Lula.

— É. Ele pegou o primeiro voo e nos registramos no balneário como Sr. e Sra. Manoso.

Lula se abanou com o guardanapo.

— Jesus, Jesus...

Minha mãe tinha tapado os ouvidos.

— Não estou ouvindo.

— Eu estou — disse vovó. — Isso está ficando bom.

Vovó não tinha ideia de quanto. E eu não ia entrar em detalhes, mas Ranger arrumou uma cabana na praia com total privacidade para aproveitar o spa ao natural e uma cama king-size para depois do spa.

— Então toda essa história de casamento era uma farsa para entrar no balneário — disse Lula.

— Era.

— Vocês pegaram o Rug?

— Não, mas ele estava lá. Estavam numa cabana no outro extremo do terreno. Infelizmente, saíram e desapareceram antes de podermos fazer contato.

Muito bem, a verdade era que provavelmente não tínhamos nos esforçado tanto quanto podíamos. O spa que vinha com a nossa cabana era fantástico demais, e não sei bem se Ranger estava realmente motivado para fazer uma captura e sair da ilha. Lula se concentrou alguns segundos na salada de macarrão.

– Então por que você vive dizendo que as coisas eram complicadas? E por que esse segredo todo?

– Nós não desistimos de capturar o Rug – eu disse. – Não quero que digam por aí que eu o vi no Havaí, e não quero afugentá-lo. Sem falar que Morelli tinha ficado mal porque eu estava curtindo minhas férias sozinha e resolveu aparecer de surpresa. Felizmente eu estava completamente vestida e não no spa quando ele passou pela recepção mostrando o distintivo e apareceu na minha porta. Infelizmente a fúria de Morelli acendeu assim que ele viu Ranger. Morelli o derrubou com um soco na cara. O resultado de tudo isso foi a entrega dele no hospital e a minha partida prematura.

– Eu esperava uma história melhor do que essa – disse Lula. – Mas acho que você ainda pode estar grávida.

– Não é nada provável.

– É, mas nunca se sabe. Pode existir uma chance – disse Lula.

Olhei para minha mãe para ver se ela ia desmaiar de novo. Ela estava segurando a garrafa de uísque quase vazia, sorrindo, de olhos vidrados.

– Ela está de porre – disse vovó. – Você devia tirar essa garrafa da mão dela antes que mergulhe de cara de novo no bolo de carne com azeitonas.

Arranquei a garrafa da mão da minha mãe e botei de volta no armário.

– Você, por acaso, contou para Morelli onde eu estava hospedada no Havaí? – perguntei para vovó.

– Contei, ele ligou logo antes de você voltar para casa. Acho que ele pensava que você estava num outro hotel, por isso contamos para ele sobre o novo. Ele disse que ia fazer uma surpresa para você e imaginamos que fossem passar os últimos dois dias juntos. Certo, então esse mistério estava resolvido. Acabei de comer o meu sanduíche, guardei a garrafa da Annie na bolsa e me levantei.

– Preciso cair na estrada – disse para vovó. – Avise se souber de qualquer coisa. Estou com meu RAV4 de novo, por isso vou deixar o Buick aqui.

Lula e eu pusemos os cintos de segurança e Lula examinou os meus arquivos.

– Precisamos de uma captura para quebrar esse ciclo – disse ela. – Temos de reverter essa praga. Especialmente se você estiver grávida.

– Eu não estou grávida.

– É, mas você também disse isso quanto a estar casada.

– E eu não casei.

Lula não recuou.

– De certa forma, você se casou.

Minha nossa.

– De qualquer modo, voto para irmos procurar o Magpie [pássaro pega] – disse Lula –, porque podemos pegá-lo com certeza, se o encontrarmos.

Donald Grezbeck, mais conhecido como Magpie, era procurado por roubo. Tinha sido pego invadindo uma barraca de uma feira de antiguidades, de onde saiu com correntes de ouro no valor de setecentos dólares. Não foi sua primeira prisão. Normalmente, era por furtos em lojas. Magpie pegava as coisas que chamavam sua atenção. Adorava tudo que brilhava e faiscava. Depois que conseguia seus tesouros, não tinha ideia do que fazer com eles. Costumava usá-los até alguém encontrá-lo e confiscar o butim. Magpie vivia de mal a pior em um Crown Vic todo amassado. E esse era o problema. Não tinha emprego, não tinha endereço fixo, não tinha família, não tinha amigos. Nenhum estacionamento preferido tampouco. Gostava de acampar em estradas pouco usadas. De vez em quando se aboletava num cemitério.

– Ele pode estar em qualquer lugar – eu disse. – Eu não saberia por onde começar a procurar.

– Podíamos alugar um helicóptero e tentar avistá-lo do alto – disse Lula.

– O helicóptero custaria mais do que eu ganharia com a captura.

– Dinheiro não é tudo – disse Lula.

– É sim, quando não temos nenhum.

Meu celular tocou e o visor mostrou um número desconhecido de Jersey.

– Estou procurando Stephanie Plum – disse uma mulher. – Preciso falar com ela sobre Richard Crick.

– Você não é mais uma agente do FBI, é? Estou farta e cheia de agentes do FBI.

– Eu era noiva do Ritchy.

– Jesus! Sinto muito pela sua perda. Eu não sabia que ele tinha noiva.

– Preciso conversar com você. Você deve ser uma das últimas pessoas que o viram.

– Eu estava sentada ao lado dele no avião, mas dormi a viagem quase inteira.

– Você está em Trenton, não é? Eu também. Gostaria muito se pudéssemos nos encontrar em algum lugar.

– Tem um café na Hamilton, perto do hospital – eu disse.

– Obrigada. Estou perto daí.
– O que foi isso? Lula olhou para mim quando desliguei.
– Era a noiva de Richard Crick. Como é que todo mundo me encontra? Os caras que são mesmo do FBI eu entendo, porque eles têm recursos. Mas e o resto? Sabem que eu estava sentada ao lado do Crick. Sabem onde eu moro. Sabem o número do meu celular.
– É a era eletrônica – disse Lula. – Não somos as únicas que têm programas de busca. E ainda tem todas as redes sociais. Mas é claro que você não sabe disso, porque ainda vive na Idade da Pedra. Você nem tuíta.

Passei a marcha no RAV4.

– Você tuíta? – perguntei para Lula.
– Óbvio que sim. Sou a maior tuiteira.

Fui para o café e estacionei o carro. Connie já tinha voltado para a mesa da janela. Vinnie não estava. Lula e eu entramos e puxamos nossas cadeiras na mesa da Connie.

– Temos um escritório? – perguntei para Connie.
– Temos. Vinnie assinou os papéis. Ele queria voltar aqui e socar o DeAngelo, mas eu disse a ele que precisava ficar e esperar o caminhão com a mobília alugada. Se tivermos sorte, na hora que entregarem a mobília, o DeAngelo já terá ido para casa.
– O que foi essa mobília toda que você alugou? – perguntou Lula. – Você tem um sofá grande e confortável, não é? E uma daquelas televisões de tela plana.
– Eu tenho duas mesas baratas e seis cadeiras dobráveis. Estou contando que isso seja por pouco tempo.

Uma mulher entrou no café, olhou em volta e veio até a nossa mesa.

– Alguma de vocês é Stephanie Plum? – ela perguntou.

Levantei a mão.

– Sou Brenda Schwartz, noiva do Ritchy. Acabei de falar com você ao telefone. Podemos ir até lá fora?

Ela devia ter um metro e oitenta de altura e era curvilínea demais. Tinha um monte de cabelo louro muito bem tratado no topo da cabeça, num coque despenteado. A maquiagem era quase de uma drag-queen. Estava de salto plataforma, uma saia preta justa e uma blusa vermelha decotada que mostrava um monte de seios, cobertos de bronzeado instantâneo. Era difícil dizer exatamente o que havia por baixo daquela maquiagem, mas achei que devia ter quarenta e poucos anos.

Segui Brenda até lá fora e ela acendeu um cigarro imediatamente. Tragou a fumaça até os dedos dos pés e soprou pelo nariz.

– Esse cigarro está com gosto de cu – ela disse.

Eu não sabia bem o gosto que tinha o cu, mas ela tinha jeito de saber, por isso resolvi acreditar nela.

Ela deu mais uma tragada.

– Estou tentando parar com os mentolados e isso é uma droga. Estou quase experimentando uma daquelas coisas eletrônicas.

– Você queria me ver para falar do Richard Crick?

– É. Pobre Ritchy. Muito triste – ela semicerrou os olhos para me enxergar através da fumaça. – A pior parte é que ele ia levar uma foto. Disse que era um presente especial para mim, mas não encontraram nada quando o tiraram da caçamba de lixo. Então eu queria saber se você sabe alguma coisa sobre isso, porque seria muito sentimental para mim. Ia me ajudar com a dor de perder o Ritchy.

– De que tipo de foto nós estamos falando?

– Foto de uma pessoa.
– Homem ou mulher?
– Isso é meio constrangedor, mas o pobre Ritchy não disse.
– E é importante? Por quê?
– Porque foi o Ritchy que tirou a foto. O último desejo dele foi que ficasse comigo. E agora ele está morto.
Ela fungou e fez uma careta como se fosse chorar.
– Só quero alguma coisa para lembrar do Ritchy. Alguma coisa que ele tenha feito por mim, sabe?
– Ritchy devia ser um cara supergentil.
– Era, e gostava de fotografia. Estava sempre fotografando.
– Eu adoraria poder ajudar, mas a fotografia não está comigo.
– Talvez você a tenha enfiado em algum lugar e nem tenha noção disso. Por exemplo, você desfez todas as suas malas?
– Sim. A foto não está comigo.
– Tudo bem, o negócio é o seguinte. Ritchy ligou para mim do aeroporto de Los Angeles e disse que devia ter perdido a foto, posto em algum lugar por engano, e que estava sentado ao seu lado, e que tinha quase certeza de ter posto acidentalmente dentro da sua bolsa.
– Por que o Ritchy simplesmente não pegou a foto de volta dentro do avião?
– Ele não estava se sentindo bem. E depois... bem, você sabe, ele morreu.
– Jesus...
– Merdas acontecem – disse Brenda. – E então, onde está a fotografia?
– Eu não sei. Não está comigo.
Ela apertou os lábios.
– Você quer dinheiro, certo? Quanto?
– Eu não quero dinheiro. A droga da fotografia não está comigo.

Brenda enfiou a mão na bolsa, de pano, e pegou uma arma prateada.

– Eu quero a fotografia. Nós todos sabemos que está com você. Por isso seja esperta e passe para cá.

Olhei para a pistola.

– Isso é de verdade?

– Pode apostar que é. Bonitinha, não é? E é leve. Aposto que você carrega alguma merda como uma Glock ou uma Smith e Wesson. Essas armas estragam todo o seu visual. Você fica com torcicolo, não é?

– É, eu tenho uma Smith e Wesson.

– São dinossauros.

– Quem é você?

– Caramba, você não presta atenção. Já disse. Sou Brenda Schwartz. E quero a fotografia.

– Atirar em mim não vai fazer a foto se materializar.

– Posso atirar no seu joelho, para começar. Só para você saber que estou falando sério. Dói muito um tiro no joelho.

Lula empurrou a porta do café e veio se juntar a nós.

– Isso é uma arma?

– Ah, pelo amor de Deus, quem é essa? – disse Brenda.

– Eu sou Lula. E quem diabos é você?

– Essa conversa é particular – disse Brenda.

– É, mas eu quero dar uma espiada na sua arma de brinquedo. É bonitinha.

– É uma arma de verdade – disse Brenda.

Lula tirou sua Glock da bolsa e apontou para Brenda.

– Vadia, isso é que é uma arma de verdade. Capaz de abrir um buraco na sua boca por onde passe um caminhão.

– Sinceramente – disse Brenda –, isso está ficando chato demais.

Ela entrou no carro dela e foi embora.

– Ela foi meio desaforada, já que eu só queria ver a arma dela – disse Lula.

Desaforada era o menor dos problemas. Brenda era uma perfeita adição à minha coleção crescente de homicidas desajustados.

– Ela está de luto – eu disse para Lula. – Obrigada por interferir.

– Não parecia estar de luto. E não parecia nenhuma noiva de médico.

Lula e eu voltamos para junto da Connie, e liguei para Bill Berger.

– Tenho uma terceira parte interessada na fotografia – contei para ele. – Quer saber?

– Quem é? – perguntou Berger.

– Brenda Schwartz. Diz que era noiva do Crick. Loura, um metro e oitenta, quarenta e poucos anos. Usa uma pistola pequena.

– Pelo que sabemos, Crick não tinha noiva.

Terminei a conversa com Berger e contei a Connie.

– Você consegue encontrá-la?

– Brenda Schwartz é um nome bem comum – disse Connie. – Tem endereço? Pegou a placa do carro dela?

– A primeira parte era POP e não vi o resto. Era um daqueles carros que parecem uma torradeira.

– Era um Scion – disse Lula.

Connie botou a informação num programa de busca e começou a aprimorar a pesquisa. Peguei um biscoito preto e branco com um frappuccino e voltei para a mesa.

– Acho que encontrei – disse Connie. – Brenda Schwartz. Quarenta e quatro. Cabeleireira, trabalha no The Hair Barn, em Princeton. Divorciada de Bernard Schwartz, Harry Zimmer, Herbert Luckert. Um filho. Jason. Ele deve ter vinte e um anos agora. O endereço mais recente é em West Windsor. Alugado. Nenhum processo contra ela. Foi detida por posse de uma substância controlada cinco anos atrás. Levou uma palmadinha na mão. Há mais informações pessoais. Vou imprimir mais tarde para você. Não tenho impressora aqui.

Anotei o endereço da Brenda, comi o meu biscoito e bebi o frapê de café, enquanto pensava no que fazer com aquela confusão da fotografia. Acho que devia contar para o Ranger, mas ele podia matar todo mundo e isso não ia aliviar o seu problema de carma. Espiei pela grande janela-vitrine da frente e percebi que meu carro tinha sumido.

– Droga! Merda! Filho da puta! – eu disse.
– Que monte de palavrões – disse Lula.
– Ele pegou o meu carro de novo.

Elas espiaram pela janela.

– É, parece que sumiu mesmo – disse Lula.

Liguei para a sala de controle da Rangeman.

– Onde está o meu carro? – perguntei para o técnico que atendeu.

– Está na Hamilton. Acabou de estacionar na frente da Cluck-in-a-Bucket.

– WHAM! – disse Lula. – Dê carta branca para eu ir atrás dele.

– Tem dois caras que gostaria que pusesse na busca para mim – eu disse para Connie. – Mortimer Lancelot e Sylvester Larder.

Escrevi o número da placa do Town Car num guardanapo.

– E adoraria saber quem é o dono do carro.

Cinco minutos depois, estávamos no estacionamento da Cluck-in-a-Bucket, no carro de Lula em ponto morto atrás do meu RAV4. Dava para ver Buggy dentro da lanchonete, na fila perto do balcão.

– E agora? – disse Lula. – Você tem alguma ideia de como vamos fazer isso? Podemos ir ao matadouro e pegar um aparelho de choque para o gado.

– Eu só quero o meu carro. A essa altura não me importo se o Buggy ficar solto para sempre.

– É, mas como vai impedir que ele leve de novo, se não botá-lo na cadeia?

– Vou trocar o RAV4. Desisto. Não consigo tirar a chave dele, então vou arrumar outro carro.

– Uau! Isso é inteligente.

– Acho que terminei por hoje – eu disse para Lula. – Ligo para você, se alguma coisa mudar.

DOZE

Já era final de tarde quando troquei o RAV4 por uma picape Chevrolet Colorado de quatro portas. Não costumo comprar picapes, mas o preço estava bom e eu não tinha muita escolha. Acho que alguns jovens tinham dirigido, fumando maconha, e o banco pegou fogo. Não houve muito dano mecânico, mas o interior da picape estava um lixo. Puseram bancos novos, mas o cheiro de muita maconha queimada continuava lá.

Eu tinha tirado o rastreador da Rangeman debaixo do RAV4, guardado no porta-luvas e avisado da troca de veículos para a sala de controle. Liguei para o Morelli para avisá-lo também, mas ele não estava atendendo o celular. O ímã do ferro-velho devia estar interferindo. Ou talvez ele tenha visto que a ligação era minha e jogado seu celular no rio Delaware.

Eu estava malparada com o Morelli. Tecnicamente, eu não tinha feito nada de errado, já que tinha um relacionamento sério com ele. Só que isso não impedia meu estômago de dar cambalhotas, porque mantinha compromisso sério com dois homens dos quais eu realmente gostava. E era óbvio que Morelli era o mais vulnerável dos dois. Ranger aceitava as limitações, aproveitava ao máximo sempre que tinha oportunidade e se deixava levar no resto. Morelli não era capaz de nada disso. Seu temperamento e sua libido viviam na zona vermelha. E a verdade era que, apesar de às vezes ser mais difícil de conviver, eu preferia a transparência das emoções do Morelli.

Meu dilema era que eu queria que Morelli soubesse que Ranger tinha ido para o Havaí de fato a trabalho, mas tinha medo de que a conversa virasse uma discussão feia sobre morarmos juntos. E estava ficando óbvio que Morelli não queria ter essa discussão, tanto quanto eu.

Tirei minha picape do estacionamento e fui para Hamilton Township. Se havia uma coisa capaz de afastar o Morelli da minha cabeça era pensar na Joyce Barnhardt.

Barnhardt era um caso inacabado. Eu a odiei no fundamental e no ensino médio e a encontrei pelada montada no meu marido novinho em folha em cima da minha novíssima mesa de jantar. No fim das contas, descobri que ela acabou me fazendo um favor, porque o homem era um galinha. Mesmo assim, o comportamento dela não tinha melhorado depois disso, então eu não devia me importar se estava viva ou morta, só que eu me importava. Não dá para entender.

Fiquei rodando pelo bairro da Joyce, que estava deserto como sempre. Parei e fiquei em ponto morto na frente da casa dela. Nenhum sinal de vida lá dentro. Saí da Mercado Mews e voltei para a Burg.

Os Barnhardt moravam na rua Liberty. A mãe da Joyce é professora do terceiro ano e o pai dela instala condicionadores de ar para a Ruger Air. Os Barnhardt mantinham seu gramado bem aparado e eram muito discretos. Vovó diz que o pai de Joyce é meio excêntrico, mas eu não o conhecia pessoalmente. Nunca interagi com o pai da Joyce e logo no início aprendi a evitar a mãe dela. A mãe fazia vista grossa para as besteiras da Joyce. Bom para Joyce, imagino, mas difícil para a garota que recebeu uma escarrada da Joyce no seu sanduíche.

Examinei de longe a casa dos Barnhardt, dei meia-volta e passei devagar uma segunda vez. A casa tinha bons fluidos. Bons dentro do possível, levando em conta que Joyce tinha morado lá. Se as circunstâncias tivessem sido diferentes, eu talvez batesse na porta para interrogar os Barnhardt.

Já que estava no bairro, parei para ver se minha mãe estava sóbria e preparando o jantar.

– Ela está dormindo de ressaca – disse vovó quando abriu a porta para mim. – Pedi uma pizza. Pode ficar e comer conosco. Pedi três tamanho família do Pino e acabaram de entregar.

Meu pai estava na sala de estar assistindo à televisão com uma das caixas de pizza no colo, uma garrafa de cerveja presa entre as pernas. Sentei à mesa da cozinha com vovó e peguei uma fatia com pepperoni e porção extra de queijo.

– Quais são as novidades sobre a Joyce Barnhardt? – perguntei.

– Ninguém a viu. Grace Rizzo acha que Joyce estava tendo um caso com o joalheiro. A filha da Grace trabalha do outro lado da rua, no salão de manicure, e ela disse que Joyce entrava na joalheria e ficava lá dentro muito tempo. E uma vez puseram a placa de "Fechada" quando a Joyce estava lá.

– Frank Korda era casado. Difícil acreditar que ele processaria a Joyce e criaria essa desavença toda se estivesse indo para a cama com ela.

– Eu não sei. De qualquer forma, já liberaram o corpo dele – disse vovó. – Marcaram o velório para amanhã à noite na funerária. Vai ficar lotado. Nem todo mundo é compactado no ferro-velho. Ouvi dizer que até o pessoal da televisão é capaz de estar lá.

Senti um arrepio na espinha. Não compartilhava com minha avó de seu entusiasmo por velórios.

– Tenho hora marcada para fazer o cabelo e as unhas amanhã de manhã, para ficar apresentável – disse vovó.

***

Fiquei parada no estacionamento do meu prédio com metade de uma pizza no banco ao meu lado e com o motor ligado. Não vi nenhum Scion, nem Town Car, por isso me senti a salvo de dois terços das pessoas que queriam me matar. Não sabia que tipo de carro Razzle Dazzle dirigia, e isso me preocupava. Tinha um taser sem muita carga e uma lata cheia de fixador de cabelo. E se reduzia a praticamente isso o meu kit de autodefesa.

Liguei para Morelli e desta vez ele atendeu.

– Está com fome? – perguntei. – Tenho metade de uma pizza família do Pino.

– Preciso conversar com você?

– Não.

– Bom, porque não estou preparado para a conversa.

– Entendi. Ainda está trabalhando?

– Estou em casa – disse Morelli. – Tive de levar Bob para passear e dar o jantar para ele.

– Então pode vir para cá agora?

– Posso.

Eu ia apodrecer no inferno. Se eu amava Morelli? Sim. Sentia saudade dele? Sim. Era por isso que tinha feito o convite para ele vir comer a pizza? Não. Eu o tinha convidado porque estava com medo de entrar no meu apartamento sozinha. Morelli era grande e forte e usava uma arma com balas de verdade. Meu Deus, eu era um fracasso mesmo!

Desliguei o motor e atravessei o estacionamento com a caixa de pizza. Esperei na portaria até ver o SUV de Morelli. Subi pela escada e esperei no corredor, na frente da minha porta. As portas do elevador se abriram, Morelli saiu e sorri para ele.

– Você acabou de chegar? – ele perguntou.

Mordi o lábio inferior. Não podia fazer isso.

– Não. Estava esperando você chegar. Com medo de entrar no meu apartamento.

– Então me atraiu para cá com a pizza?

– Não. Trouxe a pizza para você. Só que tive uma espécie de ataque de pânico quando cheguei no estacionamento do prédio.

– Eu tenho de entrar com a arma em punho?

– Você é que sabe, mas não é uma má ideia.

Morelli olhou bem para mim.

– Quem você acha que está aí dentro?

– Pode ser qualquer pessoa, do jeito que as coisas estão. Pode ser Razzle Dazzle.

– O que é razzle dazzle?

– Segundo o Berger, ele é um maníaco assassino.

Morelli pegou a arma, destrancou a minha porta e abriu. Verificou todos os cômodos e voltou para perto de mim.

– Nenhum Razzle Dazzle.

Ele me puxou para dentro do apartamento, fechou e trancou a porta e botou a arma no coldre.

– Que tipo de pizza é essa? – ele perguntou.

– Pepperoni com porção extra de queijo.

Botei a pizza na bancada e abri a tampa.

– Desculpe, não tenho cerveja.

– É até melhor assim – disse Morelli, dobrou uma fatia e deu uma mordida. – Tem chances de eu ter de voltar para o trabalho esta noite.

– Você está sempre trabalhando.

– Se as pessoas parassem de atirar, esfaquear e compactar umas às outras, meu expediente seria menor.

– Por falar em compactar...

– Não tem mais nenhum corpo no ferro-velho. Os parentes da Connie cuidam para que a rotatividade dos carros seja grande. Amassam e despacham.
– Há boatos de que Joyce estava transando com o joalheiro.
– Joyce transava com todo mundo.
– A Joyce já transou com você? – perguntei a ele.
– Não. Ela assusta. Mas tem de saber que você não é a única que está procurando por ela. Ela é procurada para interrogatório sobre o assassinato do Korda.
– Alguma pista?
– Não. E você?
– Nada.

Morelli pegou uma segunda fatia da pizza e a campainha tocou. Ele foi até a porta e espiou pelo olho mágico.
– É uma mulher. Está segurando uma caixa de bolo.

Andei de lado até perto dele e espiei. Era Brenda Schwartz.
– Lembra do cara que mataram e enfiaram numa lata de lixo no aeroporto de Los Angeles?
– Richard Crick.
– Isso. E sabe a história da fotografia?
– Hã-hã.
– E sabe que há caras que fingem ser do FBI, caras que são do FBI, e Razzle Dazzle, que todos eles querem a fotografia?

Morelli não disse nada, mas a linha de sua boca afinou um pouquinho.
– Bem, essa é a Brenda Schwartz – eu disse. – Ela diz que era noiva do Crick e é mais uma caçadora da fotografia.
– Então ela trouxe uma torta para você?
– Pode ser. Pode haver uma bomba na caixa. Ela parece um pouco desequilibrada.

— Mais alguma coisa que eu precise saber? — perguntou Morelli.

— Ela usa uma arma, mas não é muito grande.

— É por isso que eu tenho refluxo estomacal — disse Morelli.

Ele abriu a porta.

— Ai, caramba — disse Brenda olhando para Morelli. — Será que errei de apartamento? Estou procurando Stephanie Plum. Espiei de trás do Morelli.

— É o apartamento certo. Esse é meu namorado.

— Posso ser — disse Morelli. — E posso não ser.

— Percebi que começamos mal hoje cedo — Brenda me disse.

— Com a ameaça de atirar em você e tudo. Então lhe comprei uma torta. Pensei que podíamos ter uma conversa de mulher para mulher sobre o assunto.

— Gentileza sua, mas eu não tenho a fotografia.

— É, mas sabe onde está.

— Não, eu não sei onde está.

Ela fez um bico um segundo.

— Então por que algumas pessoas pensam que a fotografia está com você?

— Informação equivocada. Que deve ter partido do seu noivo.

— Richard Crick não passava informação equivocada. Ele era médico. Que descanse em paz.

— Por que você quer a fotografia? — perguntou Morelli.

— Não é da sua conta. Quero porque quero. É sentimental. Eu era noiva dele.

— Não está usando a aliança de noivado — disse Morelli.

— Sinceramente — disse Brenda, rolando os olhos nas órbitas.

— Ele está morto. Não esperava que eu ficasse sofrendo para sempre, não é? — ela olhou para mim de novo. — E então, vai me dar a fotografia ou o quê?

Senti uma veia começar a latejar na têmpora.

– A fotografia NÃO está comigo.

– Muito bem. Você é que sabe – disse Brenda. – Mas estou te avisando. Eu vou conseguir aquela fotografia. E você não ficará com essa torta também.

Ela deu meia-volta e foi rebolando pelo corredor até o elevador. Morelli e eu recuamos para o meu apartamento, fechamos e trancamos a porta.

– Diga a verdade – ele disse. – Você está com a fotografia?

Bati com a base da palma da mão na minha testa com tanta força que quase caí.

– Dã!

– Isso quer dizer não ou sim? – perguntou Morelli.

– Quer dizer NÃO! Não, não, não, não, não.

– Não se aborreça com besteiras. Eu não estou exatamente atualizado.

– Você anda ocupado demais para se atualizar.

– Ninguém consegue ficar atualizado com você. Você é um ímã de desastres. Você os atrai. Eu pensava que fosse por causa do seu trabalho. Mas isso é uma explicação simples demais. Você não consegue nem viajar de férias sem atrair matadores. E nem foi só um. Você tem uma turba inteira de matadores à sua procura. Berger está ajudando alguma coisa?

– Eles tiveram cortes no orçamento.

Ele foi até o meu pote marrom de biscoitos, tirou a tampa e pegou minha arma.

– Não está carregada – ele disse.

– Você não quer que eu ande por aí com uma arma carregada, quer?

Ele botou a arma de volta no pote de biscoitos.

– Bem pensado. Nem acredito que estou perguntando isso, mas o Ranger está te protegendo?

– Ele monitora o meu carro. Fora isso, é difícil saber o que o Ranger está fazendo.

O celular do Morelli tocou, avisando que tinha chegado uma mensagem. Ele leu e suspirou.

– Tenho de ir. Gostaria de ajudar, mas não tenho ideia de como mantê-la em segurança, só se algemar você ao meu aquecedor e trancar a porta do sótão. E você não prima por aceitar conselhos.

– Nossa, não é tão ruim assim.

– Querida, você precisa ter cuidado.

Morelli me puxou para junto dele e me beijou. Depois olhou para a caixa de pizza.

– Vai querer esse último pedaço da pizza?

– É seu.

Ele jogou um pedaço da casca na gaiola do Rex e levou a pizza com caixa e tudo.

– Tranque a porta quando eu sair e não deixe ninguém entrar.

Fiquei vendo Morelli andar pelo corredor e desaparecer no elevador. Isso é perturbador, pensei. Não tinha a menor ideia de como estava o nosso relacionamento. De certa forma, ele tinha trocado de lugar com o Ranger quanto a ser o homem misterioso.

Fechei e tranquei a porta e desmoronei na frente da televisão. Depois de uma hora, fiquei agitada. Existe um limite de quantas reprises de seriados se pode assistir, e eu estava cansada de *Cupcake Wars* na Food Network. Dormi quando passava um documentário sobre formigas-de-fogo e meu celular tocou. Eram nove horas e imaginei que fosse o Morelli.

Acontece que era Joyce Barnhardt.

– Preciso de ajuda – disse Joyce.

– Há boatos por aí de que você está morta.

– Ainda não.

Isso era um pouquinho melhor do que formigas-de-fogo.

– O que está acontecendo? – perguntei. – Por que esse desaparecimento escandaloso?

– Tem gente me procurando.

– E daí?

– E daí que acho que você pode me ajudar. Se me ajudar, deixo que me prenda. Você recebe sua recompensa pela captura. Vinnie fica feliz. Dá certo para todo mundo.

– O que eu tenho de fazer?

– Para começar, preciso de algumas coisas da minha casa na cidade.

– Sua casa está trancada e você tem sistema de alarme.

– Tenho certeza de que você pode resolver isso.

– Só se você me der a sua chave e o código.

– Tem uma chave da casa escondida numa pedra falsa à direita da porta da frente. O código é 6213.

– O que você precisa?

– Preciso de uma chave. Parece uma chave pequena de cadeado. Deve estar na primeira gaveta da cômoda no meu quarto.

– O que eu faço com essa chave, se encontrar?

– Fique com ela e ligue para mim. Você está com o meu número no seu celular agora.

– Onde você está?

Ela desligou.

Eu tinha um problema. Estava louca para sair naquele segundo e pegar a chave. Não aguentava mais as formigas-de-fogo e precisava mesmo do dinheiro que receberia com a captura da Joyce. O problema era voltar para o meu apartamento. Já tinha usado minha carta Morelli, e ele ia beber galões de antiácido se lhe pedisse ajuda de novo, quanto mais se contasse que estava aliada a Barnhardt. Se pedisse ajuda para Ranger, ia acabar nua. Era até interessante, mas a verdade é que estava começando a não gostar tanto assim de mim. A sincera confusão de amar dois homens estava dando lugar a uma coisa que parecia muito egocentrismo doentio. Não sou uma pessoa especialmente introspectiva. Costumo passar os meus dias pondo um pé na frente do outro, torcendo para estar caminhando para frente. Se tenho pensamentos pesados sobre a vida, a morte e celulite, em geral é no chuveiro. E esses pensamentos são interrompidos por falta de água quente no meu prédio decrépito. De qualquer forma, gostando ou não, naquele momento eu era vítima da autoanálise e não estava dando certo.

E havia uma voz, que parecia muito com a de Lula, no fundo da minha cabeça, dizendo que eu tinha sido relapsa com a moral no Havaí e que isso tinha provocado aquela minha praga.

TREZE

Fui para a cama cedo e levantei cedo também. Tomei banho, me vesti e prendi o cabelo em um rabo de cavalo. Passei rímel e me preparei para a batalha. Hoje é um novo dia, disse para mim mesma. Eu ia começar com o pé direito. Ia tomar um café da manhã saudável e seguir em frente com disposição renovada e positiva. Nada de ficar transando em armários com o Ranger. Chega de me esconder atrás da força do Morelli. Esta manhã eu era uma mulher no comando.

Não tinha muita coisa para o café – nem frutas –, por isso fiz um sanduíche e saí. Parei de repente no estacionamento, momentaneamente confusa quando não vi o RAV4. Depois de umas batidas aceleradas do coração, lembrei de tudo. Agora estava dirigindo uma picape. Era apropriado, pensei. Dava poder. Eu tinha praticamente criado testículos.

Fui até a Mercado Mews, parei na entrada da casa da Joyce e comecei a procurar a pedra falsa. Consegui achar, peguei a chave da porta da frente, abri e decodifiquei o alarme. Fui direto para o quarto da Joyce e vasculhei a primeira gaveta da cômoda. Encontrei a chave pequena de cadeado, botei no bolso da minha calça jeans e saí. Armei o alarme para ela, tranquei a porta, pus a chave de volta sob a pedra falsa, peguei o carro e fui embora. Parei na área de estacionamento da casa-modelo e liguei para a Joyce. Ela não atendeu. Não tinha como deixar recado.

Quarenta minutos depois, parei a picape na frente do novo escritório. Uma placa improvisada na janela dizia Vincent Plum

Fianças. Connie estava sentada a uma das duas mesas e Lula parecia desconfortável numa cadeira dobrável.

– Quem é que desenha essas coisas? – disse Lula quando entrei. – Minha bunda não cabe. Será que eles acham que todo mundo tem bunda seca? E as pessoas com bundas grandes e lindas? Onde é que devemos sentar? Vou ficar com uma assadura de me pendurar nessa coisa. E não tem braços nem nada. Será que pode arrumar uma cadeira com braços? Onde é que vou apoiar meu balde de frango frito?

– Você não está com um balde de frango frito – disse Connie.

– É, mas vou estar – retrucou Lula. – E onde vou apoiar?

O escritório era muito pior do que seco. Vozes ecoavam nas salas vazias. As paredes eram cáqui militar. O piso era de linóleo de liquidação. Era iluminado pela luz da janela da frente e por uma lâmpada de quarenta watts.

– Isso é meio deprimente – comentei com Connie.

– Isso não é nada – disse ela. – Espere só para ver quando chove. Você vai querer morrer.

Vi o Cadillac do Vinnie parar atrás da minha picape. Vinnie literalmente pulou lá de dentro e veio saltitando para o escritório.

– Eu não sei o que ele tomou, mas eu também quero – disse Lula.

Vinnie parou no meio da sala, enfiou as mãos nos bolsos da calça e fungou de prazer.

– Eu consegui – ele disse. – Dei um jeito no DeAngelo. Ninguém se mete a besta com Vincent Plum. Nunca. Tem de pagar o preço.

E Vinnie fez aquele gesto de enterrar a bola que os jogadores de futebol americano fazem quando conseguem um *touchdown*.

– *Yes*, neném – ele disse. – *Yes!*

– O que você fez? – quis saber Lula.

— Enchi o carro dele de bosta de cavalo — disse Vinnie. — Conheço um cara que tem cavalos, e pedi que levasse uma pilha de bosta para a Mercedes do DeAngelo ontem à noite. Enchi aquela Mercedes do chão até o teto. Tive de quebrar uma janela para enfiar tudo lá dentro. DeAngelo explodiu o meu ônibus, então enchi o carro dele de merda. Gênio, não sou?

— DeAngelo não explodiu o ônibus — disse Connie. — Acabei de receber o relatório do bombeiro. A cafeteira teve um curto-circuito e iniciou o incêndio.

Um pouco da cor do rosto do Vinnie desbotou.

— O quê?

— Ai, caramba — disse Lula. — DeAngelo vai ficar uma fera. Pelo menos não saberá quem fez.

— Eu deixei um bilhete — disse Vinnie.

Lula deu uma gargalhada e caiu da cadeira.

— Mas nós todos pensamos que tivesse sido ele — disse Vinnie.

— Isso pode ser muito ruim — disse Connie. — DeAngelo tem conexões. E não penso que tenha senso de humor.

Notei uma coisa preta na rua e vi um Escalade parar em fila dupla.

— Ai, ai — eu disse. — Acho que é DeAngelo.

Vinnie se escondeu embaixo da mesa de Connie.

A porta da frente abriu com violência e DeAngelo entrou furioso, de cara vermelha e olhar de alucinado.

— Onde é que ele está? Eu sei que está aqui. Fuinha pervertido e dissimulado.

Lula levantou.

— Ei, vejam quem está aqui. É o Spanky.

DeAngelo olhou para Lula.

— Seu patrão babaca encheu meu carro de bosta de cavalo.

Lula alisou a roupa e arrumou o sutiã.

— Aquele carro não combinava nada com você mesmo — ela disse. — Você devia dirigir alguma coisa quente, como uma Ferrari ou um daqueles Lamborghinis. Ou talvez um daqueles grandões. Você simplesmente não combina com aquela Mercedes sem graça. Ele lhe fez um favor. Você receberia muito mais boquetes se dirigisse uma Ferrari.

— Você tem razão — disse DeAngelo. — Diga ao seu patrão que, se ele mandar me entregar uma Ferrari, não vou matá-lo.

DeAngelo deu meia-volta, saiu do escritório e se mandou no Escalade.

— Isso foi muito bom — disse Lula.

Vinnie saiu de baixo da mesa engatinhando.

— Onde é que vou arrumar uma Ferrari? Você tem alguma ideia de quanto custa uma Ferrari? Custa mais do que a minha casa.

— Aquilo foi divertido — disse Lula. — O que vamos fazer agora? Estou com vontade de prensar alguém.

— Temos de visitar Lahonka Goudge de novo — eu disse.

Lula pendurou a bolsa no ombro.

— Estou nessa.

Fomos na minha picape até as casas populares, e passei da casa de Lahonka.

— Vamos chegar sorrateiras ou vamos simplesmente invadir? — perguntou Lula.

— Vamos tocar a campainha e conversar com ela com educação e firmeza.

— Ah, é — disse Lula. — Isso sempre funciona. Que tal se eu ficar esperando na picape?

– Ótimo – eu disse. – Espere na picape. Não vou demorar, porque estou com uma atitude positiva esta manhã e vou realizar essa captura. Vou mudar o meu feitiço.

– Bom para você – disse Lula. – Só que vai mudar o feitiço mais depressa se chegar sorrateiramente, botar uma fronha na cabeça dela e bater com um pau bem grande. WHAM!

Parei a picape e nós duas descemos.

– Pensei que você ia ficar esperando – falei.

– Não quero perder o momento da mudança do feitiço – disse Lula.

– Pode debochar o quanto quiser, mas você vai ver. Vou virar esse jogo.

– Não estou debochando – disse Lula. – Parece que estou debochando?

– Parece.

– Bom, tudo bem, talvez esteja... Um pouco.

Abrimos caminho no meio dos brinquedos das crianças que cobriam a calçada e toquei a campainha da porta da casa de Lahonka.

– Vão embora! – berrou Lahonka atrás da porta.

– Quero conversar.

– Estou ocupada. Volte no ano que vem.

– Que tal isso – disse Lula. – Que tal abrir essa porta, senão vou furá-la toda com balas.

– Você não pode fazer isso – disse Lahonka. – Isso aqui é um conjunto popular. Essa porta é do contribuinte. Os contribuintes investem um bom dinheiro nessa porta.

– Você paga impostos? – perguntou Lula.

– Pessoalmente, não – ela disse. – Eu não dou dinheiro. Só recebo. Estou no melhor lado dessa moeda.

– Chegue para trás – disse Lula. – Vou atirar.

— Não! Nada de tiros.
Lahonka abriu a porta.
— Você tem alguma ideia de quanto tempo leva para conseguir uma porta nova no plano habitacional? E todo tipo de praga poderia entrar por esses buracos. A última vez que alguém fez um buraco de tiro na minha porta, entrou um morcego vampiro aqui.
Lula espiou pela porta aberta.
— Você está muito bem para quem não paga impostos. Tem uma televisão tela plana grande e boa mobília. E aquela Mercedes ali na rua é sua?
— Sou empreendedora — disse Lahonka. — Eu sou o sonho americano.
— Parece mais o pesadelo americano — retrucou Lula.
— Voltando aos negócios — eu disse para Lahonka. — Temos de levar você até o centro para renovar sua fiança. Você faltou à sua audiência.
— Eu sei que faltei à minha audiência. Você já me disse isso. Estou optando por não participar do sistema judicial.
— Não vai querer que seus filhos cresçam achando que você é uma sacripanta, vai? — disse Lula.
— Eu não sei que diabos é sacripanta. Isso é russo?
Lahonka tirou uns cartões de crédito do bolso.
— Percebi que vocês duas não são idiotas. Então vou fazer um trato com vocês. Cada uma pode escolher um desses cartões de crédito, se esquecer essa coisa toda.
— Você vai nos subornar? — perguntou Lula. — Porque nós não aceitamos propina. Somos honradas. Temos integridade saindo pelos poros — ela olhou para os cartões. — Minha nossa! Esse cartão é um American Express platinum? E um cartão Tiffany? Onde você conseguiu um cartão Tiffany?

– É esse que você quer? – perguntou Lahonka. – Você quer o Tiffany? É uma ótima escolha.

– Acho que eu gostaria de ter um Tiffany – disse Lula. – Não vejo problema num cartão Tiffany. Não que eu fosse usá-lo, mas seria um brilho na minha carteira.

– Ela não quer o cartão Tiffany – eu disse para Lahonka. – Você vai ter de vir para o centro conosco.

Ela recuou, bateu e trancou a porta.

– Então venham me pegar! – ela berrou de trás da porta.

– Atire na porta – eu disse para Lula.

– E aquela merda de conversa civilizada? – perguntou Lula.

– Apenas atire na maldita porta.

– Vocês não podem atirar! – gritou Lahonka. – Estou logo aqui atrás dela e se atirarem na porta vão acertar em mim. E sou uma mulher desarmada.

– Não tem problema – disse Lula, tirando a Glock da bolsa. – Atiro para baixo.

E Lula apertou o gatilho uma vez.

– Aaaaai! – berrou Lahonka. – Você me acertou! Sua filha da puta, você acertou no meu pé. Eu vou morrer. Vou sangrar até a morte. Além disso, não tenho seguro. E os meus filhos? Quem vai cuidar dos meus filhos quando eu morrer? Deixo para vocês como herança. Vocês merecem, suas filhas da mãe. Quero ver vocês comprando tênis novos toda vez que os malditos pés deles crescerem.

– Você acha que ela está mesmo ferida? – perguntei para Lula.

Lula deu de ombros.

– Não achei que a bala fosse atravessar a porta, mas parece que é uma daquelas portas ocas, coisa de pão-duro. Devia haver uma lei contra essas portas.

Lahonka abriu a porta.

— É claro que levei um tiro, sua retardada. Qual é o seu problema, para atirar numa mulher desarmada? Estou sentindo que vou desmaiar. Está tudo escurecendo.

E Lahonka despencou no chão.

Lula olhou para o pé de Lahonka.

— Sim, é o tiro mesmo.

— Isso vai significar um monte de burocracia — eu disse para Lula.

— Você disse para eu atirar. A ideia não foi minha — disse Lula.

— Eu só estava seguindo ordens. Caramba, eu nem sou caçadora de recompensas. Você é a caçadora de recompensas no comando, e eu sou apenas uma ajudante de caçadora de recompensas.

Fiquei com um tique no olho esquerdo, pus o dedo em cima e respirei fundo umas duas vezes.

— Temos de levá-la para a emergência. Ajude-me a arrastá-la até a picape.

— Ainda bem que você arrumou uma picape — disse Lula. — Podemos deitá-la lá atrás e você nem terá de se preocupar com o sangue por todo canto.

Quinze minutos depois, virei na entrada da emergência do hospital. Parei o carro, e Lula e eu demos a volta para pegar Lahonka.

— Ai, ai, ai — disse Lula. — Não tem Lahonka nenhuma aqui.

Ela deve ter pulado fora num sinal, alguma coisa assim.

Refizemos nosso caminho para ter certeza de que Lahonka não estava morta, atropelada, com os pés enfiados em alguma sarjeta.

— Eu nem vi rastro de sangue — disse Lula quando parei na frente do escritório. — Pensei que tinha acertado bem, no mínimo para tirar sangue.

— Você tem de parar de atirar nas pessoas — eu disse. — É contra a lei.

— Não foi culpa minha — disse Lula, entrando pela porta da frente do escritório. — Aquilo foi culpa sua. A praga é sua. É terrível. O simples fato de estar perto de você está ficando assustador.

— Ah, meu Deus! O que foi agora? — perguntou Connie.

— Nada de mais — disse Lula. — Só que nós não conseguimos mais pegar ninguém.

— Desde que não tenham atirado em ninguém — disse Connie.

— Você não atirou em ninguém, atirou?

Lula arregalou os olhos.

— Por que está perguntando? Soube de alguma coisa?

Connie botou as mãos nas orelhas.

— Nem quero saber. Não me conte.

— Por mim, tudo bem — disse Lula. — Eu também não quero falar sobre isso. Não foi exatamente uma experiência gratificante. Só que não foi culpa minha.

— Chegou alguma novidade? — perguntei para Connie.

— Não, está tudo devagar — disse Connie. — Ficar mudando de endereço toda hora não ajuda.

Fui lá para fora e tentei ligar para Joyce novamente, mas ela não atendia. Enquanto eu estava parada na calçada, um Camry cinza parou atrás da minha picape e dele desceram Berger e Gooley.

— Gostava do último endereço do escritório — disse Gooley. — Tudo num lugar só. A gente podia sair com fiança e comprar um biscoito preto e branco ao mesmo tempo.

— Já temos o desenho pronto — Berger disse para mim. — Queríamos que você desse uma última olhada antes de divulgar.

Ele tirou o desenho de uma pasta e me entregou.

— É esse o cara que está na fotografia?

— Mal me lembro da fotografia — eu disse a ele. — Mas o cara parece conhecido.

Lula saiu do escritório e espiou por cima do meu ombro.

– Eu conheço esse cara – disse ela. – É o Tom Cruise.

Olhei de novo para o desenho. Lula tinha razão. Era Tom Cruise. Não admira eu achar que era familiar.

Connie saiu da sala também.

– O que está acontecendo?

Lula mostrou o desenho para ela.

– Quem é esse?

– Tom Cruise – disse Connie.

Gooley deu uma risada de deboche, Berger fechou os olhos e apertou o alto do nariz com o polegar e o indicador, sinalizando a chegada de uma enxaqueca. Os dois deram a volta, bateram em retirada para o Camry e foram embora.

– O que eles estavam fazendo com um retrato do Tom Cruise? – perguntou Lula toda animada. – Ele está por aqui? Está fazendo algum filme aqui? Eu até que gostaria de ver o Tom Cruise. Ouvi dizer que é baixinho, mas isso não seria problema nenhum.

– Era para ser o retrato do cara na fotografia – eu disse. – Mas acho que eu devia estar pensando no Tom Cruise quando fiz a descrição para o perito do FBI.

– Ou talvez o cara na fotografia fosse mesmo o Tom Cruise – disse Lula.

Balancei a cabeça.

– Não era o Tom Cruise, mas acho que há semelhanças. O cabelo e o formato do rosto.

– Então vamos ser pró-ativas – disse Lula. – O que temos de fazer é pegar os bandidos. Temos de ir até o fundo dessa história. Isso parece uma daquelas coisas de intriga. Se descobrirmos a história, aposto que pode se tornar um programa de televisão. Eles estão sempre procurando porcarias como essa.

– Eu não quero ser um programa de televisão – retruquei.

— Tudo bem, mas você não quer morrer tampouco. Não vejo aqueles idiotas do FBI fazendo nada por você. Então sugiro assumir o controle e descobrir o que está acontecendo. WHAM! E depois, se você não quiser vender para a televisão, podemos vender para uma editora. Podemos até escrever o livro nós mesmas. Não deve ser difícil.

Eu estava indecisa quanto a ficar pró-ativa. Por um lado, estava no modo assumir o controle e Lula tinha razão sobre o FBI não estar fazendo grande coisa por mim. Por outro lado, odiava a ideia de me envolver mais. Estava torcendo para que todos acabassem me deixando em paz se eu insistisse na minha história. E, de um ponto de vista puramente prático, não ia ganhar dinheiro perseguindo as pessoas que procuravam a fotografia.

— Podemos começar procurando a Brenda — disse Lula. — Ela trabalha em um daqueles prédios de boates de striptease antes de chegar na Princeton. E podemos procurar Magpie no caminho.

Boa combinação, pensei. Havia dois cemitérios perto da Rota 1. Ele era famoso por se esconder nos dois. E, na volta para Trenton, eu podia pegar uma saída antes e ir à feira do produtor e à de antiguidades. Havia florestas enormes em volta dos mercados e, em volta delas, estradinhas de terra usadas para namoro e drogas e, no caso do Magpie, para acampar. Magpie dirigia e morava em um antigo Crown Vic. Em seus anos de glória, o Crown Vic tinha sido um carro de polícia preto e branco, mas foi vendido num leilão e acabou indo parar nas mãos do Magpie. Magpie tinha pintado à mão o branco de preto, mas o carro continuava sendo um carro de polícia amassado, enferrujado e aposentado.

Peguei uma saída da Rota 1 e fui para o mais recente e menor dos dois cemitérios. Em grande parte era tudo terreno plano, com uma árvore ou outra. Todas as lápides dos túmulos eram iguais. Pequenas, de granito, enfiadas na grama. De fácil manutenção.

Devia dar para acelerar o trator até uns setenta quilômetros por hora e acabar tudo em uma hora.

Dei a volta no cemitério, passei pela pequena capela e pelo crematório e saí, sem ver sinal de que Magpie tinha acampado ali recentemente. Não havia mancha preta de nenhuma fogueira. Não havia manchas de óleo da caixa de marcha. Nenhum saco de lixo. Nenhum pedaço de papel higiênico flutuando na paisagem. O segundo cemitério ficava a dezoito quilômetros dali, pela autoestrada. Era um verdadeiro monstro, com colinas, paisagismo luxuoso, túmulos elaborados. Percorri metodicamente o labirinto de estradas internas que subiam e rodeavam as colinas e os vales. Mais uma vez nenhum sinal do Magpie, por isso voltei para a Rota 1.

Lula tinha posto "The Hair Barn" no GPS do seu celular.

– É à esquerda – disse ela. – Vire no próximo sinal.

The Hair Barn ficava num complexo que incluía fábricas pequenas, um hotelzinho barato, dois prédios comerciais relativamente grandes e um shopping center externo. Funcionando como âncoras, havia em um lado do shopping uma loja Kohl e, do outro, uma Target. The Hair Barn ficava no meio do shopping. O Scion estava parado no limite do estacionamento, junto com o que eu supunha que fossem alguns poucos carros dos funcionários.

Achei uma vaga perto da Kohl, e Lula e eu fomos andando até o conjunto de prédios de alvenaria. Paramos do lado de fora do The Hair Barn e ficamos vendo Brenda mexer no cabelo de uma senhora mais velha, eriçando e alisando.

– Nada bom – disse Lula. – Aquela mulher parece o Donald Trump num dia ruim. E ele não é nada apresentável num bom dia.

Brenda terminou, a mulher foi até a recepção e Brenda arrumou o seu canto. Lula ficou do lado de fora e eu entrei para conversar com ela.

Brenda adotou um olhar de aço ao me ver.

– O que você está fazendo aqui? – perguntou. – Pensou melhor e trouxe a fotografia para mim?

– Não. Quero algumas respostas.

Ela olhou para Lula pela vitrine do salão.

– Vejo que deixou sua guarda-costas lá fora. Não acha isso arriscado?

– Lula não é minha guarda-costas.

– Ora, então o que ela é?

Boa pergunta. Eu não sabia a resposta.

– Ela é apenas Lula – respondi. – Tudo bem, é, acho que ela é minha guarda-costas sim.

Brenda guardou o pente e a escova numa gaveta.

– Então você veio aqui para quê? Quer um corte de cabelo? Posso fazer muito melhor do que esse aí que você tem. Você não tem estilo nenhum.

– É só um rabo de cavalo.

– Sei, mas é maçante. Você devia botar um aplique. Temos um monte ali na parede. Ou então podia botar alguma cor nele. Como mechas douradas. Pegar um tufo de cabelo e amassar. Sabe, assim como está o meu. Está vendo como meu cabelo está muito melhor do que o seu?

Olhei para o cabelo dela e mordi o lábio. Ela parecia um canário explodido.

– Quem sabe na próxima vez – comentei. – Eu quero saber sobre a fotografia. Por que todo mundo quer essa foto?

– Eu já disse por que *eu* quero. O pobre Ritchy falecido queria que ela ficasse comigo – ela se empertigou um pouco. – Espere aí. O que você quis dizer com "todo mundo"?

– Você. E todo mundo.

– Há outros? – ela perguntou.

– Você não sabia?

Brenda apertou os lábios e semicerrou os olhos.

– Aquele filho da mãe. Ele está tentando me tirar de cena. Eu devia ter imaginado.

– Quem? – perguntei. – Quem é o filho da mãe?

– Cara, isso me deixa furiosa.

– Quem? Quem?

– Deixa pra lá quem. E é melhor você não se meter com ele. É sorrateiro feito uma cobra. E não tem dinheiro também. Não acredite se disser que tem.

– Dê uma pista. Como ele é? Velho, jovem, gordo?

– Não posso mais ficar de papo – disse Brenda. – Tenho uma cliente.

– E então? – disse Lula quando eu saí do salão. – Como foi?

– Não cheguei a lugar nenhum.

– Mas você deve ter descoberto alguma coisa.

– Não. Nada de útil – passei a mão no meu rabo de cavalo. – Você acha que meu cabelo é sem graça?

– Comparado com o quê? Não é tão bom quanto o meu, por exemplo. Mas é melhor do que muitos cabelos de gente branca.

Subimos na picape e enfiei a chave na ignição.

– Acho que devemos dar uma espiada no apartamento da Brenda. Connie disse que fica em West Windsor.

Por que não?, pensei. Nem que seja por pura curiosidade mórbida.

Lula digitou o endereço no GPS do celular.

– Achei. Não é muito longe daqui.

Entrei numa saída da Rota 1 e segui as orientações de Lula.

– Ela aluga, mas não é um apartamento – disse Lula. – Está me parecendo que é uma casa.

Estávamos rodando por um bairro de pequenas casas térreas em vários estágios de descuido. Algumas vazias, com placas de À VENDA fincadas nos pequenos jardins da frente. A maior parte tinha cortinas nas janelas. Muitas tinham balanço no quintal dos fundos.

Achei a casa de Brenda e parei para examinar. A entrada levava a uma garagem de um carro só. A casa tinha sido pintada de verde-claro, com bordas amarelo forte. O quintal não tinha nada, mas estava bem cuidado.

– Vamos dar uma olhada – disse Lula.

– Não podemos simplesmente dar a volta e espiar pelas janelas. Há carros parados na frente de algumas casas. Deve haver gente nelas. Vão nos ver.

– É, mas fazemos isso o tempo todo – disse Lula.

– Fazemos quando estamos procurando um criminoso que perdeu seus direitos. Brenda não é criminosa.

Voltei para a autoestrada e Berger ligou.

– Gostaríamos que você colaborasse com um desenhista de novo – ele disse.

– Acho que isso não vai adiantar nada – disse a ele. – Mal consigo me lembrar da fotografia. E agora estou com o Tom Cruise na cabeça.

– Apenas tente, OK? Tem muita coisa em jogo... Como a minha aposentadoria.

Se eu não estivesse a cento e quarenta, teria batido a cabeça no volante.

– Quando quer que eu vá aí?

– Agora.

CATORZE

Deixei Lula no escritório e voltei para o centro. Era meio-dia e as ruas estavam apinhadas de carros. As vagas tomadas, não havia como estacionar nas ruas, e, depois de dez minutos dando a volta em alguns quarteirões, desisti e fui para a garagem subterrânea do prédio do FBI. O estacionamento era público, mas havia uma área restrita ao FBI.

Peguei o elevador para o sexto andar e fui direto para a sala de reuniões. Berger, Gooley e o artista já estavam lá.

– Achamos que talvez o outro artista é que estivesse pensando no Tom Cruise – disse Berger. – Então, vamos começar tudo de novo com o Fred.

Sentei e meneei a cabeça para o Fred.

– Boa sorte.

Fred conseguiu dar um sorriso seco, pouco menos do que uma careta. Uma hora depois, tínhamos um novo retrato.

– O que acha disso? – Berger me perguntou. – Esse é o cara?

Levantei as mãos espalmadas, porque eu não sabia.

– Pode ser – respondi.

– Pelo menos não é o Tom Cruise – disse Berger.

Gooley examinou o desenho.

– É Ashton Kutcher.

Nós nos aproximamos para ver o esboço.

– Merda! Ele tem razão – disse Berger. – É a cara do Ashton Kutcher.

Dei mais uma olhada e tive de admitir que realmente era muito parecido com Ashton Kutcher.

— Bem, os dois têm cabelo castanho, então podemos ter praticamente certeza de que ele tem cabelo castanho — comentei.

— Vocês reembolsam estacionamento?

— Não mais — disse Berger. — Cortes no orçamento.

Peguei o elevador para o segundo andar do estacionamento e fui andando até a minha picape. Achei que Ashton Kutcher e Tom Cruise não eram tão distantes assim. Cabelo castanho, boa aparência, rosto anguloso, com potencial de agressividade de *Top Gun*. Talvez a agressividade fosse o denominador comum. Uma qualidade nas feições deles que projetava uma personalidade juvenil de menino mau.

Apertei o botão de destrancar na chave do carro, estendi a mão para segurar a maçaneta da porta e fui içada do chão por trás. Em questão de segundos fui arrastada pela garagem e jogada contra uma van. A surpresa foi tanta que mal reagi, apenas agitei os braços e berrei, sem efeito algum, porque meus berros se perderam no estacionamento cavernoso.

Vi de relance o brilho de uma lâmina de faca e senti a ponta pinicar o meu pescoço. Fiquei completamente imóvel, e a cara do Raz entrou em foco a poucos centímetros da minha.

— Você vai parar de se mexer — ele disse. — Está entendendo?

Fiz que sim com a cabeça.

— Para dentro da van. De cara para baixo, senão te mato. Corto você em pedaços e como de aperitivo.

Eu estava assustada demais para raciocinar direito, mas sabia que entrar na van não era um passo na direção certa. Recuei, abri a boca para gritar e ele bateu no meu rosto com o cabo da faca. Senti gosto de sangue, um botão fez clique no meu cérebro, entrei no modo sobrevivência, esperneando, berrando, arranhando, agarrando. A faca caiu da mão dele, nos engalfinhamos por ela e eu cheguei primeiro. Desferi um golpe, acertei na coxa dele, enfiei a lâmina bem fundo e abri um corte comprido que esguichou sangue. Ele berrou e segurou a própria perna. Depois disso foi só uma imagem embaçada pelo pânico. Eu o chutei e ele tentou rolar para longe. Ele sangrava e xingava e eu continuei chutando. Escorreguei no chão gosmento da garagem e ele aproveitou a oportunidade para mergulhar dentro da van e bater a porta. O motor pegou, os pneus giraram e cantaram no cimento quando ele fugiu acelerado.

Eu me curvei e engoli ar. Olhei para o chão e vi que estava sangrando. Não tinha certeza de onde aquele sangue estava saindo. Fui andando com as pernas trêmulas para o elevador e apertei o botão do sexto andar. A porta abriu, eu saí e fiquei parada um segundo, sem saber o que fazer, porque estava deixando um rastro de sangue no piso de cerâmica.

Algumas pessoas correram para perto de mim. Uma delas era Berger.

– Nossa, desculpe esse sangue todo – eu disse.

Eu o vi olhar para a minha mão direita e percebi que ainda estava segurando a faca ensanguentada. Larguei a faca e caí ajoelhada.

– Não estou me sentindo bem – eu disse.

Apaguei.

Tinha um paramédico debruçado sobre mim quando abri os olhos.

– Eu morri? – perguntei.

– Não.

– Vou morrer a qualquer momento?

– Por causa desses ferimentos, não, mas dizem que você é um desastre de trem.

— Você não é a primeira pessoa que me diz isso.
— Aposto que não. Está com um corte no lábio. Acho que não precisa de sutura. Botei um curativo para segurar. Vou pôr você de pé e lhe dar uma bolsa de gelo. Seu nariz pode estar fraturado também. Vou dar um saco de gelo para isso. O nariz parece OK, mas você deve procurar um médico. O sangue estava esguichando por ele.
— Mais alguma coisa?
— Alguns cortes superficiais nos braços e nas pernas. E provavelmente vai ficar com hematomas monstruosos no rosto. Acha que consegue sentar?
— Consigo. Estou bem. Ajude aqui.

Ele me ajudou e fiquei sentada até a cabeça clarear e passar a dormência dos lábios. Fiquei de pé e respirei fundo, procurando me acalmar. Minha roupa estava encharcada de sangue e também havia sangue no chão.

— Isso tudo saiu de mim? — perguntei.
— O que tem no chão é seu — disse Berger. — Imagino que parte do sangue que está em você seja do cara, já que foi você que acabou ficando com a faca.
— Razzle Dazzle — eu disse.
— Já mandei alguém lá para a garagem para isolar a área — disse Berger. — Se você parou na zona reservada do FBI, teremos o ataque gravado.
— Ele apareceu do nada — contei. — Eu estava destrancando a porta do meu carro e ele me agarrou, tentou me levar para dentro de uma van.

Gooley abriu caminho entre as pessoas que estavam em volta de mim.

— Estão com a fita na sala de conferências — ele disse. — Não tive chance de ver antes.

Agradeci ao paramédico, peguei minhas bolsas de gelo e toalhas e segui os dois, Gooley e Berger, pelo corredor até a sala de conferência. Sentamos a uma mesa e Gooley ligou a gravação numa tela plana no fundo da sala.

— Tem certeza de que quer assistir isso? — Berger perguntou para mim.

— Certeza absoluta. Principalmente porque não lembrava de nada. Era um borrão completo depois que Razzle disse que ia me cortar em pedaços e me comer.

A imagem estava granulosa, em preto e branco.

— Não é colorida? — perguntei.

— Cortes no orçamento — disse Berger. — Estamos usando estoque descontinuado da Radio Shack.

Por trinta segundos, via-se apenas a imagem parada daquele canto da garagem. Dava para ver a minha picape na borda da tela. Então eu apareci e atravessei a passagem de carros. Aproximei-me da picape, apertei o controle remoto e um homem chegou correndo por trás de mim. Ele estava de calça jeans e um casaco de nylon. Segurava uma faca que parecia saída das *Mil e uma noites*. Tinha a lâmina grande e curva e um cabo grosso. Ele me segurou pelo rabo de cavalo e me puxou para trás, me arrastou pela garagem até uma van. Segurava a faca no meu pescoço, depois subiu para o rosto.

— O que ele está dizendo? — perguntou Berger.

— Ele disse que ia me matar. E que depois ia me cortar em pedaços e me comer.

— Doente — disse Gooley. — Gosto disso.

A fita avançou e eu me vi tentando escapar do Raz, vi quando ele socou meu rosto com o cabo da faca e jogou minha cabeça para trás.

Nós três engolimos ar quando fui atingida. Houve um instante de animação suspensa enquanto Raz recuava e eu me recompunha. O que veio depois foi puro instinto da minha parte. Pisei no pé dele com o calcanhar, com toda a força que eu tinha, e o peguei de surpresa. Ele se curvou um pouco para olhar para o pé e eu chutei a cara dele.

– Uau! – disse Gooley. – Ai!

Raz agarrou meu joelho e nós dois caímos. Virou uma briga de gatos. Ele tentava me socar e eu arranhava e mordia. Agarrei o cabelo dele e dei uma joelhada no saco.

– Nossa... – disse Berger. – Isso deve ter doído.

Vi quando estendi a mão para pegar a faca, peguei e ataquei Raz, feri a coxa dele com um corte de seis centímetros.

– Puta merda – disseram Gooley e Berger em uníssono.

Raz segurou a perna ferida e eu fiquei de pé. Ele estava numa posição semifetal, tentando proteger o saco e a ferida, e eu chutei os rins dele com toda a força, várias vezes.

Gooley e Berger se inclinaram para frente, olhos arregalados.

– Porra – disse Gooley.

Raz rolou para longe, conseguiu levantar, se catapultou para a van e bateu a porta. Eu fiquei balançando a faca e berrando quando ele foi embora.

– Preciso ir para casa trocar de roupa – eu disse. – Tem mais alguma coisa?

– Por mim, tudo bem – disse Berger.

– É, eu também – disse Gooley. – Não estou bem. Preciso de ar. Tive sorte de não devolver meu almoço quando você deu aquele último chute nele.

– Eu me senti ameaçada – tentei explicar.

Não havia nenhum carro assustador no meu estacionamento. Nenhum Town Car preto, nenhuma van, nenhum Scion. Fui mancando até o meu prédio e entrei no meu apartamento. Parei na cozinha, tirei toda a roupa, enfiei tudo num saco plástico de lixo e botei o saco perto da porta. Não ia adiantar lavar. Ia direto para a lixeira.

Manquitolei para o banheiro e fiquei embaixo da água quente do chuveiro até lavar todo o sangue e parar de soluçar. Não tinha ideia de por que estava chorando. Quero dizer, afinal eu não tinha perdido a briga, não é? Passei xampu no cabelo e enxaguei mais uma vez. Saí do chuveiro, evitei me olhar no espelho e me enrolei na toalha.

Fui para o quarto e dei de cara com o Ranger.

Ele examinou lentamente meu corpo.

– Querida.

– Não me diga que sou um desastre de trem.

– Você já viu como está?

– Não.

Ele me deu uma nova bolsa de gelo.

– Tem de ficar com isso no rosto. Já foi ao médico para ele ver esse nariz?

– Não. Acha que devo tirar uma radiografia ou alguma outra coisa?

– Está conseguindo respirar? – quis saber Ranger. – Está sentindo dor?

– Sim, posso respirar. E está doendo mais ou menos a mesma coisa que todo o resto do meu corpo.

– Está um pouco inchado. Fora isso, parece OK. Se aparecer alguma coisa diferente, deve consultar um médico.

– Como soube que eu fui atacada?

– Temos um amigo no sexto andar.

Ranger não era homem de mostrar emoções, mas eu podia jurar que havia fumaça nas raízes do cabelo dele.

– Você está zangado com alguma coisa? – perguntei.

– Zanga não é uma emoção produtiva. Digamos que não estou contente.

– Posso perguntar por quê?

– Imagino que já saiba. Você foi pega no meio de uma coisa muito ruim e não está sendo cuidadosa. Vista-se e venha para a sala de jantar. Tenho uma exposição e uma história para você.

Ai, meu Deus. Ranger não ficou para ver eu me vestir. Ele não arrancou a toalha que me cobria. Ele não ficou pelado. Eu devia estar um lixo mesmo. Fui para o banheiro e olhei no espelho. Eca! Era pior do que eu pensava. Uma mancha roxa enorme e ainda aumentando e inchando embaixo do meu olho direito. Um pouco de sangue escorrendo do nariz. Lábio inchado com um corte feio e hematoma imenso. E havia o resto de mim, com vários arranhões e manchas roxas. Não era exatamente uma deusa do sexo.

Vesti uma calça jeans e uma camiseta e sequei um pouco o cabelo. Botei a bolsa de gelo no rosto e fui encontrar Ranger.

– Aqui está a sua Smith e Wesson – ele disse. – Tirei do pote de biscoitos. Pelo que posso ver, você não tem munição nenhuma. Peguei o taser da sua bolsa. Está morto. Precisa recarregar. E também vi que está sem gás de pimenta porque está usando fixador de cabelo.

Arrumei a bolsa de gelo.

– O fixador de cabelo funciona surpreendentemente bem.

– Não force a barra – disse Ranger. – Não estou de brincadeira. Ele pegou uma arma de cima da mesa e deu para mim.

– Essa é uma Glock baby, semiautomática. É menor e mais leve do que a que você usa. Está pronta para disparar. Sabe como usá-la?

– Sei.

— Sabe carregá-la?
— Sei.
— A única vez que quero ver esse clipe vazio é logo depois de você enfiar todas as balas num corpo quente.
— Meu Deus — eu disse.
— Faça o que estou pedindo. A próxima da fila é o taser. Esse é maior do que o que está usando. Derruba uma vaca de 750 quilos. Se não o mantiver carregado, não vai derrubar nada.

Fiz que sim com a cabeça.
— Sim, senhor.
— Isso é sarcasmo? — ele perguntou.
— Pode ser.

Ranger quase sorriu.
— A questão é que estou orgulhosa de como me defendi até agora. Continuo viva e só chorei uma vez. E, por mais horrenda que esteja, estou muito mais em forma do que o cara.
— Você funciona bem com pânico e fúria — disse Ranger.

Olhei para a mesa.
— E esse relógio?
— Funciona como relógio, mas é também um rastreador. Desde que fique no seu pulso, posso encontrá-la. Tem três botõezinhos de um lado. Se apertar o botão vermelho, nós vamos pegá-la.
— E o botão azul?
— Acerta a hora.

Dã.

Tirei o relógio que estava usando e botei o novo no pulso.
— Devia ter brilhantes — eu disse para Ranger.
— Talvez, se você for uma menina muito boa.
— Boa, quanto eu tenho de ser? — perguntei para ele.
— Você está com um olho roxo, o lábio cortado, o nariz quebrado e ainda dá em cima de mim?

– Isso nem é o pior. Resolvi que parei com os homens.

– Levando tudo em consideração, não é um plano ruim – disse Ranger. – Tenho de ir. Ligue se precisar de ajuda, ou de qualquer outra coisa.

– Agora é você que está dando em cima de mim.

– Isso não foi dar em cima – disse Ranger. – Foi um convite direto.

Tranquei a porta quando ele saiu. Botei a corrente no lugar e girei o fecho. Nenhuma dessas trancas jamais evitou que Ranger entrasse, e eu tinha parado de pensar como é que ele fazia isso há muito tempo.

Fiz um sanduíche e levei para a mesa de jantar. Mastigar era um sofrimento, mas consegui comer tudo. Abri um site de busca no meu computador e comecei a navegar pelos maridos da Brenda.

Brenda tinha se casado com Herbert Luckert logo que terminou o ensino médio. O casamento durou dez anos e terminou em divórcio. Um ano depois, ela se casou com Harry Zimmer. Esse casamento durou sete meses e terminou em divórcio. Ficou solteira nove anos depois disso e acabou se casando com Bernard Schwartz. O casamento com Schwartz terminou depois de três anos, quando Schwartz esvaziou seu armário de medicamentos no processador junto com metade de uma garrafa de vodca de 600ml e se embebedou naquele último sono abençoado.

Quando Brenda se casou com Schwartz, ele era proprietário de trinta e cinco lava a jato de automóveis espalhados pelo estado. Quando ele se matou, tinha apenas quatro e estavam com ordem de despejo. Ele tinha perdido a casa dele dois meses antes. Eu não fazia ideia de como isso se relacionava com a fotografia, mas parecia que valia a pena arquivar.

Saí do site de busca e verifiquei meus e-mails. Quase tudo spam. Toquei de leve no lábio e no nariz. Doídos. Fui ao banheiro e dei mais uma olhada. Não estava nada bom, mas pelo menos eu não tinha um corte de seis centímetros de comprimento na coxa. Torci para Razzle Dazzle estar morrendo de dor. E não me importaria se o corte infeccionasse e a perna dele caísse.

Meu celular tocou e eu esperava que fosse a Joyce, para poder dizer a ela que eu estava com a chave, mas foi o número dos meus pais que apareceu no visor.

– O velório do Korda é às sete horas esta noite – disse vovó.

– Imagino que você queira ir lá para dar uma espiada, e queria saber se me dá uma carona.

– Claro.

– Você vem jantar aqui? Sua mãe está fazendo frango e arroz.

Minha mãe teria um acidente coronariano se visse meu rosto.

– Vou pular o jantar – eu disse.

– Tudo bem, mas vê se não se atrasa. Vai ter uma multidão por lá esta noite e não quero ser empurrada para o fundo da sala. Toda a ação vai ser perto do caixão.

Eu me despedi da minha avó e fui pegar gelo. Muito gelo, pensei. Quanto mais, melhor.

Às seis e meia, ficou claro que o gelo não ia resolver muito o meu problema. Vesti uma saia preta, um suéter creme decotado e um cardigã combinando. Os sapatos eram pretos de salto alto. Deixei o cabelo solto e eriçado, torcendo para que distraísse os olhares da minha monstruosa mancha roxa e do lábio cortado. Passei um monte de corretivo, tentei contrabalançar o olho roxo com mais blush e usei meu sutiã com armação para ressaltar ao máximo os seios no decote. Dei uma última espiada no espelho e achei que era o melhor que ia ficar.

Guardei a Glock nova na bolsa, junto com o taser à base de esteroides. Estava usando o relógio GPS, brincos de pérolas, um Band-Aid no pescoço, onde a faca tinha ferido, e outro enorme no joelho ralado. Eu era a típica garota americana.

QUINZE

Vovó estava à porta, à minha espera. Parei na frente da casa e ela correu para a picape. Usava sapatos pretos de salto grosso, um conjunto lilás e blusa branca e segurava a bolsa de couro preto que eu sabia que era suficientemente grande para caber sua .45 de cano longo.

Ela subiu na picape, prendeu o cinto de segurança e olhou para mim.

– Você está bonita – disse-me ela. – Esse conjunto de suéter é muito bonito.

Nenhum comentário sobre o meu rosto ou os vários Band-Aids.

– Mais alguma coisa? – perguntei.

– Gosto do seu cabelo solto. Quase não vejo mais você assim ultimamente. – Vovó olhou para o relógio dela. – É melhor a gente ir.

– E o meu rosto?

– O que tem ele?

– Para começo de conversa, um olho roxo.

– Ah, é uma marquinha – disse vovó –, mas já vi você com marca pior. Lembra daquela explosão que queimou as suas sobrancelhas?

Deus do céu, tínhamos chegado a isso, pensei. Minha própria avó não se choca de ver a neta com um olho roxo. Acho que tenho de admitir mesmo. Sou um desastre de trem.

– Tem alguma boa história que vem junto com esse olho roxo? – perguntou vovó.

– Escorreguei numa garagem.

– Que pena – disse vovó. – Bem que eu precisava de algum assunto picante para animar a conversa. Você se importa se eu inventar alguma coisa?

– Sim, eu me importo!

Dirigi a curta distância até a funerária, deixei vovó na entrada e fui procurar uma vaga. O pequeno estacionamento da funerária estava lotado, mas achei uma vaga numa rua a um quarteirão dali. Vovó estava certa sobre o velório. O prédio estava apinhado. Três minutos depois das sete, as pessoas já estavam transbordando pela porta e ocupando a grande varanda que rodeava a casa.

Fiquei de cabeça baixa e fui avançando pelo meio da multidão, torcendo para não chamar atenção. Estava no saguão e já ia entrar no Salão do Sono #1 quando recebi uma chamada no celular.

– Eu sabia que você ia ao velório – disse Joyce.

– Onde você está?

– Estou aqui fora. E não saia me procurando. Nunca vai me achar. Estou morrendo de vontade de entrar e ver tudo, mas é arriscado demais.

– É, eu prenderia você.

– Você é a minha menor preocupação – disse Joyce. – Conseguiu a chave?

– Consegui. E agora?

– Fique com ela. Já chegou ao caixão? Já viu a viúva de luto?

– Não. Levei vinte minutos para atravessar o saguão. Está apinhado aqui dentro.

– Eu quero um relatório da viúva – disse Joyce. – Quero saber que joias ela está usando. É de caixão fechado, não é?

– Não tenho certeza, mas o cara foi compactado e ficou assim uns dois dias. Estou imaginando que não esteja nada atraente a essa altura.

– Ele não era atraente antes. Que tal as pessoas que estão aí? Alguma sobressai?

– De que modo?

– Lembra do David Niven nos filmes da Pantera Cor-de-Rosa? Olhei em volta. Não vi David Niven.

– Nenhum David Niven aqui – eu disse.

Desliguei o celular e esbarrei no Morelli.

– O que você está fazendo aqui? – perguntei para ele. – É oficial ou veio comer biscoitos?

– Oficial. O capitão quis a presença da polícia, e sou eu que devo procurar a Joyce.

– Acha que vai encontrá-la?

– Aqui não. Ela seria louca se aparecesse aqui. Mas é difícil avaliar a extensão da loucura da Joyce.

– Exatamente o que eu penso.

Morelli estava com a cara de paisagem de policial.

– Berger me deixou ver a fita.

– E aí? – perguntei.

– E aí que fico feliz de ter brigado com o Ranger, e não com você. Você é um animal. Você chutou aquele cara como um monstro.

– Eu me senti ameaçada.

– Sem dúvida.

O olhar dele foi do meu rosto para o decote, e a expressão ficou mais suave.

– Gosto desse suéter.

Ora, esse é o Morelli que eu conheço e amo.

– Essa fixação no suéter significa que as coisas estão voltando ao normal?

– Não. Significa que estou tentando não me concentrar no seu rosto. Você está pior do que eu e eu estou com o nariz quebrado.

Ele tocou gentilmente no meu nariz e no canto da boca com a ponta do dedo.

– Está doendo?

– Não muito, mas você podia dar um beijo para melhorar.

Ele deu um beijo quase só ar no meu nariz e na boca.

– Sinto muito que isso tenha acontecido com você.

– Você gosta de mim? – perguntei.

– Não, mas estou trabalhando nisso.

Acho que eu podia sobreviver com isso.

– Fui atacada pelo Razzle Dazzle. Você o reconheceu na fita?

Morelli balançou a cabeça.

– Não. Mas Berger parece que conhece.

– Conversei com a Brenda hoje cedo. Não resultou grande coisa. Ainda não tenho a menor ideia de por que todo mundo está interessado na fotografia.

– Berger me falou dos atores principais e me chamou para ver a fita, mas não disse mais nada além disso. Acho que ele não conhece a história toda. Alguém acima dele quer essa fotografia. Isso não é qualquer coisa.

– Por que Berger está sendo bonzinho com você?

– Você é a única pessoa que viu a fotografia, e eu sou uma conexão com você.

– Mas eu não tenho a fotografia e não sei de nada. Descrevi Tom Cruise e Ashton Kutcher para os desenhistas do FBI.

Morelli ergueu as mãos abertas.

– Ninguém acredita em você.

– E você?

– Eu acredito. Você não tem nada a ganhar mentindo. E está muito sexy esta noite, do pescoço para baixo.

– Pensei que não gostasse de mim.

– Meu doce, esse suéter transcende gostar ou não gostar.

Dei um soco no peito dele.

– Vou procurar a vovó.

Vovó tinha conseguido uma cadeira dobrável na terceira fila e guardado outra ao lado dela para mim.

– Essa aqui é uma vista realmente decepcionante – disse ela. – Esperava coisa melhor, já que Frank Korda foi empacotado no ferro-velho. Acho que não tem nenhum repórter de jornal. E até agora não vi nenhum assassino passando. Só o tio da Connie, Gino, e ele está aposentado. Só veio aqui para beber refrigerante. Esperava ver Joyce Barnhardt. Isso seria o máximo.

Vovó ficou olhando fixo para o caixão um longo tempo.

– Você acha que o puseram ali dentro vestido? – ela perguntou. – Que tipo de gravata acha que está usando? Aposto que é difícil vestir alguém depois de ter sido compactado. Ele deve estar igual a um waffle – ela suspirou ansiosa. – Eu gostaria mesmo de dar uma espiada.

Eu não queria ver. Nem um pouco. Como Morelli, tinha ido lá pela chance remota de Barnhardt aparecer. Agora que tinha feito contato com ela, estava aflita para ir embora.

– Quanto tempo você quer ficar? – perguntei para vovó. – Está pronta para ir?

– Talvez mais uns dez minutos. Estou esperando para ver se a viúva Korda vai chorar.

Achei que a chance disso acontecer era menos do que zero. A viúva Korda estava muito séria e de olhos secos. Parecia que preferia estar em casa assistindo reprises de *Cheers*. Era difícil ver detalhes das joias da terceira fila, mas me pareceu que ela usava argolas de ouro pequenas e um colar simples também de ouro.

– Vou andar por aí – disse para vovó. – Encontro você perto da mesa de lanche.

Cheguei à mesa com biscoitos e café, e naquele instante minha mãe ligou.

– O que aconteceu com você? Você está bem?

– Estou ótima.

– Você não está ótima. Dezoito pessoas ligaram para mim até agora, perguntando se você esteve num acidente de carro. Estou ligando para você há meia hora e você não atende.

– Não dava para ouvir o telefone tocando na sala do velório. Barulho demais.

– Myra Kruger disse que você está com o olho roxo. E Cindy Beryl disse que está com o joelho quebrado. Como é que consegue dirigir com um joelho quebrado?

– Meu joelho não está quebrado. Só tem um arranhão e estou com um hematoma embaixo do olho. Escorreguei num edifício-garagem e bati com o rosto num carro parado. Não é nada sério.

– Você levou um tiro?

– Não!

Desliguei e fiquei olhando para a bandeja de biscoitos. Nada bastante macio para eu comer com o lábio cortado. Olhei em volta da sala e imaginei quem mais teria me dedurado para minha mãe. Meu telefone tocou de novo. Joyce.

– E então? – perguntou ela. – O que ela está usando?

– Argolas de ouro pequenas e um colar de ouro. Não parecia nada muito caro, mas eu não sei.

– Tinha brilhantes nas argolas ou no colar?

– Não.

– Interessante – disse Joyce, e desligou.

Eram quase nove horas quando vovó foi para a mesa dos biscoitos. Comeu três, embrulhou mais quatro em um guardanapo, guardou na bolsa e estava pronta para ir para casa.

— Melhorou depois que você saiu — ela disse. — Melvin Shupe estava passando na fila e soltou um peido bem ao lado do caixão. Ele se desculpou, mas a viúva fez um escândalo. E aí chegou o diretor da funerária com um daqueles purificadores de ar e, quando começou a espalhar em volta, Louisa Belman teve um ataque de asma e tiveram de levá-la pela porta dos fundos para pegar ar lá fora. Earl Krizinski estava sentado atrás de mim, e ele contou que viu a calcinha da Louisa quando a carregaram e disse que ficou de pau duro.

— Louisa Belman tem noventa e três anos.

— Bem, acho que para o Earl calcinha é calcinha.

Percorremos o quarteirão até a picape, sem incidentes. Entramos e vovó recebeu uma mensagem de texto.

— É da Annie — disse vovó. — Ela quer saber se você descobriu seu verdadeiro amor.

— Diga a ela que não estou procurando, mas que, se acontecer, ela será a primeira a saber.

— Isso é muita coisa para escrever — disse vovó. — Vou dizer apenas "ainda não".

Ela digitou a mensagem e recostou no banco.

— Era muito mais fácil quando eu era jovem. Tínhamos um namorado e casávamos com ele. Tínhamos alguns filhos, ficávamos velhos, um de nós morria e pronto.

— Meu Deus. Nada de verdadeiro amor?

— Sempre houve o verdadeiro amor, mas no meu tempo ou a gente se convencia de que tinha o verdadeiro amor, ou então nos convencíamos de que não precisávamos dele.

Levei vovó para casa, mas não entrei. O dia tinha sido duro e eu estava louca para ir para a paz do meu apartamento. Fiz a busca de sempre dos carros dos bandidos no estacionamento, parei a picape e atravessei até a porta dos fundos do prédio segurando a Glock. Peguei o elevador para o meu andar e segui pelo corredor pensando que talvez devesse aprender a atirar. Conhecia o básico. Lula, Morelli e Ranger tinham semiautomáticas. Sim, eu ficava muito exposta, mas o uso era limitado.

Entrei no meu apartamento, ainda segurando a Glock. Pisei no pequeno hall de entrada e percebi que a televisão estava ligada. Pensei em Ranger ou Morelli, mas acabou sendo Joyce Barnhardt.

– Oi, amiga – disse Joyce.

– Que diabo está fazendo aqui? E não sou sua amiga. Nunca fui sua amiga. E nunca vou querer ser.

– Nossa, magoei.

– Como entrou aqui?

– Subi pela escada de incêndio e arrombei a sua janela.

Levantei a Glock.

– Acho que devia agradecer a você. Isso torna tudo mais fácil para mim.

– Não seja boba. Não vou a lugar algum, menos ainda para a cadeia.

– Tenho um acordo de prisão e tenho uma arma apontada para você.

– Quer saber? Guarde essa arma. Você não vai atirar em mim. Para começo de conversa, vou manchar o tapete todo de sangue. Não que ele seja tão maravilhoso assim. E estou desarmada. Pense só em toda a burocracia, a papelada, para não falar que será acusada de ataque com arma mortal. Isso implica um tempo bem significativo de macacão cor de laranja.

– Odeio você.

– Blá-blá-blá – disse Joyce. – Deixe disso. Além do mais, sou uma pessoa completamente nova.

— Não mente mais?
— Bem, é claro que eu minto. Todo mundo mente.
— Não rouba o marido das outras?
— Está bem, de vez em quando eu roubo um marido. Não vejo qual é o problema. Todos acabam sendo imprestáveis.
— Então, o que tem de novo?
— Para começar, estou com mechas louras no cabelo. O que acha?

Joyce pintava o cabelo de vermelho-chama, por isso as mechas louras eram cobertura no bolo. Parte do cabelo era de verdade, parte falsa, e juntando tudo, era um monte. Ela o usava eriçado, explodindo em grandes cachos e ondas, como o cabelo da Farah Fawcett tomando esteroides.

Examinei a cor mais de perto.
— Gostei. Combina com o seu tom de pele.

Deus do céu, pensei, agora estou elogiando o cabelo dela. Isso era absolutamente errado.

— Não seria má ideia se você se enfeitasse um pouco — disse Joyce. — Você nunca é maravilhosa, mas está pior do que o de costume. O que foi? Entrou numa briga com o Morelli?

— Escorreguei e caí numa garagem.
— Ah, então está bom. Foi assim que arrebentou a cara. O que é? Estou com cara de burra hoje?
— Por que está aqui?
— Eu vinha pegar a minha chave e de repente me dei conta de que era o lugar perfeito para me esconder. Ninguém jamais imaginaria me procurar aqui.
— Se esconder? Aqui? — balancei a cabeça vigorosamente. — Não, não, não, não. De jeito nenhum.
— Encare isso — disse Joyce. — Não vou sair daqui.

PURA DINAMITE 153

Concentre-se no prêmio, disse para mim mesma. Siga um plano de captura. Deixe que ela fique aqui, e quando ela dormir, chegue pé ante pé, ataque com seu super taser e ponha as algemas nela. Depois, arraste-a de volta para a cadeia e receba o dinheiro.

– Você matou Frank Korda? – perguntei a ela.

– Não, mas, se ele não tivesse morrido, pensaria nisso. O babaca mentiu para mim.

– Desprezível.

– É sério. – Joyce estava no sofá, navegando os canais da televisão. – Não acredito que você só tem o pacote básico. Não tem nada nessa droga de televisão. Vai ser muito difícil morar aqui.

De olho no prêmio, repeti para mim mesma. Não seja doida de atirar nela só pela diversão. Ela tem razão sobre a mancha de sangue no tapete. Mancha de sangue é muito difícil de tirar.

– Eu costumo assistir ao canal de culinária – eu disse.

– Meu Deus, isso é totalmente doméstico. Você cozinha?

– Não. Gosto de ver outras pessoas cozinhando.

– Maneiro.

Peguei a chave na minha bolsa e dei para Joyce.

– Qual é a dessa chave?

– É a chave da arca do tesouro.

Ai, caramba, a arca do tesouro. Resolvi que era melhor não perguntar. Provavelmente eu não ia querer saber.

– Procurei em todo o seu apartamento – disse Joyce. – E não encontrei nem uma garrafa de vinho. Aliás, não encontrei quase nada. Está me parecendo que você está a um passo de fazer um cozido de hamster. Não sei como suporta essa existência espartana.

Depois de derrubá-la com um choque e de algemá-la, eu podia raspar sua cabeça, pensei. Isso seria divertido. Podia raspar as sobrancelhas também.

– Nossa, estou adorando esse ti-ti-ti de mulheres – eu disse. – Mas estou morta. Vou deitar.

– Imagino que vou ter de dormir no sofá – disse Joyce.

– É, a rainha da Inglaterra está usando meu quarto de hóspedes. Levei Rex e o meu laptop para o quarto. Não ia deixá-los lá fora com a cria de Satã. Joguei um travesseiro e mais um cobertor para Joyce e tranquei a porta do quarto. Deixei as algemas, o taser e a Glock em cima da minha mesa. *Mise en place*. Aprendi isso no canal de culinária da televisão. Tudo em seu devido lugar para ser usado com mais eficiência.

Troquei a saia e o suéter formal de velório por uma calça de moletom e uma camiseta. Diminuí a luz e levei o laptop para a cama comigo. Ainda era cedo e, como a maioria dos roedores, Joyce era noctívaga. Então o meu plano era fazer uma pesquisa no meu computador e dar uma espiada na Joyce depois da meia-noite.

À meia-noite saí da cama, abri a porta do meu quarto com cuidado e espiei lá fora. Joyce estava assistindo a um filme.

– O que foi? – ela disse.

– Nada de mais. Está tudo bem aí?

– Dentro do possível, levando em conta que estou na central da privação.

Fechei e tranquei a minha porta de novo. Droga. Não conseguia manter os olhos abertos. Especialmente o que estava roxo, preto e inchado. Botei o alarme do relógio para as quatro horas, apaguei a luz e entrei embaixo das cobertas.

DEZESSEIS

Estava escuro quando acordei. O alarme não tinha tocado. Precisava ir ao banheiro. Desci da cama tropeçando, destranquei a porta e semicerrei os olhos para ver se enxergava alguma coisa no breu do apartamento. Joyce tinha finalmente adormecido. Que bom. Eu podia urinar sem fazer barulho e depois dar um choque na Joyce.

Pé ante pé, fui até o banheiro, onde tinha deixado uma meia-luz acesa. Senti meu pé encostar em alguma coisa peluda e dei um pulo para trás. Corri de volta para o meu quarto com o coração disparado, peguei a pistola Glock e voltei correndo para a porta do banheiro.

Vi que o animal tinha recuado para um canto. Era grande demais para ser o Rex. Uma ratazana, pensei. Uma ratazana grande! Dava para ver o rabo e o horrendo corpo gordo. Fiz uns dez furos nela. Parou de se mexer. Acendi a luz e olhei para a carnificina. Levei uns dois segundos para entender. Era o aplique de cabelo da Joyce.

– Que diabo...? – disse Joyce, parada atrás de mim. – Você acabou de matar o meu aplique.

– Pensei que fosse uma ratazana.

– Você já viu alguma vez uma ratazana ruiva? Paguei uma nota preta por esse aplique. Era de cabelo de verdade.

– Sinto muito. Estava escuro.

– Eu não sei por que estou morando com você. Você é uma fracassada.

– Tenha cuidado. Ainda estou com a arma na mão. E estou ligando menos ainda para o meu tapete.

Olhei para Joyce e vi que ela estava nua.

– Você está nua. Qual é?

– É assim que eu durmo.

– Isso é nojento. Eu não quero ver você nua. E não quero você nua no meu sofá. Vou ter de desinfetar.

– O quê? Você não tem doença sexualmente transmissível, tem?

– Uuuui. Não!

Corri para o banheiro, limpei o assento da privada com álcool para limpeza, fiz o que tinha de fazer e voltei para o meu quarto. Tranquei a porta e botei a cômoda na frente dela.

Poucas horas depois, quando me arrisquei a sair do meu quarto, Joyce estava vestida e assistia à televisão. O cabelo não tinha produção nenhuma e parecia assustador de tão bizarro, e ela ainda usava a maquiagem da véspera. O efeito geral era de Noiva do Frankenstein.

Entrei no banheiro e olhei para o chão. O aplique não estava mais lá, mas havia dez balas enfiadas na cerâmica. A boa notícia era que eu obviamente sabia atirar com uma Glock. Menos uma coisa para me preocupar.

Estudei o meu rosto no espelho. O inchaço tinha diminuído, mas o hematoma estava de parar o trânsito. Tomei uma chuveirada rápida, me vesti e fui logo para a cozinha.

– Café! – Joyce berrou para mim. – Preciso de café!

– Já vai sair. Por que não fez você mesma?

– Não achei nenhum café de Kona. Onde você guarda o café bom?

— No mesmo lugar onde guardo meu café porcaria e barato. Ah, espera um pouco. Eu só tenho um tipo de café.

Se ela ficasse aqui tempo suficiente, tenho certeza de que a mataria. Precisava de um novo plano. Alguma coisa que não envolvesse puxão de cabelo e tapas, porque nessa eu perderia. Tinha perdido a minha chance de usar o taser nela aquela noite. Precisava pensar em algo melhor hoje. Talvez pudesse montar uma equipe com Lula. Uma de nós podia distraí-la enquanto a outra daria o choque.

Fiz o café, mas não havia muita coisa além disso. As sobras da minha mãe tinham acabado. Eu tinha metade de um pacote de cream crackers, metade de uma caixa de Froot Loops e biscoitos de hamster. Não tinha leite, nem suco, nem frutas, nem pão. O vidro de pasta de amendoim estava vazio. Comi um punhado de Froot Loops e levei o resto da caixa para Joyce, com o café.

— É tudo que tenho — eu disse. — Preciso fazer compras.

— Froot Loops?

— São quase frutas — eu disse para ela.

— Preciso de creme no meu café. E gosto de croissant no café da manhã.

— Acontece que estou sem creme e sem croissants. Mas vou trazer alguma coisa gostosa para o almoço.

Além disso, traria Lula e o taser.

— Quero salada de frango do Giovichinni — disse Joyce. — E traga uma garrafa de chardonnay.

— Pode apostar.

O que eu ia trazer para ela era voltagem suficiente para iluminar uma cidade pequena.

Tomei meu café, enfiei meu computador entre o colchão e a cama box de molas, botei minhas ferramentas de trabalho de volta na pasta de mensageiro e peguei um casaco de moletom.

– Tem um monte de gente querendo me matar – contei para Joyce. – Então mantenha a porta trancada e não deixe ninguém entrar.

– Que venham – disse Joyce.

Espiei pelo olho mágico antes de abrir a porta. Ninguém no corredor. Oba! Além disso, ninguém no elevador e nem no estacionamento. Atravessei a cidade de carro, estacionei na frente do escritório e avistei o Lincoln do outro lado da rua. Acenei para Slasher e Lancer e juntei-me a Lula e Connie dentro do prédio.

– Ôa – disse Connie. – O que aconteceu com você?

Encostei no corte no lábio para ver como andava o inchaço e resolvi que tinha quase voltado ao normal.

– Acidente num edifício-garagem.

– Você está bem?

– Estou. Pronta pra outra.

– Foi alguém que conhecemos que fez isso? – perguntou Lula.

– Razzle Dazzle. Ele é um dos idiotas que estão atrás da fotografia que não está comigo.

– Por falar em idiotas – disse Lula. – Aqueles dois palhaços estão sentados lá do outro lado da rua há horas. São uns bobos alegres. Não atiraram em você e nem tentaram te sequestrar agora há pouco. Não devem nem ter um taser. Estou começando a ficar com pena deles. Parecem amadores.

Connie me deu uma pasta de arquivo.

– Botei os dois num dos sites de busca para você. Parecem bandidos de aluguel. Ambos estavam trabalhando para um dos cassinos em Atlantic City e saíram seis meses atrás, quando fizeram cortes no orçamento do cassino. Nenhum registro de emprego desde então. Lancelot é casado e tem dois filhos. Larder é divorciado e mora com a mãe. A última mulher dele ficou com o apartamento.

– Quantas mulheres ele teve?

– Quatro – disse Connie. – Sem filhos.
– E o Lincoln?
– O Lincoln é quente. Foi furtado de um estacionamento em Newark. Quer que eu registre essa queixa contra os dois?
– Não. O Lincoln é fácil de ver. Prefiro saber onde eles estão.
– Como está a sua barriga? – perguntei para Lula.
– Estava boa quando acordei, mas não está mais agora – disse Lula.
– Podem ter sido os dois sanduíches com duas salsichas e gordura extra que você comeu no café da manhã – disse Connie. – Seguidos por uma dúzia de sonhos.
– Não comi a dúzia toda – retrucou Lula. – Restam dois na caixa. E nem teria comido tantos se não fossem todos diferentes. Odeio perder uma experiência culinária.
– Ganhei um taser novo – eu disse. – Achei melhor testá-lo no Buggy.
– Wham! – exclamou Lula. – Vamos lá então.

Lula e eu saímos do escritório, Lula subiu na minha picape, atravessei a rua e fui até o Lincoln para falar com o Lancer.
– Parece que você foi atropelada por um caminhão – disse Lancer.
– Tive um encontro com Razzle Dazzle.
– Deu a fotografia para ele?
– A fotografia não está comigo para eu dar para ninguém.
– Tem sorte de estar viva. Ele é um verdadeiro monstro.

Não era o que eu queria ouvir.
– Lula e eu vamos atrás de um desses que não compareceu à audiência. Para o caso de vocês quererem fazer uma pausa para o café da manhã, volto daqui a uma ou duas horas.
– Nada feito. Vamos grudar em você que nem cola – disse Lancer. – Onde você for, nós vamos.

— Então por que não estavam no estacionamento do meu prédio esta manhã?

— Fomos expulsos de lá por um velho. Ele disse que era um estacionamento particular e que não podíamos estacionar ali. Além disso, estávamos na vaga dele.

— Ele tinha um Cadillac grande, cor de vinho?

— Tinha. E ficou berrando conosco, ameaçou chamar a polícia.

O Sr. Kolawoski, do 5A, que Deus o abençoe. O homem mais doido que já existiu nesse mundo.

— Caso me percam de vista, estou indo para a rua Orchard – eu disse para Lancer.

— Fica no norte de Trenton, certo?

— É.

Atravessei a rua correndo, sentei ao volante da picape e parti. Não ia para lugar nenhum perto da rua Orchard. Buggy estava no outro extremo da cidade. Avancei um quarteirão e virei à esquerda. Lancer estava atrás de mim. Virei à direita e fui até o sinal no cruzamento em frente. Lancer ficou preso no sinal vermelho. Peguei a esquerda no quarteirão seguinte, esquerda de novo, e me livrei do Lancer.

Atravessei a Hamilton e entrei na Pulling.

— Não estou me sentindo bem – disse Lula. – Foi aquele último sonho. Tinha alguma coisa errada com ele. Era um daqueles com recheio de creme, e acho que usaram creme velho.

— Você comeu dez!

— É, e nenhum dos outros me fez mal. Estou dizendo que foi aquele último. Eu me sentiria melhor se conseguisse arrotar.

Parei o carro e fiquei olhando para a casa do Bugkowski uns dois minutos. Nenhuma atividade. Eu apostava que Buggy devia estar escondido lá dentro, desejando ter um plano para obter comida. Eu devia ter levado aqueles dois últimos sonhos. Engrenei a marcha, dei a volta e fui para a pizzaria do Pino. Vinte minutos depois, estava na frente da casa do Bugkowski com uma pizza fumegante.

— Nós vamos fazer o seguinte: — eu disse para Lula — você vai para a parte de trás da picape com a caixa de pizza. Eu vou tocar a campainha e dizer que queremos renovar a fiança dele. Ele vai dizer que não, mas sentirá o cheiro da pizza e virá pegá-la. Assim que ele subir na traseira da picape, eu ataco com o meu taser e pomos as algemas nele.

— Você já tentou dar um choque nele antes e não funcionou.

— Estou com um taser maior agora.

Abaixei a porta traseira e ajudei Lula a subir na carroceria da picape. Enfiei a chave no bolso para Buggy não poder tirá-la de mim e fui até a porta da casa dele.

Buggy abriu a porta e olhou para o carro.

— Legal a picape.

Lula acenou com um pedaço de pizza para ele.

— Oi, Buggy querido!

— Ela está com uma pizza — disse Buggy.

Ele passou por mim e foi direto para a picape.

— Tem mais aí? — ele perguntou para Lula.

— Tenho uma pizza quase inteira — disse Lula. — Quer um pedaço?

— Quero — disse Buggy, e subiu na traseira.

Subi logo atrás e, quando ele estendeu o braço para pegar a fatia de pizza, apertei o taser na parte de trás do pescoço dele e disparei. Ele ficou imóvel um segundo, e posso jurar que o cabelo dele se iluminou, depois caiu de cara no colo de Lula.

— Ele está com o nariz nas minhas partes baixas — disse Lula, segurando a caixa de pizza de lado. — Não que eu não tenha passado por isso antes, mas há lugar e hora para tudo, entende o que quero dizer?

Olhei para a caixa de pizza. Faltavam duas fatias.

– Você comeu duas fatias de pizza? – perguntei para ela.

– Achei que seria bom forrar o estômago, mas me enganei.

Prendi as algemas flexíveis nos pulsos do Buggy, outro par nos tornozelos e rolei o corpo dele para o lado, para tirá-lo de cima de Lula.

– Não queremos uma repetição do que aconteceu com a Lahonka – eu disse. – Pegue o taser e fique aqui atrás com o Buggy. Se ele acordar e ficar rebelde, dê um choque nele.

– Não sei se vou aguentar até a delegacia – disse Lula. – Você tem antiácido aí? Tem Pepto?

Procurei na bolsa.

– O que é essa coisa cor-de-rosa aí? Parece Pepto.

– É aquela coisa que a Annie me deu.

Lula pegou a garrafa.

– Dá no mesmo.

Ela bebeu tudo e arrotou.

– Ah, sim, agora estou melhor.

Arregalei os olhos e meu queixo caiu.

– O que foi? – disse Lula.

– Você bebeu essa coisa que a Annie me deu. Não tenho ideia do que tem dentro. A mulher é doida. Faz poções de amor. Pelo que sei, você acabou de beber olhos de iaque e mijo de búfalo.

– Não parecia mijo de búfalo – disse Lula. – O rosa era bonito. Como é que essas poções do amor funcionam?

– Eu não sei.

– Fazem com que alguém se apaixone à primeira vista? Gosto dessa ideia. Está faltando romantismo nesse mundo. Eu sempre dizia isso quando era do ramo. Sempre incluía um pouco de romance de graça, se o cliente quisesse. E alguns daqueles clientes não inspiravam romantismo nenhum, sabe? Como o Buggy, por exemplo. Ele até que é bonitinho. Os olhos de Buggy estavam meio abertos, ele babava e peidava.

— Ele é um daqueles monstros que vivem embaixo das pontes — eu disse.

— É, mas acabei de beber a poção do amor, então meu mau gosto está perdoado. Além disso, monstros que vivem embaixo de pontes estão na moda agora. Que tal o Shrek? Todo mundo adora o Shrek. Lembra de quando ele soprou bolhas na banheira? Ele era um amor.

— Ele é um personagem de desenho animado.

— Estou sentindo um calor... — disse Lula. — Deve ser porque tive essa experiência mais ou menos romântica com o senhor bonitinho aqui. Por mais que deteste ter de admitir, minha vida amorosa está um deserto estéril há pelo menos uma semana.

Eu ia fingir que não tinha ouvido aquilo. Ia supor que havia alguma cachaça naquela coisa cor-de-rosa. Desci da carroceria, levantei a porta traseira e entrei na cabine da picape. Não achava que ia conseguir arrastar o senhor bonitinho para o outro lado da rua e para dentro do prédio da delegacia se parasse no estacionamento, por isso fui para a porta de entrega da delegacia e pedi ajuda.

Vinnie estava no escritório quando Lula e eu voltamos.

— Acabei de pegar Lewis Bugkowski — disse para Vinnie.

— Ele já ligou — disse Vinnie. — Quer sair com fiança de novo, mas não tem ninguém para pagar. Os pais dele não vão dar mais nenhum dinheiro para isso. Dizem que já é bastante ruim terem de pagar a comida dele.

Lula levantou o braço.

– Eu faço isso. Pago a fiança. Deixa que eu faço.
– É uma pena – disse Connie. – Ela ficou limpa muito tempo.
– Não é droga – eu disse. – Ela desenvolveu uma ligação estranha com o Buggy.
– Ele é adorável – disse Lula. – Como o Shrek. Eu seria capaz de amá-lo em pedaços.
– Isso está errado – disse Connie. – Está muito, muito errado.
– Estou muito animada – disse Lula. – Vou ter meu primeiro afiançado. É como ir ao abrigo de animais e adotar um gatinho.
– Não é uma boa ideia – disse Connie. – Buggy não é um gatinho. Buggy é...
– Uma anta? – sugeri. – Vagabundo, idiota da aldeia, sanguessuga da sociedade, estúpido, grosso, retardado, brutamontes, para não dizer batedor de bolsa e ladrão de carro?
– Tome cuidado com o que disser sobre o meu querido – disse Lula. – E fazer dele meu afiançado é uma ideia perfeitamente boa. Tenho o direito de adotar um criminoso. E vou cuidar muito bem dele também.
– Como é que vai pagar a fiança? – perguntou Vinnie. – Onde é que vai arranjar o dinheiro? O que vai dar de garantia?
– Eu tenho meu Firebird – disse Lula.
Nós todos engolimos em seco. Lula amava o Firebird dela.
– Então isso é sério – disse Connie. – Você tem de levá-la para uma clínica para fazer um exame de sangue. Ou talvez ela só precise ir para casa e deitar um pouco. Isso pode ser uma reação a todo aquele açúcar nos sonhos.
– Mas é que eu tenho um grande coração – disse Lula. – Meu coração é de ouro e reconheço a bondade nos lugares em que ela parece não existir. Por exemplo, vocês olham para o Lewis e veem vinagre de maçã. Eu vejo uma grande torta de maçã.
– Você nunca viu tortas de maçã antes – disse Connie.

— Bem, agora estou de olhos abertos — disse Lula. — Aleluia! E, além do mais, estou testando paixão à primeira vista. Posso ter tomado uma poção de amor.

— Gostei — disse Vinnie. — Se Buggy virar um desertor, eu fico com o Firebird. Posso dá-lo para o DeAngelo, e assim talvez ele não me mate.

Vinnie passou os papéis para Lula.

— Assine onde botei uma marca.

Lula já estava de pé.

— Quero ir com você quando for soltar meu doce fofinho — ela disse para Vinnie. — Quero levá-lo para casa.

— Preciso da sua ajuda para capturar a Joyce — eu disse para Lula.

— Não tem problema — disse Lula. — Isso não vai demorar. Assim que tirar meu docinho da prisão, vou ajudar você a pegar a Joyce.

Eu estava boquiaberta com aquela coisa de doce fofinho, docinho, torta de maçã adorável, mas precisava tirar a Joyce do meu apartamento e precisava também do dinheiro que ia receber com a captura dela.

— Excelente — eu disse. — Vamos seguir o Vinnie até a delegacia, soltar o Buggy, levá-lo para casa e pegar a Joyce.

— WHAM! — exclamou Lula.

Fui para a calçada e acenei para Slasher e Lancer. Eles estavam estacionados do outro lado da rua de novo.

— Você mentiu para mim! — berrou Lancer. — Você não vai para o céu se continuar enganando as pessoas.

Vinnie partiu no seu Cadillac, Lula e eu seguimos atrás e Lancer e Slasher fecharam a procissão. Vinnie foi reto, virou à direita e Lancer me seguiu. Passei dois quarteirões, virei à esquerda e ziguezagueei para passar num sinal. Lancer não ia cometer o mesmo erro duas vezes. Passou com o sinal fechado e foi abalroado de lado por um jipe. Parei no meio-fio para ver se alguém tinha se machucado.

— Parece que todos estão bem — disse Lula —, mas não estão contentes.

DEZESSETE

Deixei Lula no órgão público e fiquei esperando na picape. Verifiquei meus e-mails no meu iPhone e ouvi música. Tive medo de adormecer. Com a minha sorte, Raz ia tropeçar em mim. Já estava ali havia quase uma hora quando Connie ligou.

– Seus amigos estão de novo do outro lado da rua – ela disse. – E o carro deles está todo amassado. Tudo bem com você?

– Eu estou ótima. Eles tentaram avançar um sinal e foram abalroados na lateral. Pedi para entregarem uma pizza para eles e botar na minha conta.

Minutos depois, Vinnie e Buggy saíram do prédio. Vinnie pulou em seu Cadillac e partiu em velocidade. Lula e Buggy entraram na minha picape. Lula no banco da frente, e Buggy se espremeu no pequeno banco atrás de nós.

– Eu não caibo aqui – ele disse. – Quero dirigir.

– As suas opções são as seguintes: – eu disse para ele – você pode ficar onde está, ou voltar a pé.

– Eu quero dirigir! – gritou ele.

– Ele não é a coisinha mais linda? – disse Lula. – Você devia deixar que ele dirija. É um motorista muito bom.

– Como é que sabe? – perguntei.

– Deu para ver. E todas as vezes que ele roubou o seu carro, nunca bateu.

– Ele não vai dirigir – insisti. – Fim de conversa.

– Eu vou prender a respiração – disse Buggy.

Engrenei a marcha e olhei para ele pelo retrovisor.

— Por mim, tudo bem. Não me importo se você ficar azul e morrer.

— Eu sempre faço xixi na calça quando prendo a respiração — disse Buggy.

— Isso é uma graça — disse Lula. — Aposto que o Shrek mija na calça também.

Olhei de lado para Lula.

— Ele vai ter de sair e viajar lá atrás.

— Amoreco, você quer viajar lá atrás? — perguntou Lula.

— Não. Eu quero dirigir.

Lula procurou na bolsa e achou uma barra de chocolate. Desceu da picape e jogou a barra na carroceria.

— Pega — disse ela.

Buggy rolou para fora da cabine, deu a volta correndo, subiu na parte de trás da picape e eu acelerei bem na hora em que ele botou a mão na barra de chocolate.

Peguei a Broad para a Hamilton, entrei na Pulling e parei na frente da casa dos Bugkowski. Enfiei a cabeça pela janela e gritei para Buggy:

— Você está em casa! Pode descer agora!

— Nã-não — disse Buggy.

— Isso não é especial? — disse Lula. — Ele não quer me deixar. Nós nos demos bem demais.

— E agora vão ter de parar de se dar porque nós temos de pegar a Joyce.

— Mas é triste deixá-lo aí — disse Lula.

Ela tirou outra barra de chocolate da bolsa e jogou pela janela no gramado da frente da casa dos Bugkowski. Buggy saltou da picape, pegou o chocolate e eu pisei fundo no acelerador. Adiós, muchacho.

***

Joyce ainda estava assistindo à televisão quando entramos.

— Demorou demais — disse. — Estou morrendo de fome. Cadê a minha salada de frango? Cadê o meu vinho?

— Na geladeira — respondi. — Sirva-se.

— Tem certeza de que essa é a Joyce? — disse Lula. — Ela não parece uma vadia. Parece mais aquelas moradoras de rua que carregam tudo numa sacola.

— Saia do caminho, gorducha — Joyce disse para Lula, empurrando a outra para o lado para chegar à geladeira.

Lula olhou para ela furiosa.

— O quê?

Joyce abriu a porta da geladeira e eu fiquei atrás dela. Zzzzzzt. Joyce despencou no chão.

— Não vai se importar se eu der uns chutes nela, vai? — disse Lula.

— Vou sim. Não quero entregá-la com hematomas inexplicáveis.

Eu já ia algemar Joyce quando Connie ligou.

— Não sei se isso é uma boa ou uma má notícia — disse Connie —, mas retiraram as queixas contra Joyce. A Corte está devolvendo a fiança.

— Acabei de derrubá-la com um choque.

— Bom para você — disse Connie.

Desliguei o telefone e passei o recado para Lula.

— Então quer dizer que eu posso chutá-la, já que não vamos levá-la presa? — perguntou Lula.

— Não!

— O que vamos fazer com ela?

— Vamos tirá-la do meu apartamento.

Arrastamos Joyce e seus pertences para o corredor do andar, eu tranquei a minha porta e Lula e eu fomos para a picape.

– Estou me sentindo muito melhor – eu disse para Lula. – Seria gratificante levá-la presa, mas pelo menos está fora do meu espaço.

– É, agora você só tem de se livrar dos chatos dela. É melhor comprar água sanitária hoje, e talvez até consiga um pouco daquela água benta para espalhar em volta.

– Vou acrescentar à minha lista de compras.

– Ela teve uma boa ideia com a salada de frango – disse Lula. – Devíamos parar no Giovichinni e pedir uma. Vou ter uma alimentação mais saudável e ser um bom exemplo, agora que tenho o meu docinho.

Desci a Hamilton e reduzi a marcha quando passei pela obra do escritório de fiança.

– Estão fazendo progresso – disse Lula. – Agora já puseram as janelas e estão pondo também a fachada de tijolos. Pena que o Vinnie vai estar morto quando terminarem.

Havia uma vaga bem na frente do Giovichinni para estacionar a picape. Lula e eu descemos e fomos direto para o balcão da delicatéssen. Pedi um sanduíche de frango e Lula, uma porção dupla de salada de frango, uma porção dupla de salada de repolho e uma porção dupla de arroz-doce.

Gina Giovichinni estava na caixa registradora quando fomos pagar.

– Ai, meu Deus – ela disse, olhando para o meu olho roxo e verde. – Ouvi dizer que Morelli tinha batido em você, mas não acreditei até agora.

– Ele não bateu em mim. Eu caí numa garagem.

– Ele empurrou você, certo? – disse Gina.

– Não!

Peguei meu sanduíche, passei pela porta da loja e parei de repente. Buggy estava sentado na traseira da minha picape.

— É a minha torta de maçã! — disse Lula. — Você está com fome? — perguntou para ele.

Buggy não tirava os olhos do saco com a comida.

— Estou — disse ele.

Lula deu a comida para ele e voltou correndo para o Giovichinni para comprar mais. Sentei ao volante da picape, tranquei as portas e comi meu sanduíche. Destranquei as portas quando Lula voltou e tranquei de novo assim que ela subiu. Tinha medo de que a torta de maçã me arrancasse da picape e levasse meu carro embora.

— E agora? — Lula perguntou ao prender o cinto de segurança.

— Acho que a nossa sorte mudou. Capturamos o Buggy. Tiramos a Joyce do meu apartamento. Então vamos pegar Lahonka.

— Wham — disse Lula. — E duplo wham! — Ela se virou e olhou para Buggy pelo vidro de trás da cabine. — Nós devíamos levá-lo conosco.

— O quê?

— Se levá-lo de volta para aquela casa vazia, não dá para saber o que pode acontecer. Ele é muito malcomportado.

Verifiquei o menino malcomportado pelo espelho retrovisor. Estava com um naco de arroz-doce na camisa.

— Pensei que ele era uma torta de maçã.

— Dá para ser uma torta de maçã e se comportar mal ao mesmo tempo — disse Lula. — As duas coisas podem conviver. Por isso ele é tão atraente. Pode parecer uma abobrinha, mas na verdade é muito complexo. Gosto disso num homem. E, além do mais, não tenho mais barras de chocolate. Não sei como vamos fazer para ele descer da picape.

Bem pensado. Engatei a marcha e fui para o apartamento de Lahonka. Lula e eu descemos, e Lula disse para a abobrinha esperar no carro.

— Nã-não — disse Buggy, e passou a perna por cima da lateral para descer.

— Ele é sua responsabilidade — eu disse para Lula. — Não quero que ele pegue minha chave, minha pasta ou minha picape.

Fui para a porta de Lahonka e bati com força. Lula e Buggy ficaram logo atrás de mim.

— Essa porta aí tem um Band-Aid — disse Buggy.

— Está cobrindo o buraco que fizemos quando eu atirei — disse Lula.

— Vão embora! — Lahonka berrou lá de dentro. — Odeio vocês!

— Ela não é legal — disse Buggy.

— Ela é uma criminosa — Lula disse para ele. — Temos de prendê-la.

Buggy nos empurrou para o lado, deu uma cabeçada na porta e arrancou-a das dobradiças.

— Que merda é essa? — disse Lahonka.

O pé de Lahonka estava enrolado numa grande atadura, e ela usava muletas.

— O que houve com o pé dela? — Buggy quis saber.

— Eu atirei nele — disse Lula.

— Rá! — disse Buggy. — Boa. — Ele olhou para Lula. — Quer que eu a bote na picape?

— Quero — disse Lula. — Temos de levá-la para a delegacia.

— A delegacia não é tão ruim — disse Buggy. — Me deram um cheeseburguer lá.

Ele agarrou Lahonka e a enfiou embaixo do braço como se ela fosse uma boneca de pano. Eu peguei as muletas dela.

– Acho que vou desmaiar de tão forte que é o meu docinho – disse Lula. – Eu nunca digo que alguém é gordo porque pode magoar as pessoas, mas vamos combinar, Lahonka é um saco de batatas. Eu tenho peso, mas o meu é perfeitamente distribuído. Minha bunda linda e grande contrabalança meus seios enormes. A Lahonka aqui tem todo o peso dela nessa bunda caída. Deve ser difícil tirar alguém como Lahonka do chão.

– É muito desaforo seu falar tudo isso de mim! – Lahonka berrou para Lula. – Você não passa de uma puta gorda!

– Não sou mesmo – disse Lula com as mãos na cintura. – Deixei de ser puta.

– Eu gosto de putas – disse Buggy. – É como ir à Cluck-in-a-Bucket. A gente pede uma coisa e recebe exatamente isso.

– Docinho, é assim com uma namorada também – disse Lula.

– Sei – disse Lahonka. – Comigo não. Você recebe o que eu quero dar e depois tem de dizer obrigado.

Comigo também não, pensei. Minha nova política era que ninguém recebia nada!

Buggy levou Lahonka para a picape e botou na traseira.

– Temos de algemá-la, meu doce – disse Lula.

Ela deu as algemas para ele.

Lahonka cuspia, enfiava as unhas e xingava, e Buggy estava tendo trabalho para pegar o pulso dela.

– Se você não ficar quieta, eu vou chutar o seu pé – disse Buggy.

Lahonka parou um segundo, registrando a ameaça. Buggy sentou em cima dela e prendeu as algemas.

– Bom trabalho – Lula disse para ele. – Não deixe que ela escape. Ela é traiçoeira.

Buggy olhou para Lula.

– Você tem mais barras de chocolate?

— Não — disse Lula. — Mas vamos comprar mais assim que deixarmos Lahonka na delegacia.

— Vocês não vão me deixar aqui atrás com esse King Kong, vão? — disse Lahonka. — Ele está com essa bunda gorda em cima de mim e não consigo respirar. Não basta terem atirado no meu pé? Sou só uma pobre trabalhadora. Tenho filhos para sustentar.

Fui para a delegacia e parei no estacionamento. Não precisava de ajuda da polícia. Eu podia fazer Buggy levar Lahonka para o outro lado da rua, se ela se recusasse a ir andando. Lula e eu descemos e fomos para trás da picape.

Nada de Lahonka.

— Eu podia jurar que Lahonka estava aqui quando partimos — disse Lula.

Buggy estava sentado de costas para o vidro da cabine.

— Ela desceu no último sinal.

— Você devia evitar que ela fugisse — eu disse para ele.

— É, mas ela disse que era mãe e estava chorando. Por isso eu deixei ir.

— Que amor — disse Lula. — Você tem um bom coração.

— Não é amor nenhum! — eu disse. — Lahonka Goudge é uma trapaceira e criminosa. Ela rouba a identidade das pessoas. E o Sr. Cabeça de Batata aqui acabou de deixá-la escapar.

— Vou ganhar minha barra de chocolate agora? — perguntou Buggy.

— Você não vai ganhar nada — eu disse. — NADA.

Buggy fez uma careta.

— Você prometeu.

— O combinado era que você ganharia chocolate depois de deixar Lahonka na delegacia. Nós deixamos Lahonka na delegacia? Não, não deixamos. Então você não ganha nada. Todos os atos têm suas consequências.

— Nã-não. Eu faço um monte de coisas sem consequências.
— Não na minha picape – eu disse. – Na minha picape há consequências.
— Isso é uma boa política – disse Lula. – Pense só onde nós estaríamos se não prestássemos atenção nas consequências. Por exemplo, há consequências quando não temos balas na nossa arma. E há consequências quando comemos uma salada de batatas. E há consequências quando não tomamos precauções com os nossos docinhos.

Tive um momento de pânico quando lembrei de um pequeno lapso involuntário no meu controle de natalidade no Havaí.

— Tudo bem com você? – Lula me perguntou. – Você ficou muito pálida agora e está transpirando.

— Eu estava pensando em consequências.

— É, elas me apavoram também – disse Lula.

DEZOITO

Descarreguei Lula e Buggy no escritório para Lula pegar o carro dela. Slasher e Lancer ainda estavam lá, ambos dormindo profundamente. Os carros de Vinnie e de Connie não, e o escritório estava fechado. Todos saíam mais cedo no sábado.

– Vou levar você para casa no meu Firebird – Lula disse para Buggy.

Buggy arregalou os olhos.

– Eu quero dirigir.

– Claro que quer – disse Lula –, mas esta aqui é uma máquina muito bem regulada.

– É.

– Bom, tudo bem, já que você é tão adorável... – disse Lula, e entregou a chave para ele.

– Entra logo, antes que ele saia sem você – eu disse para Lula.

– Ele não faria isso. Ele é meu grande docinho.

O grande docinho se espremeu atrás do volante e partiu.

– Ei! – disse Lula. – Espere por mim.

– Entre na picape – eu disse para ela. – Vou alcançá-lo.

Três quarteirões à frente, Buggy teve de parar no trânsito. Lula pulou da picape, foi para o Firebird, abriu a porta do carona e entrou. Missão cumprida, no que dizia respeito a mim.

Parei no supermercado e comprei uns dois sacos de comestíveis. Pão, leite, suco, manteiga de amendoim, azeitonas, um saco de batatas fritas, uma pizza congelada, biscoitos recheados de creme, um balde com partes variadas de frango frito, biscoitos recheados de morango. Fiz mais uma parada e comprei um pacote com seis cervejas e uma garrafa de vinho tinto. Ia ter um banquete esta noite. Frango frito e cerveja, e biscoitos recheados de creme. Amanhã comeria pizza com vinho. Sem homens. Sem Joyce. Sem torta de maçã. Só eu, Rex e a televisão.

Carreguei as compras para o meu apartamento, botei no balcão da cozinha e senti um arrepio na espinha. A televisão estava ligada. Peguei a Glock e espiei pela porta da sala de estar. Era Joyce.

– Qual é?

– Aquilo foi uma merda – disse Joyce. – Você me largar no meio do corredor. Se eu tivesse outro lugar para ir, estaria lá.

– Como é que entrou no meu apartamento?

– Tive de subir pela droga da escada de incêndio de novo. Está ficando batido.

Ela foi até a cozinha e olhou para a comida que eu estava desempacotando.

– Onde estão minha salada de frango e o meu vinho?

– Não comprei a salada de frango. Pensei que você não estaria aqui. Mas tenho uma boa notícia. Retiraram a queixa contra você.

– Grande coisa. A queixa era falsa. Nunca me preocupei com as queixas.

– Você está preocupada com o quê?

– Não tem nada verde aqui – disse Joyce.

– Azeitonas.

– Azeitonas são frutos. Olha só para essa bagunça. Você não tem um único legume aqui.

– Tem molho de tomate na pizza.

– Outro fruto.

Como se a minha vida não estivesse toda descendo pelo ralo, Joyce Barnhardt agora era mais inteligente e obviamente se alimentava melhor do que eu.

— Você não respondeu à minha pergunta. Está preocupada com o quê?

Joyce escolheu um pedaço misterioso do balde de frango frito.

— Você já ouviu falar da Pantera Cor-de-Rosa?

— O filme?

— Não, a organização. A Interpol deu o nome de Pantera Cor-de-Rosa para uma rede internacional de ladrões de joias. A Interpol tirou o nome do filme.

— O filme é ótimo.

— Concentre-se — disse Joyce. — Estamos falando sobre a rede. Frank Korda fazia parte dessa rede. Sei que é difícil acreditar que esse ninguém em Trenton estava associado à Pantera Cor-de-Rosa. Quero dizer, os Panteras Cor-de-Rosa são cachorro grande. São enormes! Uma vez roubaram um colar de brilhantes de vinte e sete milhões de dólares de uma loja em Tóquio. De qualquer forma, Korda arrumou um jeito de se ligar a esses caras.

— E qual era a vantagem?

— Segundo o Korda, os Panteras têm a habilidade de repassar as joias roubadas. Korda disse que não é difícil roubar joias, mas é muito arriscado tentar vendê-las.

— Korda estava roubando joias?

— Muito. Ele tinha as verdadeiras na loja, vendia com bom lucro e o cliente levava para casa uma imitação. Além disso, ele roubava na área e botava as falsas no lugar.

— E qual é o seu papel nisso tudo?

— Ele queria crescer. Tinha visto duas joias em Nova York. Uma foi na Harry Winston. Outra na Chopard. Ele disse que era uma operação para quatro homens. Havia outros dois Panteras Cor-de-Rosa que iam ajudar, mas ele ia me usar como distração. Disse que se eu trabalhasse bem, os Panteras iam me deixar entrar na rede.

— Você queria ser uma Pantera Cor-de-Rosa?

— Eu daria meu testículo direito para ser uma Pantera Cor-de-Rosa.

— Você tem testículos?

— Não, mas se tivesse, daria um.

— Você sabe quem matou Korda?

— Foram os Panteras. Eu costumava ir à loja para ajudar Frank quando planejava suas armações e...

Dei risada sem querer.

— Qual é a graça? – perguntou Joyce.

— Você disse armações.

— Amadureça. É assim que chamamos as operações nesse negócio.

Abri uma cerveja e bebi a metade. Nada de rir, disse para mim mesma. Se você rir da Joyce, ela não vai contar a história toda e você quer saber a história toda, por mais ridícula que seja.

— Tudo bem. Desculpe. Você estava ajudando o Frank a arquitetar as armações dele.

— É, e estávamos tendo um casinho. E ele me prometeu um colar que tinha roubado, mas não dava para mim porque era quente demais. E acabou que um dia a mulher dele aparece andando na rua com o meu colar. Então fui até a joalheria para saber que merda estava acontecendo e tivemos uma briga feia. Ele disse que estava tudo acabado. Disse que os Panteras Cor-de-Rosa não me queriam, e que ele também ia sair da rede. Disse que alguma coisa tinha dado errado. Então eu perguntei: e o colar? Ele disse que a mulher dele viu e quis ficar com ele. Eu disse que ele estava me devendo, e peguei um colar do mostruário. O merdinha veio para cima de mim dizendo que eu tinha roubado o colar. Dá para acreditar?

— Então você foi presa e Vinnie pagou sua fiança.

— Exatamente. Botei minha Mercedes de garantia.

— O que foi compactado?

— É. Tem uma coisa que é boa, de certa forma, nessa parte, certo? Então, depois disso eu recebo uma mensagem de texto do Frank, dizendo que ele queria conversar comigo. Estacionei o carro nos fundos da loja, como sempre. Frank saiu lá de dentro, com o colar. Superarrependido. Uma coisa leva a outra, e eu afundei a cara no colo dele, de modo que minha visão ficou limitada, certo? Ai.

— Mas vi um lampejo cor-de-rosa — disse Joyce. — E o Frank inteiro ficou mole. Tudinho. Logo depois me nocautearam. E quando acordei, estava enfiada na mala de um carro com o Frank. E o Frank estava morto. Eu não sei como ele morreu. Não foi com tiro. Não havia sangue. Pelo que sei, ele pode ter tido um ataque do coração. Quando consegui sair de baixo do Frank e chegar à fechadura da mala por dentro, já era noite e o carro estava no ferro-velho. Mal saí da mala, o cachorro veio me atacar e eu corri que nem doida. O bom era que o carro estava estacionado perto da cerca. Subi a cerca de arame como uma ninja.

— E você acha que foram os Panteras Cor-de-Rosa?

— Quem mais podia ser? Eu vi de relance o tecido cor-de-rosa quando eles deram cabo do Frank.

— E está com medo de voltar para o seu apartamento.

— Eles podem estar vigiando — disse Joyce. — Já tentaram me matar uma vez. Imagino que vão continuar tentando se souberem que estou viva.

Mordi um pedaço do frango e bebi o restante da cerveja.

— Não se encaixa. Por que eles iam querer matar você?

— Acho que sei demais. Frank me deu os nomes dos outros ladrões. E vi fotos das duas pessoas que iam trabalhar com ele em Nova York.

Eu não sabia como os Panteras Cor-de-Rosa operavam, mas, se eu quisesse matar alguém, não abandonaria no ferro-velho.

Ia garantir que estivesse completa e totalmente morto antes de ir embora.

— Por que não procura a polícia? — perguntei.

— Mesmo se acreditassem na minha história, o que podem fazer para me ajudar?

E essa era a pergunta que eu tinha medo de fazer.

— Por que está aqui? O que espera que eu faça para te ajudar?

— Eu preciso da arca do tesouro. Está tudo lá dentro. Todas as informações de contato dos Panteras Cor-de-Rosa. Pensei que se conseguisse entrar em contato com os Panteras, poderia negociar com eles.

— Onde está essa arca do tesouro?

— Frank guardava na loja.

— Você sabe como ela é, certo?

— Parece um baú de pirata em miniatura. Frank disse que é bom esconder as coisas em lugares óbvios porque é onde ninguém procura. Ele deixava a arca na prateleira atrás da caixa registradora. Tem alguns quadros, pequenos vasos de vidro e a arca está no meio.

Terminei de comer meu pedaço de frango e lavei as mãos. Queria um biscoito, mas não ia abrir o pacote na frente da Joyce. Não queria dividir.

— Eu não vou arrombar loja nenhuma — eu disse.

— Não é nada de mais. Eu sei o código. Vi Frank digitar.

— Então, por que você não faz isso?

— Os Panteras podem estar vigiando.

— Acho que a chance é grande de terem ido todos de volta para a Terra da Pantera Cor-de-Rosa.

— De jeito nenhum. Os Panteras são insistentes.

Ela lançou um olhar comprido para os biscoitos recheados de creme em cima do balcão.

— Acho que vou ter de ficar aqui para sempre.

— Nem pense em comer aqueles biscoitos — eu lhe disse.

— Ficam melhor nas suas ancas do que nas minhas. É óbvio que você não se importa com o tamanho da sua bunda.

As minhas opções são as seguintes, pensei. Posso dar-lhe um choque quando estiver dormindo, arrastá-la para o corredor de novo e mandar instalar barras de ferro na janela do meu quarto. Posso pegar a arca do tesouro. Ou posso matá-la.

— Como vou entrar na loja? — perguntei.

— Pensei que tivesse habilidades.

— Pensou errado. Não tenho habilidades.

Isso não era nem um eufemismo. O que eu tinha era sorte, amigos e uma tenacidade proveniente do desespero.

— Você conhece pessoas que têm habilidades — disse Joyce.

— Muito bem. Vou pegar a droga da arca do tesouro.

Peguei o pacote de biscoitos e enfiei na minha pasta.

— Não coma a minha pizza congelada. Não beba o meu vinho.

Joyce rasgou um pedaço do saco do supermercado e escreveu o código nele.

— Diga oi para o Ranger por mim. Diga a ele que, se um dia quiser variar, posso cuidar do caso dele.

Pensei por um segundo na terceira opção. Alguém tinha mesmo de matar a Joyce. O meu medo era de estragar tudo. E aí? Ela podia virar um vegetal no meu apartamento pelo resto da vida e eu lhe dando sopa na boca e massageando seus pés.

Pendurei a bolsa no ombro e saí. Peguei o elevador e liguei para o Ranger quando cheguei ao térreo.

— Preciso de ajuda. Tenho de arrombar uma joalheria.

Uns segundos de silêncio.

— Está querendo acessórios?

– Preciso entrar na loja do Frank Korda. Você pode me botar lá dentro? Eu sei o código de segurança.

– Sem problema.

– Estou saindo do meu apartamento agora. Encontro você nos fundos da loja daqui a vinte minutos.

A Glock ainda estava na minha bolsa. Segurei a arma dentro da bolsa, saí do prédio e fui para a minha picape verificando todo o estacionamento, à procura do Razzle Dazzle. Cheguei à picape, sentei no banco e tranquei as portas.

Não houve nenhum incidente no caminho até a loja do Korda, e o Porsche 911 Turbo do Ranger já estava lá no estacionamento quando cheguei. Parei ao lado dele e desci.

– Querida – disse Ranger. – Você devia usar roupa preta para assaltar uma joalheria à noite.

Ranger estava de preto, é claro.

– Não é um assalto à joalheria. Estou procurando um pequeno baú de pirata.

Ele me deu óculos de infravermelho.

– Use isso. Está escuro lá dentro, e uma lanterna de bolso iria te entregar.

Ranger foi para a porta e olhou para a fechadura. Tirou uma ferramenta fina do bolso, enfiou na fechadura e em segundos estávamos lá dentro.

Digitei o código do sistema de segurança, botei os óculos de infravermelho e fui diretamente para a prateleira atrás da caixa registradora. Havia quadros e vasos de vidro, mas nada de arca. Examinei metodicamente a loja inteira. Nada da arca. Fui para o depósito nos fundos e verifiquei tudo. Nada.

– Estou com a impressão de que isso não está funcionando bem – disse Ranger.

— Joyce disse que a arca estava na prateleira atrás da caixa registradora, mas não está. Procurei na loja toda e não encontrei.
— Joyce?
— Barnhardt. Ela se mudou para o meu apartamento e não consigo tirá-la de lá. Derrubo com um choque, arrasto para o corredor, mas ela volta.
— Como é que ela entra? — perguntou Ranger.
— Pela escada de incêndio.
— Posso mandar eletrificar.
— Pensei nisso, mas o gato da Sra. Delgado seria eletrocutado.
Ranger tirou meus óculos.
— Quer vir para casa comigo?
Eu me afastei dele.
— Obrigada pelo convite, mas não. Não quero mais saber de homens.
Ranger sorriu.
— Nunca mais?
— Até eu entender umas coisas.
— E se não entender?
— Se não conseguir entender por minha conta, peço para você me ajudar.
— Querida, isso é como um cego conduzindo outro cego.

Fiquei sentada na picape no estacionamento do meu prédio e comi a metade do pacote de biscoitos de creme. As luzes estavam acesas no meu apartamento. Joyce estava toda confortável lá, assistindo à televisão e provavelmente bebendo o meu vinho. Ranger sem dúvida tinha voltado para sua cobertura no sétimo andar da Rangeman. Morelli devia estar em casa assistindo a um jogo com Bob. E lá estava eu, sentada na minha picape, na rua. Era patético.

Guardei o resto dos biscoitos na bolsa e peguei a Glock. Desci da picape, atravessei o estacionamento e fui para a entrada dos fundos. Estava a três metros do prédio e Raz deu um salto do escuro, com a faca na mão.

– Sua vadia – ele disse. – Agora vamos conversar. Agora vamos negociar, hein?

Ele me atacou com a faca e eu acertei a perna boa dele com um tiro. Nós dois ficamos um segundo completamente imóveis, chocados.

Ele olhou para a perna e emitiu um som estrangulado do fundo da garganta.

– Puta que pariu – ele disse.

– O que está acontecendo? – perguntei. – Por que você quer a fotografia que, aliás, nem está comigo?

– O chefe diz para pegar a foto, eu pego. Se não pegar, levo bala de novo. Dessa vez no olho, pendurado de cabeça para baixo com pedras penduradas nos meus testículos.

Ele virou e saiu mancando pelo estacionamento.

– Ei – eu disse. – Não acabei ainda. Pare, senão eu atiro.

– Vadia americana maluca. Então atire. Está achando que eu me importo? Atire em mim outra vez. Eu vivo pela dor.

Ele se arrastou para um Sentra prateado e foi embora.

O Sr. Daly enfiou a cabeça pela janela do seu apartamento no segundo andar.

– O que foi aquilo? Será que ouvi um tiro?

– Eu não ouvi nada – eu disse quando olhei para o Sr. Daly e deixei cair a arma dentro da bolsa. – Deve ter sido a te-te-televisão de alguém.

Eu estava com a respiração curta e acelerada, e minhas mãos tremiam quando cheguei ao meu apartamento e precisei segurar a chave para destrancar a porta. Entrei, respirei fundo e fui direto à cozinha para pegar o vinho. A garrafa estava pela metade. Era o suficiente. Servi um pouco num copo de água e levei para a sala de estar, onde Joyce me esperava.

– O baú não estava na loja – eu disse. – Não estava na prateleira. Não estava em lugar nenhum.

– Isso é impossível. Ficava sempre naquela estante.

– Quando foi a última vez que você viu?

– No dia em que fui presa. Frank disse que estávamos fora dos negócios da Pantera Cor-de-Rosa, e pediu a chave dele. Eu disse que não estava comigo, para não dizer que ele podia dar adeus para a chave. Lembro de ter olhado para a arca quando ele disse isso. Foi a última vez que estive na loja. Não entrei quando fui lá mais tarde aquele dia.

– Aposto que os Panteras Cor-de-Rosa invadiram a loja e levaram a arca depois que deixaram vocês no ferro-velho.

– Isso seria ruim demais – disse Joyce. – Eu precisava daquele baú para negociar. Pelo menos tenho a chave. Há números na chave que combinam com o baú. O problema é que não sei como entrar em contato com os Panteras sem o baú.

Olhei para o meu copo de vinho. Estava vazio.

– Você podia botar a chave nos classificados da Craigslist para ver se alguém se interessa. E já verificou se os Panteras Cor-de-Rosa têm uma página no Facebook? Todo mundo tem uma página no Facebook. Eu não, claro, mas todo o resto tem.

– Não sei por quê, mas acho que os Panteras Cor-de-Rosa não teriam uma página no Facebook.

– Alguém veio me procurar esta noite?

– Veio, um cigano russo que parecia ter sido atropelado por um trator. Não entendi o nome dele, mas estava mancando. Não achei que seria divertido, por isso não o convidei para entrar. Ele falou com você?

— Sim. Estava me esperando lá embaixo.
— E aí?
— Dei um tiro nele e ele foi embora.
— Legal. Estava pensando que devemos botar a pizza congelada no forno. Tem mais vinho aí?

DEZENOVE

Normalmente acordo nas manhãs de domingo me sentindo gloriosa. Peço perdão a Deus por não ir à missa, rolo de lado e volto a dormir. Esta manhã acordei preocupada com o cara que eu tinha alvejado. Não parecia um ferimento grave, mas de qualquer modo ele teria de tirar a bala e cuidar para não infeccionar. A boa notícia era que já devia ter tomado uma antitetânica quando o cortei com a faca. E a verdade era que eu estaria muito melhor se a infecção o matasse. Ele não era um homem legal.

Os pensamentos sobre o Raz foram afastados quando lembrei que Joyce Barnhardt estava na minha sala de estar. Tinha de descobrir um jeito de expulsá-la de lá, de uma vez por todas e quanto mais cedo melhor. Vesti uma calça de moletom e uma camiseta e fui arrastando os pés para a cozinha. Joyce já estava lá, mexendo nos armários, sem dúvida procurando salmão defumado, caviar e croissants.

– Você fez compras, mas não estou achando nenhuma comida – ela disse.

– É bem o contrário, comprei minhas comidas preferidas e meu especial de manhã de domingo. Biscoitos com recheio de morango.

Botei o café na cafeteira e tirei um biscoito recheado de morango da caixa.

– Andei pensando – eu disse para Joyce. – Você precisa sair daqui. Devia ir para casa. Tenho certeza de que os Panteras Cor-de-Rosa já passaram para projetos maiores e melhores. Além do mais, você tem uma arma, certo? Se ficarem muito irritantes, atire neles.

– Esses caras são profissionais – disse Joyce. – Não se parecem com trombadinhas do Burg. E a propósito, você está um lixo. O que foi que inventou aí?

– Calça de moletom. É confortável.

– E já que estamos falando disso, você já se olhou no espelho ultimamente? Você está a própria Noite do Pânico na jaula do orangotango no zoológico.

– Caso não tenha notado, estou em fuga. Vendi o colar que estava usando e comprei umas coisas, mas não é o mesmo que ter acesso ao meu closet.

– Que tal pentear o cabelo, para começo de conversa?

– Meu cabelo estaria ótimo se você não tivesse atirado no meu aplique. E logo você falando de cabelo... O seu algum dia ficou bom?

– Morelli gosta do meu cabelo. Diz que tem energia.

– Se está tão apaixonado pelo seu cabelo, por que ele não está aqui? Pelo que eu sei, você nem o vê.

– Ele está ocupado.

– É, ocupado com a Marianne Mikulski.

Enchi uma caneca de café e botei leite.

– Ele está ocupado no trabalho dele.

– Claro que está. Continue acreditando nisso.

– Marianne Mikulski é casada.

– Marianne Mikulski está separada do marido fracassado, e está caçando. Os rumores dizem que ela seduziu seu ex-namorado.

– Vamos voltar à sua saída do meu apartamento.

– Eu preciso do baú. Não quero acreditar que os Panteras estão com ele. O único outro lugar possível seria a casa do Frank.

– Por que estaria na casa dele?

– Ele pode ter levado para casa por segurança depois que eu fui presa. Ou a mulher dele pode ter levado depois que ele desapareceu.

– Por que a mulher dele ia levar o baú?
– Eu não sei. Ele pode ter contado a ela a história dos Panteras. Ou podia ter algum valor sentimental para ela.
– Eu não posso arrombar a casa. A loja estava vazia e você sabia o código. A casa é arriscada demais.
– Entre quando não tiver ninguém em casa.
– E quando é que não tem ninguém?
– Amanhã. Na hora do enterro do Frank.
– Faço isso se você sair daqui hoje – eu disse.
– Vou sair quando encontrar o baú.

Eu tinha voltado para as três opções. Era domingo e muitíssimo improvável que conseguisse mandar instalar barras na minha janela. Matar Joyce era de longe a opção mais tentadora, mas sabia que eu não seria capaz de levar isso adiante. Então só podia encontrar o baú.

Terminei de comer o biscoito e de tomar o café, tomei uma chuveirada, me vesti e deixei o apartamento para a Joyce. Saí do estacionamento do prédio e passei pelo Town Car estacionado numa rua transversal. Lancer veio atrás de mim e me seguiu até a casa do Morelli.

Parei o carro e tive um momento de loucura, pensando se devia ligar antes de ir até a porta. E se Marianne Mikulski estivesse lá dentro? E se eu interrompesse alguma coisa que eu não quisesse saber?

Estava lá sentada no carro, resolvendo o que ia fazer, quando Morelli ligou para o meu celular.

– Você vai ficar aí no carro ou vai entrar? – ele perguntou.
– Você está sozinho?
– O Bob conta?

Desliguei e fui até a porta. Bob atravessou a sala galopando e se jogou em cima de mim, quase me derrubou. Fiz carinho no pescoço dele e imitei uns barulhinhos de cachorro.

— Esse é o meu menino — eu disse. — O meu menino grande. Ele se comportou? Tem sido um bom menino?

Bob era um cachorro grande, descabelado e ruivo que num dia de cabelo decente podia parecer um golden retriever.

— Você tem um acompanhante — disse Morelli, olhando para o Lincoln.

— Lancer e Slasher. Os falsos agentes do FBI. Têm um nível baixo na escala de ameaça.

— Quem tem nível alto?

— Razzle Dazzle. O cara do edifício-garagem. E Marianne Mikulski.

— Por que Marianne é uma ameaça?

— Dizem que você foi visto com ela.

— E daí?

Morelli estava descalço, de calça jeans desbotada e camiseta azul-marinho. O cabelo ainda estava molhado do chuveiro e ele cheirava a bolinhos de canela recém-saídos do forno. Fiquei dividida entre a vontade de arrancar a roupa dele e de lamber o seu pescoço. Felizmente não tive de escolher, já que estava me abstendo de homens.

— Só verificando — eu disse.

Morelli foi para a cozinha.

— Marianne é minha vizinha. Ela mora a duas casas daqui e traz o cachorro dela para brincar com o Bob. Quem é que está espalhando os boatos?

— Joyce Barnhardt.

Morelli serviu duas canecas de café e deu uma para mim.

— Minha mãe deixou bolinhos de canela aqui a caminho da igreja com minha avó. As duas perguntaram por você. Estão achando por aí que eu dei um soco no seu nariz.

Peguei um bolinho e encostei na bancada.

— Isso eu também soube. As pessoas parecem realmente desapontadas quando explico que não é verdade.

— É bom ter você de novo na minha cozinha, e odeio estragar o momento, mas não faria mal saber quando foi que você teve a chance de fofocar com a Joyce.

— Ela ocupou meu apartamento. Não consigo me livrar dela.

Morelli engasgou com o café e limpou o que escorreu no queixo com as costas da mão.

— Quer repetir isso, por favor?

— Você já ouviu falar dos Panteras Cor-de-Rosa?

— Está falando do filme ou da rede de ladrões de joias?

— Dos ladrões de joias. A Joyce acha que estão atrás dela.

— Continue – disse Morelli.

— Segundo a Joyce, Frank Korda era um Pantera Cor-de-Rosa. Ela estava de caso com Korda e o ajudava a planejar um roubo grande em Nova York com os Panteras. E aí alguma coisa saiu errado, os Panteras tentaram matar os dois, mas Joyce conseguiu escapar.

— E ela está morando com você. Por quê?

— Parece que não tem dinheiro nenhum e tem medo de voltar para o apartamento dela.

— Porque os Panteras ainda querem matá-la?

— O medo dela é esse. E tem um pequeno baú que ela precisa encontrar.

— E ela quer que você encontre para ela?

— É.

— Vamos começar pelo começo – disse Morelli. – Korda não era um Pantera Cor-de-Rosa. Na verdade, não existe nenhuma organização chamada Panteras Cor-de-Rosa. A Interpol deu esse nome para um grupo de ladrões de diamantes que tinham uma ligação frouxa uns com os outros. Quase todos são criminosos calejados do que já foi parte da Iugoslávia e que hoje se chama Montenegro. Acabei com o meu bolinho de canela e bebi um gole de café. Não estava completamente chocada de ouvir aquilo. Tudo tinha parecido mesmo fruto de imaginação.

— Prosseguindo — disse Morelli. — Nós reunimos provas suficientes sobre Frank Korda e a Mercedes compactada para montar um caso. Não posso dizer mais nada sobre isso porque ainda estamos esperando o resultado de alguns testes, mas posso lhe garantir que o assassino não era de Montenegro.

— Joyce?

— Não deve ser, mas ela não está livre de suspeita.

— Eu sei que ela é uma mentirosa de primeira, mas parecia acreditar na história dos Panteras Cor-de-Rosa.

— Talvez Korda a estivesse enganando — disse Morelli.

— Por que motivo?

Morelli deu de ombros.

— Não era pelo sexo. Dá para comprar a Joyce com bugigangas da loja de um dólar.

Eu não queria entrar na história do baú. À luz da informação que Morelli acabava de dar, a história do baú do tesouro não tinha sentido. Mesmo assim, com uma chance mínima de eu poder ir à procura do baú e invadir o lar dos Korda, não queria envolver Morelli no crime. Principalmente porque temia que ele fosse escolher a lei, e não eu, e acabaria me prendendo.

Morelli passou o dedo na gola da minha camiseta.

— Por falar em sexo, eu tenho umas camas lá em cima, se estiver interessada.

— Você está me comparando com a Joyce?

— Não. Eu não ofereceria as minhas bugigangas para a Joyce.

— É uma proposta atraente, mas estou em greve de homens.

– Todos os homens? – perguntou Morelli.

– Sim.

– Desde que seja com todos, acho que posso encarar isso. Avise quando a política mudar.

Pendurei minha bolsa no ombro.

– Tenho de ir a alguns lugares. Coisas a fazer.

Morelli me agarrou e me puxou para junto dele. Ele me beijou com tanta língua que me fez reconsiderar as bugigangas, e senti o calor rodopiar na minha barriga.

– Mmmmm – eu disse.

– Pena que você não pode ficar. Eu poderia adoçar a coisa da cama acrescentando mais um bolinho de canela.

– O bolinho de canela estava ótimo.

Uma hora depois, eu voltei para a porta do Morelli.

– Não acredito que eu fiz aquilo – eu disse para Morelli.

– Isso conta como o nosso sexo aos poucos? Ou ainda temos mais sexo aos poucos pela frente?

– Eu devia estar em greve de homens. E não ganhei nenhuma bugiganga.

– É, eu menti sobre as bugigangas, mas pode comer outro bolinho de canela, se quiser.

– Fica me devendo – eu disse a ele.

– Você precisa de ajuda para tirar a Joyce do seu apartamento? Eu podia removê-la fisicamente.

– Já fiz isso. Ela sempre volta pela escada de incêndio.

– Posso botar trancas melhores nas suas janelas. Posso instalar um alarme. Posso conseguir telas ou barras de segurança.

– Pode ser que cheguemos a esse ponto, mas agora eu vou para casa conversar com ela.

Eu tinha aberto a porta e estava olhando para o Lincoln do outro lado da rua.

— Você quer que eu me livre deles? — perguntou Morelli.

— Não. Já estou me acostumando com eles me seguindo. Acho que são inofensivos.

Morelli beijou a minha testa.

— Você sabe onde me encontrar.

— Mais ou menos.

Subi na picape e, antes de voltar para falar com Joyce, resolvi tentar Lahonka mais uma vez. Parei o carro na frente do apartamento dela e fiquei olhando para o jardim deserto. Não havia brinquedos. Fui até a porta e bati. A porta abriu. As dobradiças estavam empenadas. O apartamento estava vazio. Nenhuma mobília. Nada de televisão. Nada de Lahonka.

Lancer e Slasher tinham parado atrás da picape. Ficaram dentro do carro, examinando tudo. Bati na porta do apartamento vizinho ao de Lahonka e um senhor de idade atendeu.

— Estou procurando Lahonka — eu disse.

— Ela foi embora. Partiu bem cedo esta manhã. Parou um caminhão na porta, carregou tudo e foi embora.

— O senhor sabe para onde ela foi?

— Ela só disse que ia para o Sul. Tem uma irmã em Nova Orleans e outra em Tampa, na Flórida. Deve ter ido para a casa de uma delas.

Agradeci e voltei para a minha picape. Quando alguém foge da área, o arquivo sai do incinerador para mim. Se a fiança for suficientemente alta, Connie assume a busca eletronicamente. Se ela localiza o fujão, pode usar algum agente de fiança de fora do estado, ou pode mandar Vinnie ou Ranger atrás dele. A fiança de Lahonka era insignificante.

Atravessei o centro com o Lincoln à distância de meio carro. Parei na Tasty Pastry Bakery, na Hamilton, e comprei um saco de croissants para a Joyce. Teria comprado alguma coisa para o Lancer e o Slasher também, mas já tinha dado uma pizza para eles e eu não nadava em dinheiro. Eles me seguiram até a entrada do estacionamento do meu prédio e pararam na transversal. Dei marcha a ré até ficar paralela com eles e abaixei o vidro da janela.

– Qual é o plano? – perguntei para Slasher.

– Nós estamos seguindo você – disse Slasher. – Esperamos que nos leve até a fotografia, e aí vamos atacar.

– Como sabem que a foto não está no meu apartamento?

– Você disse que não estava com ela.

– Vocês acreditaram em mim?

As bochechas do Slasher ganharam um pouco de cor.

– Talvez.

Levantei o vidro e fui para a minha vaga. Não vi Raz espreitando em lugar nenhum. Eu esperava que, tendo levado um tiro, mesmo gostando de sentir dor, ele desacelerasse um pouco.

Joyce estava assistindo a desenho animado quando entrei no apartamento. Dei para ela o saco com os croissants e desliguei a televisão.

– Plantão noticiário – eu disse. – Conversei com Morelli. Frank Korda não era Pantera Cor-de-Rosa. Os Panteras são ladrões de diamantes que operam na Europa, e não é sequer uma organização real.

– Talvez ele pertencesse a alguma pantera cor-de-rosa diferente – disse Joyce. – Quem disse que só existe uma?

Eu não tinha como contestar isso.

– Não importa. Você precisa sair daqui. Não pode mais morar aqui. Não me importa se alguém está querendo matar você. Se ficar mais tempo aqui, sou eu que vou matá-la.

Joyce ficou de pé, segurando seu saco de croissants.

– Eu também não estou aguentando mais. Prefiro morrer a passar mais um segundo no seu banheiro. E a sua televisão é uma droga. Faço um acordo. Eu vou embora, mas você tem de prometer que vai procurar o baú amanhã.

– Nada feito.

– Prometa, senão eu não vou. Se você pode com aquele banheiro e essa televisão, eu também posso.

Caramba...

– Vou fazer um esforço, mas não prometo nada.

Cinco minutos depois, Joyce e os croissants saíram porta afora, praticamente da minha vida. Levei Rex e sua gaiola de volta para a cozinha e botei em cima da bancada. Dei-lhe água fresca, um pedaço de doce e comi o resto. Tirei meu laptop debaixo do colchão, pus na mesa de jantar e liguei na tomada. Já era um progresso.

VINTE

Frank Korda e a mulher, Pat, moravam numa casa colonial branca com venezianas pretas, porta da frente de mogno e uma garagem para dois carros. Ficava no final de uma rua sem saída, num bairro residencial de classe média, Hamilton Township. O velório de Korda estava marcado para as nove da manhã, o enterro seria logo depois e amigos e parentes foram convidados a voltar para a casa deles para o lanche. Eu tinha passado pela casa de carro ao amanhecer para verificar. Estava tudo quieto. Nenhuma luz acesa. A viúva não era madrugadora.

Eu também não era de acordar cedo, mas hoje estava cumprindo uma missão. Queria manter Joyce fora do meu apartamento, e estava curiosa em relação ao baú. Queria saber o que havia dentro.

Tinha ligado para Lula e dito a ela que montasse guarda por mim. Combinamos de nos encontrar no café às oito e meia. Sugeri que usasse roupa apropriada a um velório, para não ficarmos deslocadas caso os vizinhos nos vissem espionando por lá. Eu não tinha ideia de como ia entrar na casa. Quebrando uma janela dos fundos, talvez. Se um alarme de segurança disparasse, sairia voando dali e Joyce teria de viver sem o baú.

Eu estava com meu conjunto preto padrão de velórios, sapatos de salto alto e com uma grande bolsa molenga de couro preto na qual caberia com facilidade um pequeno baú de pirata.

Parei na frente do café e o Firebird de Lula parou atrás de mim. Lula desceu do carro e veio até o meu.

— Achei que você devia ir no meu Firebird — ela disse. — Pode combinar mais com a ocasião do que a sua picape.

Olhei para o carro dela.

— Não sei. Difícil escolher. O Firebird é vermelho demais.

— É, mas o meu docinho não coube na sua picape e ele vai ficar ultrachamativo sentado lá atrás, de terno.

— O seu docinho?

— Pensei que podemos precisar de músculos, por isso trouxe ele junto. Fiz com que vestisse um terno e tudo. E conheci a mãe dele ontem à noite. Ela não falou muito, mas acho que gostou de mim.

— Ele não pode ir conosco — eu disse para Lula. — Vamos invadir uma casa. É ilegal.

— Não faz mal. Ele faz merda ilegal o tempo todo.

— O problema não é esse. Eu não quero uma testemunha.

— Entendo o que está dizendo, mas não sei como vamos tirá-lo do meu carro.

— Deixe-o lá no seu carro. Vamos com a minha picape. Diga a ele que voltamos para pegá-lo em uma hora.

Lula trotou para o Firebird, teve uma breve conversa com Buggy, trotou de volta para a minha picape e subiu.

— Está tudo certo — ela disse.

Entrei na faixa e Buggy nos seguiu.

— Hum, ele não deve ter entendido — disse Lula, espiando pelo espelho lateral.

Costurei por algumas ruas, mas Buggy continuou colado no meu para-choque.

— Estou perdendo tempo tentando me livrar dele — eu disse para Lula. — Ligue para o celular dele e diga para se mandar.

— Ele não tem celular — disse Lula. — A mãe não dá dinheiro para ele comprar um. E ele não consegue o suficiente roubando bolsas para comprar o aparelho. As pessoas têm uma ideia errada dos batedores de carteiras. É um jeito muito difícil de ganhar a vida.

— Então, por que ele não arranja um emprego?

— Acho que devemos fazer o que gostamos — disse Lula. — Ele é um homem que segue o seu coração.

Entrei na rua do Korda e a limusine preta da funerária passou por mim indo na direção oposta. Estava levando Pat Korda para o velório, e isso queria dizer que a casa dela podia estar vazia. Estacionei e fiquei observando a casa alguns minutos. Não havia nenhum outro carro parado na rua e não vi sinais de atividade. Eu tinha passado no Giovichinni e comprado uma caçarola de macarrão para servir de disfarce. A minha história, se precisasse de uma, era que eu tinha entendido errado e chegado adiantada no velório.

Fui para a porta segurando o prato de comida e toquei a campainha. Ninguém atendeu. Fiquei atenta para qualquer som que viesse do lado de dentro. A casa estava silenciosa.

Lula e Buggy estavam logo atrás de mim. Lancer e Slasher dentro do carro estacionado atrás do Firebird. Lula estava de minissaia preta de stretch, com uma blusa preta e brilhante também de stretch e uma jaqueta imitando pele de leopardo que tinha sido feita para uma mulher muito menor do que ela. Calçava sapatos pretos de salto 10 e o cabelo estava amarelo-girassol para a ocasião. Buggy estava parecendo a orca Shamu de terno russo de segunda mão.

— Você quer que o meu docinho arrombe a porta agora? — perguntou Lula.

— Não!

— Que tal irmos para os fundos e quebrar uma janela?

— Não. Não quero ver nenhum dano à propriedade.

— Então, como é que vamos entrar? — perguntou Lula.

— Eu vou entrar — disse Buggy, me empurrando de lado. — Estou cansado de esperar.

E ele abriu a porta. Não estava trancada.

Entrei na ponta dos pés e olhei em volta.

– Eles deixaram a mesa posta – eu disse para Lula. – NÃO deixe Buggy comer nada.

– Ouviu isso, amorzinho? Não vamos comer nada do lanche do enterro. Quando terminarmos aqui, vou levar você para tomar o café da manhã.

– Eu gosto de café da manhã – disse Buggy.

Descobri onde era a cozinha e deixei o meu prato na bancada. Havia vários outros pratos ali, além de sacos de salgados da padaria e dois bolos de café. Havia uma máquina de café profissional pronta para funcionar e um bar completo ao lado dela. Examinei a cozinha rapidamente, fui para a sala de jantar e depois para a sala de estar.

– O que estamos procurando? – Lula perguntou atrás de mim.

– Um baú pequeno. Uma arca de pirata.

– Quer dizer igual àquela em cima da lareira? – ela perguntou.

Caramba, era a arca. Exatamente como Joyce tinha descrito.

Lula tirou o baú da prateleira e o examinou.

– O que tem essa arca de tão especial? O que tem dentro? – ela a virou de cabeça para baixo e examinou o fundo. – Diz aqui: "Miss Kitty R.I.P."

A tampa da arca abriu, derramou cinzas em Lula e no tapete da sala de estar.

– O que é isso? – quis saber Lula.

Cobri a boca com a mão. Não sabia se ria, engasgava ou gritava.

– Acho que a Miss Kitty foi cremada e essas são as cinzas dela.

Lula ficou olhando para a roupa dela.

– Você está brincando? Eu sou alérgica a gatos. Estou sentindo minha garganta fechar. Não consigo respirar. Estou ficando cheia de catarro. Alguém faça alguma coisa! Liguem para o 911!

Ela correu para a cozinha, pegou o aspirador de pó pendurado na parede da despensa e sugou as cinzas da roupa.

— Droga de gatos — ela disse.

E assim foi o local do repouso final da Miss Kitty.

Lula passou as mãos no rosto.

— Estou com urticária?

— Não, você não está com urticária — respondi. — Não pode ser alérgica às cinzas de um gato. São estéreis. Não tem perigo.

— Estou sentindo urticária. Tenho certeza de que algumas estão estourando.

— Está só na sua cabeça — eu disse.

— Sou muito influenciável — disse Lula. — Minha família é dada à histeria.

Examinei o baú, procurei um fundo falso ou alguma mensagem secreta. Não achei nada e o botei de volta na prateleira sobre a lareira.

— Vou ganhar o café da manhã agora? — perguntou Buggy.

— Quero examinar rapidamente a casa toda para ver se não tem mais nenhum baú — eu disse para Lula. — Fique de olho nas visitas e vê se passa o aspirador no que restou da Miss Kitty.

Fiz uma busca rápida, não achei nada e nós três saímos da casa em dez minutos. Lula e Buggy foram embora no Firebird à procura do café da manhã e eu desci dois quarteirões e fiquei esperando as pessoas voltarem do cemitério.

Lancer e Slasher pararam atrás de mim. Não pareciam uma grande ameaça por enquanto, mas eu desconfiava que isso mudaria se os chefes deles apertassem o botão. E, apesar de não me sentir imediatamente ameaçada, eles eram uma lembrança constante de que eu estava com um problema imenso e assustador.

Era quase meio-dia quando os carros passaram por mim. Tinha certeza de que um deles levava minha avó. Não imaginava que ela fosse perder o enterro do Frank Korda. Esperei o último carro chegar e deixei passar mais dez minutos para me juntar ao grupo. Tinha feito um bom trabalho escondendo o hematoma com maquiagem, para não dizer que dali a dez minutos todos teriam entornado uma ou duas doses e não notariam muita coisa além da salada de camarão.

Esgueirei-me para dentro da casa e localizei vovó. Ela estava sentada no sofá com Esther Philpot. Bebiam o que parecia ser vinho do Porto e tinham pegado um prato de biscoitos. Eu disse oi e roubei um biscoito.

– Não vi você no velório – disse vovó.
– Não consegui chegar a tempo. Tive um compromisso antes.
– Ela trabalha – vovó disse para Esther. – E tem uma arma. Não é grande como a minha, mas é muito boa.
– Qual você usa? – Esther perguntou para minha avó.
– Uma 45 cano longo – respondeu vovó. – E você?
– Tenho uma pequena Beretta Bobcat. Meu neto me deu no Natal no ano passado.

As duas olharam para mim.
– Qual é a sua, querida? – perguntou Esther.
– Glock.
– Mostre aí – disse vovó. – Quando foi que arrumou uma Glock? Posso ver?
– Bem que eu gostaria de ter uma Glock – disse Esther. – Acho que vou comprar uma no ano que vem.

As duas se inclinaram e espiaram minha arma dentro da bolsa.
– É uma beleza – disse vovó.
– Eu tenho de me misturar por aí. – Olhei em volta.

Vovó recostou no sofá.
– Tem uns bolinhos pequenininhos na sala de jantar e a bebida fica na cozinha. Imagino que é lá que você vai encontrar a viúva. Ela já estava pra lá de Marrakech no velório. Não que eu a culpe. Velórios são estressantes, pobrezinha.
– Pobrezinha meu traseiro – disse Esther. – Ela não está triste. Está comemorando. Só ficou com ele por causa da casa. Todo

mundo sabe disso. Frank pulava a cerca, se entende o que eu digo. Tinha a mulher do Mitchell Menton, a Cheryl. E Bitsy Durham. O marido dela é do conselho da prefeitura. Tenho certeza de que havia outras.

— Acho que o Frank estava tendo uma dessas crises de meia-idade — disse vovó.

— E imagino que haja vantagens em ter um caso com um joalheiro — disse Esther.

Fui para a cozinha. Pat Korda estava devorando fatias de presunto enroladas e bebendo alguma coisa sem cor.

— Vodca? — perguntei para ela.

— A melhor — ela disse.

Servi um pouco num copo pequeno.

— Para mim também.

— A você — disse Pat. — Seja você quem for. Parece que alguém andou te dando uma surra e tanto.

— É, tive uma semana daquelas.

Pat rolou os olhos nas órbitas e se inclinou um pouco para a esquerda.

— Conte para mim.

— Sinto muito pelo seu marido.

— Obrigada. Quer um pouco de presunto? Combina bem com a vodca, só que... bem, tudo combina com vodca.

— Notei o pequeno baú sobre a sua lareira. O que parece um baú de pirata.

— É a Miss Kitty — disse Pat. — Era a nossa gata. Frank ficava com ela na loja, mas eu trouxe de volta para cá quando ele bateu as botas.

— É um baú interessante. É exclusivo?

— Frank comprou no crematório de animais de estimação.

Então, se os Panteras Cor-de-Rosa não tinham matado Frank Korda, e se Joyce também não... Quem teria sido? Será que tinha sido a mulher dele?

— Você usa roupa cor-de-rosa? – perguntei.

— Não. Odeio rosa – ela bebeu outro gole de vodca. – Frank era o cara do rosa. Ele tinha uma coisa com o rosa. Usava para mostrar para as putas dele que era um Pantera Cor-de-Rosa. Rá! Dá para imaginar?

— Você sabia disso?

— Querida, mulheres sabem um monte de merda. Frank seguia aquele roteiro. Pegou de um filme do Schwarzenegger. *A Verdade da Mentira*. Schwarzenegger era espião, mas a mulher dele não sabia. Ela o achava meio sem graça. E estava apaixonada por um outro cara que fingia ser espião. Então a mulher está pensando em ir para a cama com o espião falso, certo? De qualquer modo, Frank assistiu esse filme e enlouqueceu. Deve ter assistido uma centena de vezes. Você tem cigarro?

— Não, desculpe. Eu não fumo.

— Ninguém mais fuma. Na hora que eu resolvo que preciso de um cigarro, não tem ninguém que fume.

— E a personificação do Pantera Cor-de-Rosa?

Pat passou do presunto para o queijo.

— Frank não era um cara muito atraente. Baixo, careca, usava óculos, não tinha nem um músculo visível. Mas ele descobriu que podia fingir que era um grande ladrão de joias para levar as mulheres para a cama. Vai entender...

— Como você ficou sabendo de tudo isso? Ele contou?

— Eu sabia que ele estava transando por aí, por isso contratei um detetive. Ele descobriu tudo para mim.

— Mas você não se divorciou do Frank?

— Eu pensei nisso, mas ia me divorciar para quê? Tenho conforto. Gosto da minha casa. E tinha alguém para levar o lixo para fora e tirar a neve da calçada. E a melhor parte era que tinha alguma vadia burra cuidando das necessidades do Frank. Eu teria mandado cestos de frutas para todas elas, mas não quis entregar que eu sabia – ela ficou olhando para o copo vazio. – Ah, droga. Alguém bebeu a minha vodca. Ei! Espere aí, fui eu!

Ela deu uma risada meio histérica, de mulher maluca.

– Você tem alguma ideia de quem matou Frank? – perguntei.

– Provavelmente alguma das suas putas Pantera Cor-de-Rosa que descobriu que as joias que ele dava para elas eram falsas. Da minha parte, não estou contente com isso. Agora sou eu que tenho de levar o lixo para fora.

Deixei Pat Korda lá e fui ao encontro da minha avó.

– Vou voltar para o trabalho – eu disse a ela. – Quer uma carona para casa?

– Não, obrigada, vou voltar com a Esther. Pena que você perdeu a cerimônia do enterro. Aquele é o cemitério mais bonito. O falecido foi posto para descansar perto de um bosque. Agora ele deve ter a sensação de estar eternamente acampado. Juro que senti cheiro de fogueira de acampamento.

Esther meneou a cabeça concordando.

– Tinha um cheiro de fogueira, sim. Um cheiro muito gostoso.

Anotei mentalmente que devia verificar o cemitério para Magpie.

VINTE E UM

Fui para casa mudar de roupa e vi que Joyce tinha voltado.
– Já chega – eu disse a ela. – Vou te matar e enterrar seu corpo onde ninguém possa encontrar.
– Acalme-se. Só vim aqui pegar meu baú. Você foi à casa do Korda hoje de manhã, certo?
– Certo. Tenho uma boa e uma má notícia. A boa notícia é que os Panteras Cor-de-Rosa não estão tentando matar você. Provavelmente ninguém está querendo te matar. A má notícia é que eu achei o baú do tesouro, mas o único tesouro que tinha dentro eram os restos da gata do Korda, Miss Kitty.

Joyce empalideceu.
– Não acredito em você.
– Pode acreditar. É verdade. Pergunte para a Pat Korda. Ela botou o baú no aparador da lareira. E só uma curiosidade mórbida: o que você realmente queria com aquele baú?

Joyce apertou os lábios e levou dois segundos para se recompor.
– Isso é péssimo – ela disse finalmente. – Eu acho que você está dizendo a verdade. Não tem tanta imaginação assim para inventar algo tão escabroso.
– A história do baú?
– Droga, agora não importa mais. Frank disse que guardava a combinação do cofre dentro dele. Disse que metade da combinação estava na minha chave e que a outra metade estava no baú.
– Você ia roubar o cofre?

— Não. Eu ia vender a combinação. Se roubasse o cofre, teria de encontrar um receptador, e não achei que teria chance com os Panteras Cor-de-Rosa. Tentei abrir a tranca da loja, mas não consegui entrar. Aí pensei em você. Concluí que seria suficientemente burra para fazer o Ranger abrir a porta para você. E assim poderia pegar o baú para mim.

— E o cara que comprou a combinação? Como é que ele ia entrar?

— Não era problema meu — disse Joyce. — Por mim ele podia invadir a loja pela vitrine com um trator.

Era reconfortante saber que Joyce continuava aquela pessoa besta e podre. Partes da minha vida estavam tão fora do meu controle que era bom ter consistência em outras.

— Já que estamos com tudo acertado, acho que você vai embora agora e não vai mais voltar — eu disse para Joyce.

— É, acho que sim, mas preciso de uma carona. Caso tenha esquecido, o meu carro foi compactado.

— Como veio para cá?

— De táxi. E não vou pegar outro para voltar para casa. Minha fonte de renda acabou de evaporar.

Quarenta e cinco minutos depois, deixei Joyce na casa dela.

— Você tem certeza absoluta de que os Panteras Cor-de-Rosa não estão à minha procura, certo? — disse Joyce.

— Positivo. Korda inventou a coisa toda. Era o papo que ele usava para levar as mulheres para a cama. Você não era a única. E se ele lhe deu alguma joia, deve ser falsa.

— É isso mesmo. Descobri quando tentei penhorar o meu colar. Não consegui nada por ele.

Eu me afastei com um certo medo de olhar o espelho retrovisor e ver Joyce correndo atrás do meu carro.

Tinha um punhado de casos abertos na minha bolsa de que precisava começar a cuidar para ganhar o dinheiro do aluguel. Mas tendo resolvido Lahonka, Buggy e Joyce, achei que era hora de concentrar energia na minha sobrevivência, e para isso precisava me livrar dos caçadores da fotografia. Raz estava à solta e eu não tinha como encontrá-lo. Brenda ia insistir na sua história furada de noivo, pelo menos por enquanto. E assim sobravam Lancer e Slasher como elos mais fracos. Eu estava convencida de que não sabiam nada além da ordem de me seguir. Eu tinha de ir mais adiante na cadeia alimentar para obter informação concreta.

Liguei para Berger quando atravessava o centro da cidade.

– Alguma novidade no caso da fotografia? – perguntei para ele.

– Nada significativo.

– Que tal alguma coisa insignificante?

– Duas em cada três pessoas questionadas acham que o segundo retrato falado parece o Ashton Kutcher.

– Alguma coisa sobre Lancelot ou Larder? – perguntei.

– Não.

– Você contaria para mim se houvesse?

Um segundo de silêncio.

– Claro que sim.

Pela demora para responder, entendi que a resposta dele era não. Desliguei e liguei para Morelli.

– Joyce foi embora – eu disse. – O apartamento é meu de novo.

– Isso é um convite?

– Não, é uma constatação. Gostaria de ser convidado?

– Talvez.

– Só talvez?

— Não estou em boa forma aqui. Estamos nos preparando para efetuar uma prisão no caso Korda.
— É mesmo? De quem?
— Não posso dizer.
— Você está me provocando.
— Querida, você fica com a respiração rápida e implora quando eu te provoco.
— Mas agora não. Neste momento estou rangendo os dentes e fazendo cara feia.
— Tenho de ir – disse Morelli.
— Não! Preciso de um favor.
— Espero que tenha a ver com provocação.
— Tem a ver com o FBI e o fato de que três pessoas podem estar querendo me matar.
— Tem toda a minha atenção – ele disse.
— Berger não presta para nada. Eu acho que ele sabe de alguma coisa, mas não quer dizer. Pensei que talvez ele comente alguma coisa com você.
— Eu ligo para você.

Enquanto Morelli trabalhava no canto dele, pensei em atacar aquilo por outro ângulo. Dirigi uns quinhentos metros na Broad, virei à direita numa ruazinha, à direita de novo e achei uma vaga para estacionar na frente do escritório. O carro da Connie estava lá. Nada do Vinnie. Nem da Lula.

Connie estava folheando a revista *Star* quando eu entrei.
— Quais são as novas? Onde está todo mundo?
— Vinnie está escondido em casa. Tem medo de que DeAngelo exija uma Ferrari. Lula está em algum lugar fazendo barulhinhos guti-guti para o Homem Retardado. E eu presa aqui nesse inferno. Posso ouvir ratos correndo no teto. Sinceramente, acho que estão planejando um ataque.

– Eu esperava que você pudesse fazer uma pesquisa para mim. Nós fizemos uma busca no Mortimer Lancelot e no Sylvester Larder e eu estou precisando ir mais fundo. Eles estão trabalhando para alguém. Eu quero saber quem é. Aposto que é alguém que conheceram quando faziam a segurança do cassino.

– Isso reduz para umas cinquenta mil pessoas – disse Connie.

– Estou procurando alguém soturno.

– Tudo bem, quarenta e nove mil.

– Alguma ideia?

– Posso fazer uma nova verificação de crédito, mas não vai aparecer nada se eles estiverem pagando em dinheiro. Talvez seja melhor você ir até o cassino para conversar com as pessoas.

– Eu gostaria de levar a Lula comigo, mas não consigo afastá-la do Retardado.

– Ela diz que é seu verdadeiro amor – disse Connie. – Alguma coisa a ver com uma poção do amor.

Eu entendo que Lula queira encontrar seu verdadeiro amor. E entendo também que está fazendo o melhor possível para transformar espuma de esgoto em sopa de massinha. E não estava descontando inteiramente que Buggy fosse seu verdadeiro amor, porque tinha visto alguns namorados anteriores de Lula e Buggy não destoava deles tanto assim. Mas amor verdadeiro ou não, eu não aguentava mais o Buggy. Buggy tinha de sumir. Se Lula conseguia se convencer de que uma poção do amor tinha iniciado aquele fiasco, podia muito bem se "desconvencer".

Liguei para a minha avó.

– Preciso falar com a Annie Hart – eu disse.

– Hoje é noite de boliche – disse vovó. – Ela vem me pegar. Posso convidá-la de novo para jantar, se você quiser.

– Seria ótimo. E diga para a mamãe botar três pratos extras ao lado da Annie.

Liguei para Lula em seguida.

— Onde você está? — perguntei.

— Estou no shopping com o Cubo de Açúcar. Ele precisava de um sundae blizzard da Dairy Queen e uma nova jaqueta de couro. E não é fácil achar uma jaqueta de couro para ele, já que ele precisa de muito couro. Tem de usar quase uma vaca inteira para fazer a jaqueta dele. O bom é que também vai aumentar o limite do meu cartão de crédito.

— Lembra quando achava que era vampira e que acabou sendo um abscesso no dente?

— Lembro.

— E lembra que hoje de manhã você achou que estava tendo uma reação alérgica a gato, só que estava ótima?

— Lembro.

— Dá para imaginar que essa atração pelo Buggy seja mais um desses episódios imaginários?

— Admito que sou uma pessoa impressionável, mas tenho certeza de que o Shrek é meu verdadeiro amor.

— Está falando do Buggy?

— Estou, o que foi que eu disse?

— Você disse que Shrek era seu verdadeiro amor.

— Ora, o Buggy tem muita shrequice.

— Agora estamos começando a nos entender — eu disse para Lula. — Talvez o próprio Shrek seja o seu verdadeiro amor.

— Dá o que pensar — disse Lula.

— Preciso ir a Atlantic City para fazer uma pesquisa hoje à noite — eu disse para ela. — Você me acompanha?

— Estou dentro. Adoro Atlantic City. Buggy e eu vamos pesquisar o diabo lá.

— Encontro você na casa dos meus pais às seis da tarde. Vamos jantar e seguir para o Sul.

* * *

Calça jeans e camiseta servem bem para um cassino em Atlantic City, a menos que você queira arrancar informação de um homem. Se informação, bebidas ou jantar grátis estão na agenda, não faz mal nenhum exibir um bom decote.

Fui para casa, vesti um jeans skinny de marca, uma blusa de lycra vermelha com decote bem pronunciado e sandália de tiras de salto alto. Acrescentei brincos de pingente e mais duas passadas de rímel. Transferi meu taser, minha Glock, algemas e todas as coisas normais de mulher para uma bolsa mais chique e estava pronta para trabalhar.

Cheguei à casa dos meus pais um pouco antes das seis e estacionei atrás do carro da Annie. Lancer e Slasher pararam a meio quarteirão de distância. Não havia trânsito nenhum na rua. Os mais velhos ainda estavam jantando, terminando seus pratos servidos supercedo. As crianças já tinham chegado a casa de seus jogos de futebol e aulas de piano. As mães que trabalhavam fora estavam na cozinha, devorando Cheetos e vinho da Costco, enquanto preparavam freneticamente o jantar. Os homens da rua dos meus pais estavam siderados na frente da televisão. Não havia nenhuma placa de venda nos gramados da frente das casas. Aquele era um bairro que os moradores estavam ali para ficar. Sobreviventes esforçados que não se importavam se eram impedidos de vender a casa pelo tipo de financiamento. Ninguém jamais abandonava o lugar.

Vovó estava à porta da frente, à minha espera.

– Você saiu cedo demais do velório – ela disse. – A viúva ficou de porre e apagou na salada de frango, e teve de ser carregada para cima. Não se vê isso todo dia.

– Onde está a Annie?

– Ela está na cozinha ajudando a sua mãe.

Fomos para a cozinha e surrupiei uma broa de milho da cesta de pão.

– Estamos com um problema – eu disse para Annie. – Lembra daquela garrafinha com um líquido cor-de-rosa que você me deu?

– Claro que lembro.

– Lula bebeu tudo e agora precisa de um antídoto.

– Meu Deus. Ela teve alguma reação alérgica? – perguntou Annie.

– Não. Ela se apaixonou por um grandalhão tapado.

– Que estranho – disse Annie. – Era só um antiácido de bolso que se vende no balcão, sem receita. Você estava com problemas digestivos.

– Você tem mais?

– Tenho um pouco – disse vovó. – Ela deu para mim. Estava guardando para quando visse meu verdadeiro amor e precisasse.

– Você tem um verdadeiro amor? – Annie perguntou para vovó.

– Tenho uma queda pelo George Clooney – disse vovó –, mas acho que ele costuma ficar em Hollywood.

– A minha ideia é dar um pouco mais do líquido cor-de-rosa para Lula e dizer que é um antídoto para a poção do amor que ela tomou – eu disse.

– Isso é um tanto falso – disse Annie. – Não me sinto bem de fazer isso. E se ele for mesmo o amor verdadeiro dela?

– É – disse vovó. – Seria como aqueles viajantes do tempo que não deviam ficar alterando a história.

– Iurrú – cantarolou Lula da porta. – Cheguei com o meu amor.

Vovó, Annie, minha mãe e eu fomos lá ver o amor.

– Esse é o meu grande garanhão bolinho, Buggy – disse Lula, com os braços em volta de parte dele.

– É – disse Buggy.

Meu pai estava na sala de estar assistindo à televisão e lendo o jornal. Ele deu uma olhada no Buggy, fez uma careta e voltou a ler o jornal.

Minha mãe e minha avó correram logo para a cozinha para pegar os pratos de comida, e todos sentamos nos nossos lugares à mesa.

– Você e Buggy se conhecem há muito tempo? – Annie perguntou para Lula.

– Mais ou menos uma semana – disse Lula.

Annie virou para Buggy.

– E o que você faz?

– Sou ladrão de bolsas – disse Buggy.

Lula olhou para Buggy.

– E ele é dos bons. Intimida bem porque é grandalhão assim.

Minha mãe pôs um rosbife inteiro na frente do meu pai e minha avó chegou com um caldeirão de purê de batatas. Meu pai cortou o rosbife e minha mãe e vovó levaram vagem, molho madeira e de maçã para a mesa.

Os olhos de Buggy viajavam de um prato para outro. Ele estava sentado ao lado do meu pai e segurava o garfo com força, esperando o sinal de que podia atacar, sem tirar os olhos do meu pai, que continuava segurando o facão.

Meu pai escolheu um pedaço de carne para ele e deixou o facão na mesa.

– Buggy – disse minha mãe –, sirva-se.

– Sim! – disse Buggy, e mergulhou na travessa de carne e espetou pedaços para botar no prato dele.

Em segundos, ele tinha uma montanha de carne, batatas, vagens e molho de maçã. Derramou molho madeira em cima da montanha até derramar do prato e escorrer para a toalha da mesa.

Enfiou a comida na boca, mastigou, engoliu, grunhiu e estalou os beiços. O molho escorreu da boca e pingou do queixo dele. Todos ficaram paralisados e horrorizados vendo Buggy comer.

– Ele não é adorável? – disse Lula. – Vocês não amam um homem que curte a comida?

– Pegue a poção de antídoto para a Stephanie – disse Annie para vovó. – Aquela que eu te dei. A garrafinha com o líquido cor-de-rosa.

– Está bem – disse vovó –, mas não deixe que ele coma a minha comida enquanto eu não estiver aqui.

– Que antídoto é esse? – perguntou Lula.

– Dei uma poção do amor para Stephanie uns dias atrás – disse Annie –, mas descobri que está com defeito, então preparei um antídoto.

Vovó chegou com a pequena garrafa cor-de-rosa.

– Está aqui – ela disse, e botou na mesa.

– Fui eu que bebi a poção de amor da Stephanie – disse Lula. – Qual era o defeito?

Annie ficou muda. Não tinha resposta.

Vovó se meteu logo:

– Vai dar vermes. Se não beber o antídoto logo, terá vermes e seu cabelo vai cair todo.

– E o negócio de encontrar o verdadeiro amor? – perguntou Lula.

– Você tem de escolher entre os vermes e o verdadeiro amor – disse vovó.

Lula estremeceu.

– Eu não quero vermes. Vocês acham que é tarde demais? O antídoto vai funcionar em mim?

– Só tem um jeito de saber – disse vovó.

Lula mamou a garrafa inteira e passou a mão no cabelo.

— Alguém notou se tenho perdido cabelo? Estou com cara de quem está com vermes? Acho que estou sentindo alguns se arrastando dentro de mim.

— Mais alguma coisa? — disse Annie — Está sentindo um pouco de frio?

— É, acho que um pouco, sim — respondeu Lula.

— É sinal de que o antídoto está funcionando — Annie disse para ela.

Lula ficou sentada, perfeitamente imóvel.

— Não estou mais me sentindo tão cheia de vermes.

Buggy pegou uma fatia de carne do prato de Lula e enfiou na boca.

— Qual é? — Lula disse para Buggy. — Você acabou de roubar meu rosbife!

— Pote de Mel está faminto — disse Buggy.

— Shrek jamais teria pegado o rosbife da princesa Fiona — disse Lula.

— Bem, eu não sou Shrek — disse Buggy. — Sou Pote de Mel.

— Você também não é nenhum Pote de Mel — retrucou Lula. — Quem foi que disse que você é pote de mel?

— Você.

— Acho que não. Você deve estar enganado.

— Eu quero sobremesa — disse Buggy.

— Que modos são esses? — disse Lula. — Isso é pura falta de educação. Não se vai à casa de alguém e pede sobremesa. Qual é o seu problema, afinal? Estou começando a ver você sob uma ótica completamente diferente. A sua mãe nunca te ensinou boas maneiras não?

— Não preciso de boas maneiras porque sou bonitinho — disse Buggy.

— Você anda agindo sob influência de uma ilusão – disse Lula.

— Ahn, bem, vou pra casa então, se não posso comer sobremesa. Dê a chave do seu carro.

Lula franziu o nariz e semicerrou os olhos para ele.

— Está pensando o quê?

— Vou dirigindo para casa. Eu quero o seu carro.

— Andou fumando alguma coisa esquisita por acaso? Não vou te dar o meu carro. Tem sorte de eu não te dar um pé na bunda – Lula olhou para todos à mesa. – Desculpem. Eu quis dizer no traseiro.

Meu pai estava sorrindo. Em geral ele comia rápido, de cabeça baixa, desligado das lenga-lengas da minha avó. Essa noite ele estava curtindo o chega-pra-lá que Lula dava no Buggy.

Buggy olhou para a minha mãe.

— Tem sobremesa?

— Fiz uma torta – disse minha mãe.

Buggy se endireitou na cadeira.

— Gosto demais de torta.

— Você é um bobalhão e não merece torta nenhuma – disse Lula.

— Você não achou que eu era bobalhão quando estava de amasso comigo – disse Buggy.

Meu pai bufou e riu, e minha mãe engoliu uma dose de uísque.

— Isso foi antes de beber o antídoto – Lula informou para todos. – Eu estava sob a influência de uma poção.

— Eu gosto de amasso – disse Buggy –, mas não é tão bom como rosbife.

Minha mãe olhou para ele do outro lado da mesa, sem focalizar a visão.

— Obrigada, querido.

— Acho que talvez fosse bom você ir embora – eu disse para Buggy.

— Só depois de comer a torta.

— Você vai embora se eu te der a metade da torta? – perguntei.

— Vou.

Minutos depois ele saiu porta afora com sua torta e foi andando para a casa dos pais.

— Estou preocupada com os vermes – disse Lula. – Tenho quase certeza de que ainda estou com eles.

VINTE E DOIS

—Eu não sei como pude pensar que gostava daquele idiota do Buggy – disse Lula. – Vou dizer uma coisa. É preciso tomar muito cuidado com o que se bebe hoje em dia.

Eu estava rodando dentro da garagem do cassino à procura de uma vaga perto do elevador. Gastei um tempo para me livrar de Lancer e Slasher e só depois fui para o Sul, mas ainda tinha de me preocupar com Raz e possivelmente outros.

Encontrei um espaço aceitável e Lula e eu pegamos o elevador até o andar do cassino. Não sou muito de apostar, mas adoro estar num cassino. Gosto das luzes piscando, das campainhas tocando, da energia das pessoas, da atmosfera fantástica de parque temático. Estou disposta a usar algum dinheiro nos jogos, mas não tenho ilusões de ganhar nada. Não consigo contar com rapidez para jogar blackjack, sou uma mosca-morta na mesa da roleta e a pior jogadora de pôquer do mundo.

– Eu vou primeiro, tenho de jogar um pouco – disse Lula, apostando tudo.

– Estamos trabalhando – eu disse. – E você sempre perde todo o seu dinheiro quando joga nesses caça-níqueis.

– É, mas hoje estou sentindo que estou com sorte.

– Você sempre diz isso.

– Porque sou uma pessoa positiva. Meu copo está meio cheio. Você é uma daquelas pessoas que acha que o copo está meio vazio.

– Então vá se acabar. Eu chamo se precisar de você.

Era a primeira vez que eu entrava nesse cassino especificamente. Ficava no extremo de um calçadão de madeira e não havia nenhum bom motivo para as pessoas andarem por ele. Fiquei rodando por lá, fazendo um reconhecimento do terreno, prestando atenção na segurança. Como qualquer outro cassino, esse tinha guardas uniformizados e caras à paisana parados com os pés plantados no chão, olhares vidrados de tanto tédio. Um plugue de ouvido os conectava a algum comando central, e a promessa de uma bebida forte no fim do plantão deles os impedia de darem um tiro na própria cabeça, de desespero.

Escolhi um terno que mais parecia que tinha limpado as gaiolas de um canil do que ficado ali de pé no seu plantão e entrei no seu campo de visão.

– Oi – eu disse. – Como estão as coisas?

– Devagar.

– É, não tem muita gente aqui. Acho que deve encher nos fins de semana. Não venho aqui há um bom tempo. Tenho ido ultimamente para o outro lado do calçadão.

– Você e todo mundo.

– Costumava conversar com um dos seguranças daqui. Ele era muito legal, mas não o estou vendo hoje. O nome dele é Mortimer Lancelot.

– Morty – disse o cara. – Ele não trabalha mais aqui. Contenção de despesa.

– Que droga. O que ele está fazendo agora? Foi para um dos outros cassinos?

– Não. Nenhum cassino está contratando. Ele saiu do ramo. Ouvi dizer que arrumou um emprego de vigia noturno para um dos fornecedores. Um trabalho péssimo. E ele era supervisor aqui. Progresso!

— E quem o contratou? O que ele está vigiando? Máquinas caça-níqueis? Bebida? Máquinas de venda automática?
— Eu não sei. Você está interessada no Morty?
— Só jogando conversa fora.
— Eu saio daqui a duas horas. Podemos continuar nossa conversa depois, se você quiser.
— Claro. Seria ótimo. Vou estar por aqui.

Fui para o outro lado do cassino e sentei num banquinho de bar. Havia dois caras trabalhando atrás do balcão. Um deles mantinha a garçonete ocupada e o outro servia aos fregueses do bar. Quase só eu. Pedi um Cosmo e sorri quando ele me atendeu.

— Está meio parado aqui – eu disse para o atendente do bar.

Ele me examinou um instante.

— Você está procurando ação?

— Não. Estava procurando um velho amigo. Eu trabalhei com esse cara anos atrás e alguém me disse que ele trabalhava aqui agora, mas não estou encontrando. Morty Lancelot.

— Você está com uns seis meses de atraso. Morty e um punhado de outros foram pegos num plano de contenção de despesas, e foi *adios* para eles.

— Que droga isso.

— É, eles se livraram de todos que estavam no topo da escala de salários. Eu continuo aqui porque trabalho em troca de amendoins. Literalmente.

Ele pegou uma tigelinha de vidro, derramou amendoins nela de um recipiente embaixo do balcão e pôs na minha frente.

— Eu tinha uma dieta mais equilibrada quando havia os coquinhos de wasabi aqui, mas cortaram os coquinhos junto com o Morty – ele disse.

— Você sabe onde o Morty está agora?

— Ouvi dizer que ele arranjou emprego com o Billings.

— O que é Billings?

— Fornecedor de alimentos. Eu vejo o caminhão na plataforma de carga e descarga toda manhã quando trabalho de dia.

Terminei de beber o meu Cosmo e deixei uma gorjeta generosa para o cara do bar poder comprar uns coquinhos. Andei por lá mais um pouco e acabei voltando para as máquinas caça-níqueis, onde Lula continuava a enfiar dinheiro numa delas.

— Como vai indo? — perguntei.

— Ganhei vinte dólares.

— Quanto você gastou?

— Setenta. Essas máquinas estão viciadas. Esse cassino é ladrão.

— Já fiz o que tinha de fazer aqui — eu disse. — Acho que tenho uma pista dos caras que estão me seguindo. Está pronta para ir embora?

— Estou. Estou quebrada. Foi um dia exaustivo. Pelo menos me livrei dos vermes antes de sair da casa da sua mãe.

Era quase meia-noite quando cheguei ao Burgo. Se fosse um pouco mais cedo, teria ido ao cemitério, procurar Magpie. Só que naquela hora Lula já estava dormindo e eu, de salto oito. Não muito indicado para perseguir um cara na grama e pelo meio dos túmulos. Parei na casa dos meus pais e fiquei vendo Lula entrar no seu Firebird e ir embora. Fui para o meu prédio e examinei o estacionamento. Nenhum Lincoln Town Car. Nenhum furgão. Nenhuma van estranha. A grande surpresa foi o SUV do Morelli. Estacionei ao lado dele, desci do carro e olhei lá para cima, para o meu apartamento. As luzes estavam acesas. Morelli tinha a chave, sobra dos tempos de maior envolvimento.

Pelo menos eu não precisava me preocupar de entrar lá e encontrar o Raz escondido na minha cozinha, pensei. Ou a Joyce.

E qual era a sensação de achar Morelli escondido na minha cozinha? Gostosa. Boa e gostosa. Até que ponto isso era assustador?

Entrei no apartamento e Bob correu para me receber. Dei-lhe uns abraços e cocei atrás das suas orelhas. Disse oi para o Rex e fui para a sala de estar. A televisão estava ligada e Morelli dormia no sofá. Estava de jeans, camiseta e meias. Tinha passado sete horas desde a mancha de barba das cinco da tarde. Ele devia ter cortado o cabelo há um mês. E estava incrivelmente sexy e fofo ao mesmo tempo. Peguei o cobertor extra do closet e enrolei nele. Desliguei a televisão e apaguei a luz. E fui para a cama.

Acordei com o braço de Morelli em cima de mim e não tive de espiar embaixo das cobertas para saber que ele estava nu. Passei a mão nele e ele abriu um pouco os olhos.

– Surpresa – murmurou.

Meia hora depois, Morelli estava no meu chuveiro e eu na cozinha, preparando o café da manhã. Sexo matinal com Morelli é divertido e gratificante, mas nunca se estende até o território da maratona. Morelli tem outras coisas para fazer de manhã. Tem assassinatos para resolver.

Medi a ração no pote do Bob, dei-lhe água fresca e disse a ele que Morelli ia sair dali a pouco para levá-lo para passear. Botei café na cafeteira e, num prato, um babka (bolo-mármore) que minha mãe tinha me dado na noite anterior.

Morelli entrou na cozinha com passos largos na hora que o café ficou pronto. Ele me beijou e se serviu de suco.

– Passei aqui ontem à noite para contar que fizemos uma prisão do caso Korda – ele disse. – Onde você estava?

– Atlantic City. Fui procurar uma pista dos dois caras que estão me seguindo.

— E?

— Não tive chance de seguir a pista, mas acho que eles talvez trabalhem para um fornecedor de alimentos que atende ao cassino. Billings. — Peguei um pedaço de babka. — Fale da prisão. Quem é o suspeito?

— Carol Baumgarten. Provavelmente você não conhece. Ela é de Lawrenceville. Nós a prendemos e ela cooperou integralmente. Afirmou que jamais pretendia matar ninguém. Foi descartada por causa da Barnhardt e queria dar uma lição nos dois. A ideia era pôr os dois na mala do carro, deixá-lo parado no ferro-velho e ligar para a mulher do Korda ir buscá-lo. Mas o problema foi que a mulher do Korda nunca leu a mensagem no celular dela e Korda teve um enfarte. Quando Baumgarten ficou preocupada e voltou ao ferro-velho para resgatar Korda, ele já tinha sido compactado. Por isso ela entrou em pânico e passou a consumir Stolichnaya como se fosse água.

— Como foi que vocês a encontraram?

— Registros de táxi. Ela ligou para um táxi levá-la de volta para o carro dela na joalheria. Acho que ela seguiu Korda dias a fio, à espera do momento certo.

— Estou surpresa de você contar isso para mim.

— Temos confissões gravadas e toneladas de provas concretas. As impressões digitais dela estavam por toda parte do carro da Joyce. E tenho certeza de que teremos correspondência de comparações do DNA. A mulher perde cabelo que nem um gato. E do jeito que as coisas funcionam nesta cidade, cada detalhe vai se espalhar no salão de cabeleireiro da Mabel e no mercado do Giovichinni hoje. Não sei como vaza, mas sempre acontece.

— Você conversou com o Berger?

— Não. Brincamos de pique-pega no telefone, desencontrando mensagens. Vou tentar falar com ele hoje.

Morelli foi embora e eu fui para o meu computador, pegar informações da Billings. Achei a empresa e naveguei por um monte de páginas. Parecia que eles distribuíam pratos gourmet preparados, itens especiais, carne de boi e de ave de primeira. O armazém e o escritório central eram logo ao norte de Bordentown. Era uma empresa privada cujo dono era Chester Billings. Ele não era exatamente um ficha limpa. Tinha sido acusado de sonegação de impostos há três anos, mas fez um acordo e não deu em mais nada. Também foi acusado de posse de produtos roubados, mas isso não deu em nada tampouco.

Botei Chester Billings num novo programa de busca que me daria alguma coisa da sua história pessoal. Tinha nascido em Brunswick. Os pais eram Mary e William Billings. Tinha uma irmã chamada Brenda. Caramba. Brenda.

Botei Brenda Schwartz no mesmo programa de busca e li. Lá estava... Brenda Billings. Irmão, Chester.

Muito bem. Então eu tinha finalmente conseguido uma ligação. E era interessante. Mas ainda não tinha a menor ideia de por que a fotografia era tão importante. E, aliás, eu também não sabia o que fazer para que todos largassem o meu pé.

Desliguei o computador, tomei um banho, me vesti e saí. Lancer e Slasher vieram atrás de mim na Hamilton e me seguiram o percurso todo. Estacionamos na frente do escritório de fiança e eu voltei a pé para falar com eles.

– Eu sei para quem vocês trabalham – eu disse para Lancer.

– Eu não contei para você – ele disse.

– Não. Eu descobri sozinha.

– Então tudo bem, eu acho.

– Vocês não parecem especialmente motivados para arrancar informação de mim – eu disse.

– Estamos seguindo ordens – disse Lancer. – Ficamos de olho em você e relatamos aonde vai e com quem fala.

— Razzle Dazzle é mais agressivo.

Lancer bufou com desprezo.

— Ele é uma aberração. Costumava ficar no cassino, até que o expulsaram. Ele tinha um jeito de fazer os caça-níqueis pagarem os prêmios. Funcionou para um doido somali. Ficava se vangloriando de poder cortar um dedo com um único corte da faca dele.

Connie, Lula e Vinnie estavam de pé, parados e atentos quando entrei na sala.

— O que está acontecendo? – perguntei.

— Estamos ouvindo – disse Connie. – Você está ouvindo?

Inclinei a cabeça e prestei atenção. O que eu devia ouvir?

— Estão guinchando – disse Connie. – Estão numa reunião.

— Quem?

— Os ratos.

Ai, ai, ai.

— Não estou ouvindo mais – disse Lula. – Nem sei se ouvi mesmo. Acho que os guinchos podem ter sido Vinnie fungando.

— Eu não fungo – disse Vinnie. – Sou o retrato da saúde perfeita.

— Tenho o que fazer. Pessoas para ver – eu disse. – Tem um armazém que preciso verificar, perto de Bordentown.

— É bom para fazer compras num mercado de coisas usadas por lá – disse Lula. – Eu gostaria de ir com você.

— Não planejei fazer compras.

— É, mas nunca se sabe quando o impulso vai aparecer – disse Lula. – Tem um lugar que serve costeletas ótimas lá também.

VINTE E TRÊS

Livrei-me de Lancer e Slasher no meio de Trenton e fui para a Broad. Pegamos a Rota 295, em Whitehorse, e fomos para o Sul.

— Estou achando que aqueles caras não estão se esforçando muito para seguir você — disse Lula. — Parece que eles não têm nenhuma motivação.

— Eles são seguranças que foram promovidos além do seu nível de competência.

— Por que vamos investigar esse armazém?

— Lancer e Slasher são empregados de um cara chamado Chester Billings. Billings é dono de uma empresa distribuidora de alimentos finos e o armazém dele fica em Bordentown. Acontece que Brenda Schwartz é irmã dele.

— Ahn — disse Lula. — O que significa tudo isso?

— Não tenho a menor ideia.

— Então vamos xeretar esse armazém?

— Nem tanto xeretar, só passar por lá. Eu quero ter uma noção da operação do negócio.

O armazém e o escritório da Billings ficavam num parque industrial leve. Encontrei a rua de carga e descarga e passeei pelo complexo até chegar à Billings Alimentos Gourmet, no fim de uma rua sem saída. Os prédios eram relativamente novos. O terreno não tinha quase nada de paisagismo, mas era bem cuidado. O escritório ficava pegado ao armazém. Talvez uns seiscentos metros quadrados só do escritório. Muito mais no armazém. Em enorme estacionamento. Fui até os fundos para ver as plataformas de carga e descarga. Eram duas, e duas portas de garagem de enrolar. Uma mata atrás. Pensei na acusação de receber mercadoria roubada. Ele tinha o cenário perfeito.

— Tudo bem – eu disse. – Já vi o bastante.

Lula ilhou para mim.

— Só isso?

— É.

— Viemos até aqui só para isso? Você não quer entrar nem nada?

— Não.

O que eu diria para o Chester Billings grande e mau? Não tenho a fotografia, mas tenho certeza de que o cara era parecido com Tom Cruise ou com Ashton Kutcher. E gostaria que me deixassem em paz. Não via Chester Billings com senso de humor para esse recado.

— Programei o lugar das costeletas no meu celular – disse Lula. — Caso você esteja interessada.

Noventa minutos e cinco quilos depois, estávamos de volta na estrada.

— Aquilo estava excelente – disse Lula. – Nada como almoçar costeletas com batatas fritas e todas aquelas outras coisinhas para me sentir uma nova mulher.

Eu tinha perdido completamente o autocontrole. Comi tudo que puseram na minha frente, exceto o guardanapo, e estava me sentindo duas novas mulheres.

— Qual é a nossa missão impossível agora? – Lula perguntou.

— Eu quero invadir a casa da Brenda.

— Agora você disse tudo! WHAM! O que acha da vizinhança metida e de estarmos em plena luz do dia?

— Nós vamos disfarçadas.

— Uma operação secreta – disse Lula. – Gosto disso.

Voltei para Trenton, parei na casa da minha mãe e peguei emprestado um pano de chão, um balde e um carrinho de limpeza cheio de produtos.

— Isso aqui é sexista – disse Lula. – Por que temos de ser faxineiras?

— Porque parecemos faxineiras. Você tem alguma ideia melhor?

— Eu só estava perguntando. Não precisa ser grossa. Em geral somos prostitutas quando nos disfarçamos. Sou boa representando uma vadia.

— Não pensei em quem trabalha lá.

— Acho que é um bom raciocínio.

Achei a casinha verde da Brenda e estacionei na entrada. Fomos para a porta da frente e tocamos a campainha. Ninguém atendeu. Apalpei o batente da porta à procura de uma chave. Nada. Olhei em volta para ver se achava um cocô de cachorro ou uma pedra falsa. Nada.

Levamos nossos baldes e esfregões para os fundos e tentamos a porta de trás. Trancada. Levantei o tapete e espiei embaixo. Havia uma chave. Abrimos a porta e entramos na cozinha. Dois potes e canecas de café na pia. Uma caixa de cereais na bancada.

— O que estamos procurando? – perguntou Lula.

— Não sei.

— Assim fica fácil – disse Lula.

Era uma casa pequena e tradicional, tipo rancho. Dois quartos e um banheiro. Entupidos de mobília. Provavelmente era tudo que Brenda tinha botado no caminhão antes da polícia de execuções expulsá-la da casa antiga. Havia uma foto numa mesa de canto na sala de estar, de Brenda com um jovem. O filho dela, talvez.

Ele era magro, tinha cabelo castanho até os ombros, estava de calça jeans, tênis velho e camiseta marrom. Os dois pareciam felizes.

O quarto de Brenda atendia às expectativas. O armário entupido de roupas. Sapatos enfileirados por toda parte. Uma cômoda cheia de lingerie, camisetas chiques, blusões. Em cima da cômoda, montes de produtos para cabelo, esmaltes, um baú com maquiagem profissional, uma vela perfumada. Um baú de joias com bijuterias. Até ali, nenhuma foto de Crick com ela. Nenhum anel de noivado no baú de joias.

Fui para o banheiro. A caixa de remédios transbordando descongestionantes, analgésicos, laxantes, antiácidos, facilitadores do sono, facilitadores de dietas. Alguns itens de maquiagem espalhados em um lado da pia. Escova de cabelo, fixador. Escova de dentes elétrica. Uma segunda escova de dentes, tubo pequeno de pasta de dentes, barbeador e gel de barbear tamanho viagem no outro lado da pia. Coisas de homem. Assento da privada para cima. Toalha molhada no chão na frente da banheira e do chuveiro. Havia definitivamente um homem aqui.

O segundo quarto estava sendo usado. Cama desfeita. Laptop na cama. Sandálias de borracha de homem no chão junto com samba-canção com estampa tropical. Mochila no canto, com roupas dentro. Nada pendurado no armário. Nada na pequena cômoda.

– Alguém está morando com a Brenda – disse Lula.

– Ela tem um filho de vinte e um anos. Jason. Estou imaginando que ele tenha vindo visitá-la. Não parece que ele pretende ficar muito tempo.

– Mas é legal ele vir visitar a mãe. Deve ser duro quando o filho cresce e vai embora.

Olhei para Lula. Ela nunca falava de filhos.

– Você gostaria de ter filhos algum dia? – perguntei.

— Acho que não posso ter filhos. Lembre que me machucaram quando eu era prostituta. Eu podia ter morrido se você não tivesse me encontrado e me salvado.

— Você pode adotar.

— Não sei se alguém deixaria que eu fizesse isso.

— Você seria uma mãe maravilhosa.

— Eu ia me apaixonar por um filho. Ia me esforçar muito. Nunca soube grande coisa sobre a minha mãe. Ela era uma prostituta viciada em crack e morreu de overdose de heroína quando eu era pequena. Eu era melhor prostituta do que ela, porque nunca usei drogas daquele jeito.

Saí do quarto, passando pelo armário que tinha uma lavadora-secadora elétrica. Mais alguns passos pelo corredor e cheguei a uma outra porta. Abri e espiei lá dentro. Garagem. Parecia que havia um carro embaixo de uma lona. Acendi a luz, levantei a lona e assobiei baixinho.

— Isso é uma Ferrari — disse Lula. — E nem é uma Ferrari comum. É uma daquelas edição especial. Esse é um carro tremendamente caro. Aposto que Brenda tem orgasmos dirigindo esse carro.

— Ela não dirige esse carro — eu disse. — Está sem as placas.

— Então aposto que ela tem orgasmos sentada dentro dele aqui na garagem.

Pegamos nossos baldes e esfregões, eu tranquei a casa da Brenda e subimos na minha picape.

— Estou cansada dessa história toda — eu disse para Lula. — Isso é estupidez. Vou procurar Brenda e vou querer respostas.

— Wham. Mande ver.

Saí do bairro da Brenda, peguei a Rota 1 e entrei no estacionamento da The Hair Barn.

— Vou com você — disse Lula. — Não quero perder nada.

— Não haverá muito a perder. Eu só quero conversar com ela.

– É, mas se ela não falar, a gente dá uns apertos nela.
– Nós não vamos dar apertos nela.
– Nossa... – disse Lula. – Não admira que você ande por aí no escuro o tempo todo. Você tem regras demais.
Brenda estava sentada na cadeira dela quando entrei no salão.
– Você voltou – ela disse. – Resolveu fazer alguma coisa no seu cabelo, certo?
– Errado. Nós precisamos conversar.
– Eu não preciso mais conversar. Não quero saber da fotografia. Pode ficar com ela.
– Não está comigo.
– Bem, se estivesse com você, poderia ficar com ela – disse Brenda. – Não é importante para mim.
– E quanto ao Ritchy?
– Quem?
– Seu noivo que morreu.
– Ah, é. Pobre Ritchy.
– Conte para mim sobre o pobre Ritchy. O que ele estava fazendo com a fotografia?
– Só estava com ele, viu? E, aliás, nem estava com ele, porque ele a deu para você.
– Por que ele a deu para mim?
– Essa é uma boa pergunta. Acho que a resposta é que ele era um idiota.
– Tem mais do que uma resposta.
Brenda se levantou.
– Não posso conversar com você com esse cabelo. É perturbador. Olhe para a sua amiga. Ela tem um cabelo deslumbrante.
Olhei para Lula. Parecia que estava usando um monte gigante de algodão-doce cor tutti-frutti.
– Eu também cuido muito bem do meu cabelo – disse Lula.

– Você não cuida do seu cabelo – eu disse para ela. – A cada quatro dias você tinge de uma cor diferente. Você tem o cabelo indestrutível. Se tacar fogo nele, nada acontece.

– Eu não posso acreditar que vocês andam juntas – disse Brenda.

– Às vezes é constrangedor – disse Lula. – Ela também não entende muito de roupa.

– Sente aqui – Brenda disse para mim. – Vou dar um jeito em você. Não tenho mais nenhuma cliente o resto do dia.

– Puxa, obrigada, mas acho que não vai dar.

– Por conta da casa – disse Brenda.

– Não é por causa do dinheiro – eu disse. – É que eu gosto do meu cabelo do jeito que é.

– Querida, seu cabelo é jeito nenhum – disse Brenda.

Ela olhou para Lula.

– Estou certa?

– Está – disse Lula. – Você está certa.

Brenda passou os dedos no meu cabelo.

– Para começar, você precisa de umas luzes. Luzes largas e grossas.

– E a fotografia?

– Ponha uma capa e sente aí enquanto eu vou preparar a mistura – disse Brenda. – Podemos conversar quando eu voltar.

Que Deus me ajude. Eu ia ter de deixar que ela fizesse as luzes em mim para fazê-la falar.

– Não confio nela – eu disse para Lula. – Ela é maluca. E se ela envenenar o meu cabelo?

– Vou lá ficar de olho nela – disse Lula. – Eu sei o que estou fazendo quando se trata de cabelo e de produtos farmacêuticos. Você só tem de sentar aí e não se preocupar com nada.

As duas voltaram depois de dois minutos, Brenda passou aquela gosma no meu cabelo e embrulhou com papel laminado.

— Não é nada de mais a história da fotografia — disse Brenda.
— Pensei que precisava dela para uma transação de negócios, mas acabou que não foi necessário.
— E o seu irmão? Estou livre dele também?
— Você sabe do Chester? — Ela deu de ombros. — Não sei o que está acontecendo com ele, só que é um babaca. Não estou falando com ele. E ele é só meu meio-irmão, de qualquer maneira. Nós descobrimos que minha mãe estava transando com o açougueiro. Ela pegou um pote diferente de gosma, passou numa mecha e enrolou o papel laminado ao lado da outra gosma.

Mordi o lábio e rezei uma Ave-Maria.

— Estou vendo que isso não vai ser tão interessante como eu esperava — disse Lula. — Não vai acontecer nenhuma briga de tapa, por isso vou sentar e me atualizar com todas as suas revistas vagabundas.

— Você ainda não me contou nada — eu disse para Brenda. — Chester contratou dois caras para ficarem me seguindo por aí. Por quê? Quem é o cara na foto?

— O homem não é ninguém. É uma montagem. Você sabe, o nariz de um, os olhos de outro. Feito no computador.

— Tom Cruise e Ashton Kutcher?

— Eu não sei. Nunca vi. De qualquer modo, é muito bem bolado. Parece uma fotografia, mas é um programa de computador. Você escaneia para o computador e o computador divide a imagem em coisinhas minúsculas e vê um código. Aí você pode usar o código para fazer coisas. Como abrir um carro.

— Não entendo o que há de tão especial nisso. Você consegue abrir um carro com uma chave. Pode abrir um carro com controle remoto.

— É, mas abre carros que têm mecanismos complicados, como GPS e sistemas de segurança. O carro não precisa ser seu para você conseguir destrancar, se é que entende o que eu quero dizer.

– Você poderia roubar um carro com isso?

– Exatamente, e, depois que você abre o carro, pode ligar o motor e fazer um monte de coisas... como manusear o acelerador, o freio e o volante sem estar no carro.

Lula ergueu os olhos da revista que estava vendo.

– Então eu poderia usar aquela foto para ligar qualquer carro que eu escolhesse e jogá-lo na sua vitrine?

– Talvez não qualquer carro, mas acho que é isso – disse Brenda.

– Legal – disse Lula.

Ela recomeçou a ler a revista.

Eu estava começando a entender o valor potencial da fotografia. Parecia que a foto continha um programa com o qual se podia invadir os sistemas de operação dos carros a distância. Podia ser usado para roubar carros. Ou então dava para dirigir um veículo sem ninguém dentro e abalroar outro carro, ou atropelar um pedestre, ou invadir um prédio. E, se enchêssemos o carro de explosivos, teríamos uma bomba com controle remoto.

– Essa tecnologia é bem conhecida? – perguntei.

– Acho que muita gente sabe que existe, mas poucas dominam. É... você sabe... a mais avançada.

Pensei na Ferrari caríssima parada na garagem da Brenda.

– Você usou para roubar um carro, certo?

– Eu usei para ter meu carro de volta. Você sabe quem é Sammy, o Porco?

– Claro que sei. Todo mundo em Jersey conhece Sammy, o Porco. Ele é famoso. Controla a máfia do norte de Jersey.

– Bem, o gênio do meu marido, que agora está morto, resolveu que queria expandir seu negócio, por isso pegou um empréstimo com o Sammy. Estávamos muito bem com trinta e cinco lava a jatos, uma casa enorme e cartões de crédito platinum. Eu não queria que ele expandisse nada, mas acha que ele me dava ouvidos? Não. Ele queria ser o rei dos lava a jatos. Queria se tornar uma empresa nacional. Queria lava a jato na Lua. Então pegou dinheiro com o Sammy e começou a construir lavadoras de carros e de repente a economia afunda e as pessoas passam a lavar seus carros elas mesmas. E aí Bernie começa a ter problemas nas construções, problemas com as leis trabalhistas e não consegue ficar em dia com os pagamentos do empréstimo para Sammy. Para encurtar a história, Sammy, o Porco, acabou dono das bolas do Bernie. Perdemos tudo. Todos os malditos lava a jato, a casa, as cotas do apartamento de partilha na Jamaica que nunca usamos. Tudo. E três meses atrás ele levou o meu carro. Não tinha nada de levar o carro. Bernie me deu de presente no meu aniversário. Dois caras do Sammy vieram aqui ao salão, tiraram as chaves da minha bolsa e levaram o carro embora.

– Que marca de carro era? – perguntei para ela, como se eu já não soubesse.

– Uma Ferrari Red. E foi muito cara.

– Por que você simplesmente não foi pegá-la de volta?

– Eu nunca encontrei os documentos dela. Os papéis do Bernie estavam uma bagunça quando ele morreu. E o documento estava no carro. E o que vou dizer para a polícia? Que meu marido estava indo para a cama com Sammy, o Porco, e que Sammy levou o meu carro para cobrir o ágio do empréstimo? Mesmo assim, eu entrei escondida na casa do Sammy e tentei roubar meu carro de volta, mas minha chave não funcionou. Ela disparava o sistema de alarme e a porta não abria. Acho que o Porco tinha trocado a fechadura. E provavelmente mandou botar também um novo número de identificação do veículo. Ele tem várias oficinas de desmanche de veículos roubados. O fato é que o carro podia estar todo ilegal mesmo quando eu recebi. Bernie ganhou num jogo de pôquer.

Brenda tirou um dos pedaços de papel laminado e examinou o meu cabelo.

— Precisa de mais tempo — ela disse.

— Mas você conseguiu o carro de volta, não é? — perguntei.

— Consegui. Eu estava reclamando para um conhecido e ele disse que podia anular todos os sistemas para eu recuperar o meu carro. Só que ele estava morando no Havaí e tinha receio de me enviar a informação. Por isso, quando o meu cliente, Ritchy, veio cortar o cabelo e disse que estava de partida para uma conferência no Havaí, eu tive a brilhante ideia de que ele poderia trazer a informação para mim.

— Por que seu amigo não enviou pelo correio para você?

— Ele disse que não era seguro. E acabou que isso também não era seguro. Pelo menos ele foi suficientemente inteligente para fazer a coisa da foto. Acho que não seria nada bom se essa coisa do código caísse em mãos erradas.

— Como o seu irmão?

— É, ele provavelmente venderia para os russos, ou para alienígenas do espaço sideral, ou quem quer que seja o inimigo. Eu não consigo acompanhar isso. Ou ele podia ficar com o código e usá-lo para sequestros.

Eu me olhei no espelho e tentei não fazer uma careta. Aquilo era mais do que eu esperava. Minha cabeça inteira estava coberta de papel laminado.

— Eis a grande pergunta — eu disse para Brenda. — Por que Richard Crick botou a foto na minha bolsa?

— Foi um acidente. Ele estava enjoando, ou talvez no início de uma gripe ou algo parecido. Só sei que ele desceu do avião para entregar a encomenda e estava nauseado demais para voltar. Procurou o cartão de embarque na bolsa dele para trocar e viu que não estava mais com o meu envelope. E disse que lembrava que você tinha uma igual. Uma maleta Tumi preta. Então ele concluiu que tinha enfiado o envelope amarelo na sua bolsa por engano, na pressa de desembarcar do avião. Ele disse que a sua estava no chão entre os assentos, exatamente como a dele. Então ele ligou e me contou. Disse que, quando pensou nisso, soube o que aconteceu exatamente. Ele achava que talvez eu pudesse encontrá-la quando você descesse do avião, mas não recebi a mensagem dele a tempo. E depois ele morreu. Quais são as chances de isso acontecer, não é?

Provavelmente boas, dadas as circunstâncias.

– Como foi que o seu irmão descobriu?

– Ele estava comigo quando ativei a mensagem. Como é que eu ia saber que ele seria tamanho babaca?

– Você contou para ele sobre a foto com o código?

– Eu tinha bebido dois martínis de maçã – disse Brenda. – Fico falante.

– Eu adoro esses martínis de maçã – disse Lula. – Poderia beber um galão deles.

– Vamos lavar – Brenda disse para mim. – Já estão no ponto. Isso vai ficar deslumbrante.

Fico sempre espantada com os rumos da vida. Muitas vezes uma única decisão lança as pessoas numa viagem irreversível. Richard Crick aceitou fazer um favor simples para uma amiga e isso o levou à morte. E toda aquela série feia de acontecimentos foi deflagrada quando Bernie Schwartz pegou dinheiro emprestado de Sammy, o Porco. E qual foi o resultado final? Luzes da Brenda.

Quando o cabelo está molhado não dá para ver exatamente o que a cabeleireira do inferno aprontou com você. Por isso, quando saí da pia e sentei na cadeira, havia uma esperança. Depois de secar, eriçar e fixar, eu estava pronta para o consumo sério de álcool. As luzes eram vermelho e amarelo vivo, meu cabelo parecia que tinha explodido da minha cabeça e eu estava pelo menos três centímetros mais alta.

Brenda tinha lágrimas nos olhos.

– Essa foi a coisa mais fabulosa que eu fiz na vida. Vou batizar de Sol Nascente Rota 1.

– Nunca vi nada igual – disse Lula. – Isso é uma promoção para um outro nível. Ela não é só mais uma mulher comum. É a supermulher. Com o cabelo em fogo.

– E viu como eu aumentei o volume? – disse Brenda. – Deu uma dramaticidade ao estilo dela.

– Percebi isso – disse Lula.

– O que você achou? – Brenda me perguntou.

– Estou sem fala – eu disse.

Brenda botou a mão sobre o coração.

– O prazer foi meu. Fiquei contente de poder ajudar.

Lula e eu saímos do salão e subimos na picape. Sentei ao volante e meu cabelo grudou no teto.

– Não posso dirigir desse jeito. O meu cabelo está preso.

– Você precisa de um veículo maior para combinar com o seu novo visual – disse Lula.

Afundei no assento e fui para o fim do estacionamento, onde Brenda não pudesse me ver. Tirei uma escova da bolsa e comecei a escovar o cabelo.

– A escova não entra – eu disse para Lula.

– É assim que o cabelo tem de ser quando tem volume. Ela botou o seu cabelo um nível acima. Wham!

– É melhor reduzir essa coisa de wham. Não estou disposta.

— Como é que você pode ser a senhora rabugenta com um cabelo como esse?
— Esse não é o meu tipo de cabelo.
— É, mas podia ser. Podia ser uma nova você.
Eu não queria uma nova eu. Ainda não tinha entendido a velha.

VINTE E QUATRO

Eu ainda estava em ponto morto no estacionamento do shopping, tentando amassar o meu cabelo, quando Morelli ligou para o meu celular.

– Finalmente consegui falar com o Berger – ele disse. – Eles estão revendo as fitas de segurança do aeroporto de Los Angeles e Razzle Dazzle está em uma delas. Não havia câmeras perto do local do crime, mas eles têm Raz saindo da área do seu portão. Eles verificaram a lista do avião e dois passageiros não embarcaram de volta no aeroporto de Los Angeles. Crick e um somaliano, Archie Ahmed.

– Archie Ahmed? Esse é o Razzle Dazzle?

– É, parece que Raz tem mais ou menos umas sessenta e quatro identidades. O governo da Somália usa o cara como operador. Tudo, desde levar armas para recrutamento, até os contratos de assassinato. Eles devem dar uma pilha de passaportes para ele uma vez por mês. Berger recebeu os vídeos do Aeroporto Internacional de Honolulu e identificou Raz passando pela segurança. Parece que ele estava no seu avião.

– Não lembro dele.

– Ponha um chapéu nele, assim talvez ele pareça humano – disse Morelli.

– O Berger disse alguma coisa sobre a fonte dele? Quero dizer, como é que ele soube da fotografia?

– Informação de um operador estrangeiro de que um portador tinha passado uma foto para você. Berger está seguindo a suposição de que é a foto de um hacker que o FBI está procurando.

— Maravilhoso! Mais alguma coisa?

— Tome cuidado.

Peguei a Rota 1 de volta para Trenton. Virei na Broad e parei na frente do escritório. Lancer e Slasher estavam do outro lado da rua, dormindo profundamente no Lincoln. Connie estava lá dentro, sentada à mesa dela, com uma máscara cirúrgica descartável.

— Para que a máscara? – perguntei.

— Esse escritório fede – disse Connie. – Não sei qual é o problema.

Lula inclinou a cabeça para trás e fungou.

— Peido de rato – ela disse. – Eles devem ter entrado na caçamba de lixo da delicatéssen. Pelo cheiro, devem ter comido chucrute.

— Você é especialista nisso? – perguntei para ela.

— Conheço um peido de rato quando farejo um. E tem mais de um rato peidando aí em cima. Deve ter um condomínio de ratos em cima de vocês. Eu, pessoalmente, não gosto de ratos. Eles têm aqueles olhinhos pequenos, rabos pelados e transmitem a praga.

Connie olhava fixo para o meu cabelo.

— Por falar em ninho de rato!

— Brenda achou que eu precisava de uma produção – eu disse para Connie.

— Estava bom antes da politicamente correta aqui tentar escovar – disse Lula. – Ela estragou o efeito dramático da obra.

— Gostei da cor – disse Connie.

— É a especialidade da Brenda – disse Lula. – Chama de Sol Nascente Rota 1.

Connie arrumou a máscara.

— Distrai a atenção do olho roxo.

— Estou de saída – eu disse. – Os peidos dos ratos estão me incomodando – virei para Lula. – Vou atrás do Magpie esta noite. Topa?

— Ora, claro. E se terminarmos cedo, podíamos ir a alguma boate para fazer o test-drive do seu cabelo.

Ai, caramba...

Precisei de meio tubo de condicionador e de duas folhas de amaciante de tecidos para desembaraçar e "deseriçar" o meu cabelo. Tomei uma chuveirada e vesti um jeans e camiseta preta, pensando em não competir com o Sol Nascente Rota 1.

Às sete e meia, peguei a minha bolsa e um casaco com capuz preto e fui para o saguão esperar Lula. Normalmente esperaria lá fora, mas Raz continuava solto e eu não queria arriscar dar de cara com ele no escuro.

O Firebird de Lula apareceu na porta e entrei nele.

— Onde nós vamos? — Lula perguntou, olhando para mim.

— Cemitério All Saints. Fica atrás da grande igreja católica em Nottingham.

— Eu conheço aquele cemitério. É bem bonito. Tem colinas, florestas e a droga toda.

Vinte minutos depois, Lula entrou no estacionamento da igreja, apagou os faróis e foi discretamente para o fundo do terreno, onde havia uma rua de pista única que ia dar no cemitério. Descemos do Firebird e ficamos paradas um tempo, para que nossos olhos se adaptassem ao escuro.

— Sinto cheiro de fogueira — disse Lula. — Magpie está lá, esquentando seu feijão que nem um mendigo.

Eu estava com as algemas no bolso de trás, o taser no bolso do casaco, a Glock na bolsa. Tinha uma lanterna pequena, mas não queria usar para não espantar Magpie. Havia uma lua prateada atrás de nuvens esparsas. Bastante luz para ver um metro à frente, não muito mais. A igreja estava iluminada na frente. Os fundos eram uma escuridão, assim como o cemitério.

– Isso é assustador – Lula sussurrou, seguindo logo atrás de mim. – Não gosto de andar em cemitérios à noite. Todos os fantasmas saem à noite. Posso sentir o bafo deles em mim.

Estávamos bem dentro do cemitério e vimos dois faróis iluminando o estacionamento, para logo depois se apagarem. Lancer e Slasher, pensei. De uma forma estranha, achei reconfortante.

Estávamos seguindo pela rua estreita e pude ver uma forma escura mais à frente. Uma coisa grande. O Crown Vic do Magpie. Atrás do Vic, deu para ouvir o estalar da lenha queimando e ver uma brasa ocasional flutuando para cima. Não era a primeira vez que eu capturava Magpie. Tínhamos uma relação razoavelmente cordial, guardando as proporções. Ele não era uma pessoa violenta.

Dei a volta no Vic e chamei Magpie.

– Oi, Magpie. É Stephanie Plum.

A fogueira era pequena. Apenas suficiente para aquecer uma lata de feijão ou para assar uma salsicha. Magpie não era um cara grande. Tinha um e sessenta e cinco de altura e era magro. Definitivamente hipnotizado por tudo que brilhava e muito inteligente na hora de roubar essas coisas. Quando seus tesouros excediam sua capacidade de armazenar, ele vendia tudo por quanto desse.

Magpie olhou para nós por cima da fogueira.

– Como me encontraram?

– Palpite de sorte. Esse lugar aqui é legal.

– É um dos meus preferidos. Muito tranquilo.

Ele usava a roupa de sempre: calça jeans baggy, camisa de flanela xadrez e cerca de trinta mil dólares em correntes de ouro.

– Você faltou à sua audiência na corte – eu disse para ele.

– Tem certeza?

– Tenho. Você tem de voltar comigo para remarcar. Já jantou, certo?

– Já. Estava só curtindo o fogo.

— É uma fogueira muito legal mesmo — disse Lula. — Afasta os fantasmas e monstros. Por falar nisso, são lindos esses colares que está usando. Nem todo mundo entende a importância de usar os acessórios corretos.

— Tenho uma mala repleta — disse Magpie. — Não posso usar todos ao mesmo tempo. Ficam pesados demais. Podem pegar alguns, se quiser.

— Obrigada. É bondade sua, mas não podemos levar nenhum. Vou algemar você e Lula e eu podemos apagar o fogo, depois vamos para o centro. Você prefere ir no Vic comigo? Ou quer ir no Firebird da Lula?

— No Firebird!

Eu ia algemar Magpie quando Raz pulou da escuridão, com a faca levantada. Ele parecia um alucinado de carteirinha à luz do luar, com as chamas da fogueira refletindo nos olhos e o cabelo de selvagem de Bornéu.

— Iiiiiii! — berrou Lula. — É o diabo! É Satã!

Magpie arregalou os olhos, rolaram nas órbitas e caiu desmaiado.

— Não é Satã — eu disse para Lula. — É o Razzle Dazzle.

Raz pulou em cima de mim.

— Puta safada! Vou queimar você toda com o espeto até você falar!

— Ei! Você chamou ela de quê? — disse Lula com a mão na cintura e o lábio inferior espichado para frente. — É melhor tomar cuidado como fala com ela. Nós não admitimos nada dessa baixaria.

Ele rosnou para Lula.

— Você cale a boca, senão te furo como leitão assado!

— Acabei de ser insultada? — perguntou Lula. — Ele me comparou a um leitão assado? Porque não gosto de ser comparada com um porco. E qual é a dessa faca? Quem é que usa faca hoje em dia?

Raz segurou a faca com a mão direita e tirou uma semiautomática da calça com a esquerda.

— Tenho essa arma grande também — ele disse para Lula. — Dou um tiro no seu olho, depois corto você em pedacinhos, faço bacon e cozinho na fogueira.

E ele apertou o gatilho.

— Corra! — berrou Lula. — Ele está armado! Satã tem uma arma.

Lula saiu correndo e foi imediatamente engolida pela noite escura. Atropelou arbustos, trombou com sabe o quê a caminho do estacionamento e a voz dela chegava até mim:

— Ai, merda, puta que pariu.

Raz apontou a arma para mim e disparou. Pulei para trás de um túmulo, ele atirou de novo e a bala ricocheteou no mármore. Saltei para um pequeno bosque logo atrás de mim. Minha arma estava na bolsa mas não tive tempo de pegá-la. Vi Raz vir tropeçando para frente, iluminado pela fogueira. Era prejudicado por um ferimento de bala numa perna e o corte de faca na outra.

Fui andando com cuidado só com a luz ambiente que vinha da frente da igreja, evitando a rua. Ouvi Raz se mexendo atrás de mim.

— Aqui, gatinha, gatinha — ele chamou. — Vou pegar você, gatinha.

Ouvi um motor ligando, faróis acenderam no topo da colina e o Crown Vic de Magpie partiu roncando pela rua, atravessou o estacionamento e desapareceu para locais desconhecidos, presumivelmente levando o Magpie redivivo com ele.

Meus pés queriam correr, mas meu cérebro insistia que fosse devagar. Não podia arriscar trombar com uma árvore ou um túmulo no escuro e me nocautear. Consegui achar minha arma na bolsa e estava com ela na mão. Estava quase chegando ao estacionamento. Dava para ver dois carros parados. Não ouvia mais Lula à minha frente, nem Raz atrás. Só o som do meu coração batendo forte no peito.

Quando saí do meio das árvores, vi Lula se mexer na frente de um carro e acenar para mim. Então eu disparei e atravessei o campo aberto. Cheguei aonde Lula estava e abaixei o tronco para recuperar o fôlego.

Olhei para o Camry ao lado do Firebird de Lula.

— Esse é o carro dele? — perguntei para ela.

— Parece que é. Não tem ninguém dentro. Tem um clipe extra de munição da arma dele no banco da frente.

Dei dois tiros em cada pneu, Lula e eu corremos para o Firebird, ela saiu do estacionamento, pegou a rua e botou a marcha em ponto morto. Liguei para Berger e consegui encontrá-lo ao celular. Disse que Raz estava no cemitério e que o carro dele estava avariado.

— Você tem de admitir que ele parecia mesmo Satã logo que apareceu — disse Lula.

— Você pirou. Estava gritando feito uma menininha.

— Fui pega de surpresa. E estava afetada pela atmosfera. Você sabe como sou sensível para essas merdas todas.

— Você berrou "corra!". Que diabo foi aquilo?

— Foi esperteza — disse Lula. — Ele ia me transformar em bacon. Ele é um maníaco. Ainda bem que não pode atirar bem com a mão esquerda.

Concordei. Ele era definitivamente maníaco. E definitivamente não atirava bem com a mão esquerda.

— Eu quero ficar aqui e esperar a polícia chegar — eu disse.

— Não quero arriscar encontrar o Raz, se eu fugir. Quero que o peguem.

— Claro. Mas fique de olhos abertos para ver se ele não nos pega de surpresa. E fique com a arma fora da bolsa. Eu não vou ser bacon de café da manhã.

Depois de uns dois minutos, pensei ter visto Raz andando pela grama até o seu carro. Tinha certeza de que ele ouvira os tiros. Se fosse eu, verificaria imediatamente os pneus. Não deu para vê-lo no estacionamento escuro. Estávamos com as janelas abertas, tentando ouvir passos. Lula e eu com as armas em punho.

— Malditas vadias — chegou até nós.

— Ele já viu os pneus — disse Lula.

Vi luzes na rua atrás de nós e um carro da polícia se aproximou e entrou no estacionamento. Foi seguido por outros dois carros da polícia e um sedan com luz de Kojak.

Meu celular tocou. Era Berger.

— É você aí parada num Firebird na rua? — perguntou.

— Sim. Dei uns tiros nos pneus dele, de modo que ele está a pé. Ele não está longe. Vi passar pelo carro dele há dois minutos. Ele está armado.

— Obrigado — disse Berger. — Nós assumimos a partir de agora.

— Vai querer ficar para ver o que acontece? — perguntou Lula.

— Não. Quero ir para casa.

A verdade era que eu tinha medo de que, se ficasse por ali, o Raz poderia dar a volta e retornar para atirar em mim.

VINTE E CINCO

Lula entrou no meu estacionamento para me deixar e vimos o carro da Brenda.

– Aquela é a caminhonete dela – disse Lula. – E parece que Brenda está à sua espera na porta. Não parece nada bem.

Brenda estava abaixada, os braços em volta do próprio corpo, de cabeça baixa.

Lula desligou o motor e fomos até onde Brenda estava, fumando um cigarro depois do outro, as guimbas todas em volta dela.

– O que foi? – perguntei para ela.

– Estou com problemas terríveis. Preciso da sua ajuda. Não sei a quem mais pedir. É o meu filho, Jason. Ele foi sequestrado. Eu estava lá quando o agarraram e o arrastaram para longe.

– Ai, meu Deus – eu disse. – Isso é sério. Você chamou a polícia?

– Não posso. Há complicações.

– O quê?

– A polícia está mais ou menos procurando Jason – disse Brenda. – Não que ele tenha feito nada de ruim. Isto é, ele não matou ninguém, nada desse tipo.

– O que foi que ele fez?

Brenda acendeu outro cigarro. Ficou com dois acesos ao mesmo tempo.

– Ele é hacker – ela disse.

– Eu sei o que eles são – disse Lula. – Ficam por aí enviando vírus para as pessoas. E roubam os e-mails da Sarah Palin.

– Jason não é esse tipo de hacker – disse Brenda. – Ele jamais faria alguma maldade. Ele só se interessa pela tecnologia. Diz que é como um jogo de xadrez, e ele joga com o computador. Ele é muito inteligente. É um gênio.
– Então por que a polícia o quer, se ele não fez nada de errado? – perguntei.
– Ele tem dois amigos que são como ele. É como um clube de nerds. Acho que para se divertir eles invadem os computadores do governo e deixam mensagens engraçadas. Eles não pegam informação de lá, mas o governo não gosta quando seus sistemas são hackeados.
– O governo não tem senso de humor – disse Lula.
– De qualquer maneira, Jason e os amigos entraram na clandestinidade um ano atrás. Jason diz que não estão mais deixando mensagens engraçadas, mas que o FBI continua à procura deles. O fato é que o FBI não sabe quem eles são ou como é a aparência deles, de modo que se o Jason não aparecer, talvez fique tudo bem.

Dei um passo para trás para escapar da nuvem de fumaça que cercava Brenda.

– Jason é o amigo que enviou a fotografia para você do Havaí, não é?
– Ele estava tentando me ajudar a recuperar o meu carro. É um ótimo menino.
– Você conhece o suficiente de computador para usar a fotografia? – perguntei para ela.
– Não. Jason tem um amigo aqui que ia me ajudar.
– Está me parecendo que Jason voltou para casa – disse Lula.
– Por que ele faria isso, se o FBI está à procura dele? Por que ele não enviou para você uma outra fotografia?
– Quando o pobre Richard morreu e descobrimos que Razzle Dazzle estava envolvido, Jason soube que corria perigo e que ti-

nha de se mexer. Razzle Dazzle já estava caçando Jason havia mais de um ano. Há terroristas que adorariam pôr as mãos no Jason. E Razzle Dazzle entregaria Jason para eles.

— Estou confusa — disse Lula. — Por que esse cara, Razzle, quer a fotografia? Por que ele não vai simplesmente pegar o Jason?

— Raz só conhece Jason pela assinatura eletrônica. Eu não sei o que isso quer dizer. Jason diz que Raz é como um hacker burro. Raz acaba rastreando Jason, mas não conhece sua identidade humana, nem sabe como ele é na realidade. Eu acho que Raz achava que Ritchy tinha uma fotografia do Jason. Acho que ele não sabia do código. Pelo menos é isso que Jason pensa. Por isso que, quando Jason teve de sair do Havaí, ele veio passar uns dois dias em casa para me ajudar a conseguir o meu carro e para ficar comigo. Ele ia pegar um voo amanhã, mas foi sequestrado.

Meu coração deu um pulo no peito.

— Razzle Dazzle?

— Não. Ele está com o meu irmão. Jason e eu estávamos jantando e o babaca do meu irmão chegou com dois capangas e o pegou. Eu não sei como ele soube que Jason estava aqui. Talvez tenha ouvido falar que Sammy, o Porco, teve o carro roubado, e juntou os pontinhos.

Muito bem, consegui respirar de novo.

— Mas pelo menos o seu irmão não vai machucar o Jason.

— Não, mas Chester pode manter Jason refém até ele ceder e mostrar para ele como hackear quem sabe disso. E aí Jason seria implicado em um crime. Também se o Jason ficar tempo demais aqui, Razzle Dazzle ou o FBI poderão encontrá-lo. Pensei em você porque descobre e prende as pessoas o tempo todo. Minha esperança era de que me ajudasse a encontrá-lo. Concluí que Chester prendeu Jason no armazém — Brenda semicerrou os olhos,

olhando para mim através da fumaça. – O que aconteceu com o seu cabelo? Está todo amassado e preso num rabo de cavalo.
– Chuva. Peguei chuva.
– Eu não vi chuva nenhuma.
– Deve ter sido uma nuvem desgarrada. Passou por cima de mim e foi um temporal.
– Então você vai fazer um grande resgate? – Lula me perguntou. – Vamos chegar atirando? Se soubesse, teria posto minha roupa da Ranger.

Lula tinha trocado o preto pelo dourado. Top sem mangas dourado, saia curta elástica cor-de-rosa, sapatos de salto alto dourados. Era um ótimo alvo.

– Nós vamos lá sem atirar – eu disse. – Não são criminosos perigosos.

– Chester pode ser um pouco perigoso, sim – comentou Brenda.
– Ouviu isso? – Lula me perguntou. – Um pouco perigoso. Ninguém sabe o que devemos esperar. Isso quer dizer que temos de ir no meu Firebird, porque eu tenho munição extra na mala.

– Munição extra pode ser uma boa coisa – disse Brenda. – Munição nunca é demais.

Entramos no Firebird de Lula e liguei para o Ranger quando chegamos à Broad.

– Dando as coordenadas – eu disse a ele. – Estou fora do radar porque estou no carro da Lula, mas quero que saiba que vou fazer uma espécie de captura de misericórdia ao norte de Bordentown. Talvez precise de ajuda.

– Querida, você não está fora do radar. Está usando o relógio que eu dei. Sei exatamente onde está.

Olhei para o relógio.
– Ah, esqueci.

– Vou mandar alguém seguir você. Avise se precisar ajuda dele.
– Obrigada.
– É bom ter um Ranger – disse Lula. – Ele é como um Homem-Aranha com sexto sentido só para você.

Lula não sabia o que fazer quando chegou ao estacionamento do armazém da Billings. Havia dois carros parados lá. Um era o Lincoln batido. O outro era uma Mercedes. Na área do escritório, dentro do prédio, as luzes estavam acesas.

– Qual é o plano? – ela quis saber. – Não podemos vender biscoitos de escoteiros por aqui. As bandeirantes devem estar todas na cama a essa hora.

– Estacione na parte de trás, onde o Firebird não ficará tão visível – eu disse para ela. – Vamos tentar pela porta da frente. Se não funcionar, vamos ver se conseguimos entrar pela plataforma de carga e descarga.

Lula parou o carro e nós três descemos.

– Esperem aí – disse Lula. – Vou pegar minha munição.

Tirei a minha Glock da bolsa.

– Acho que não vamos precisar de mais.

– É, mas isso aqui é bom – disse Lula, e abriu a mala do carro.

Espiei lá dentro e parei de respirar um segundo.

– Isso é um lançador de foguete!

– Isso mesmo – disse Lula. – É o big boy. Comprei numa liquidação de mudança no conjunto habitacional. E além disso, está carregado para urso. Está vendo aquele filho da mãe na ponta? Faz CABUM!

– Nada de lançador de foguete! – eu disse para ela. – Em hipótese alguma lançador de foguete. Isso aqui não é o Afeganistão.

– Não precisamos usá-lo – disse Lula. – É só bater na porta e mostrar esse filho da mãe para eles. Aí eles molham as calças e entregam o Jason.

– Poderia funcionar – disse Brenda.

– Eu quase molhei as calças só de ver aí na mala do carro.

Fazia sentido. Tive de admitir. Num momento eu também vi aquilo.

– Acho que talvez sirva, desde que só usemos para assustar.

– Mostre e explique – disse Lula.

Lula botou seu lançador de foguetes no ombro. Eu estava com a minha Glock na mão. E Brenda tinha sua linda pistolinha de menina. Marchamos para a porta da frente da Billings Alimentos Gourmet e eu experimentei a maçaneta. Trancada. Demos a volta no prédio e experimentamos abrir os portões da plataforma de carga e descarga e as da garagem. Tudo trancado.

– Eu não volto para casa sem o Jason – disse Brenda. – Vou entrar.

– Eu também – disse Lula. – Estou logo atrás de você.

– Como é que vocês vão entrar? – perguntei.

Brenda partiu para a entrada do escritório.

– Pela porta da frente. Vou tocar a campainha e chamar o Jason.

– E se eles não o entregarem para nós, lanço um foguete no rabo deles – disse Lula, seguindo Brenda.

Tive de correr para alcançá-las e examinei o estacionamento no caminho. Não vi nenhum veículo da Rangeman. Não era bom sinal, pensei. Aquilo estava cheirando a desastre.

Brenda foi direto para a porta e botou o dedo na campainha. Depois de alguns minutos, a porta abriu e Lancer apareceu.

– Ah, merda – disse Lancer.

Ele tentou fechar a porta, mas eu já tinha enfiado o pé.

– Onde está o Jason? – perguntou Brenda. – Eu quero o meu filho.

– Eu não sei – disse Lancer. – Ele não está aqui.

Brenda passou por ele e entrou no escritório.

– É claro que ele está aqui. Onde mais podia estar? Minha cunhada não ia aceitá-lo na casa dela.

– Ei – disse Lancer. – Você não pode entrar aqui. Não estamos no horário do expediente.

Lula passou por ele também, logo atrás de Brenda.

– Com licença. Saia do caminho.

Lancer arregalou os olhos para o lançador de foguetes e ficou branco.

– Eu vou ter de usar a força agora. Tenho de forçá-las a sair.

– Vocês têm um desses meninos aqui? – perguntou Lula, dando um tapinha no lançador de foguete.

– Não.

– Então como é que vai nos forçar a sair?

– Eu tenho uma arma – disse Lancer.

E ele apontou a arma para Lula.

– Eu não gosto quando as pessoas apontam armas para mim – disse Lula. – Fico nervosa e é grosseria. Está me vendo apontar o lançador de foguetes para você? Acho que não.

– É grosseria invadir propriedade privada – disse Lancer.

– É grosseria sequestrar o meu filho – disse Brenda.

Estávamos num pequeno saguão. Havia um corredor à direita.

– Aposto que ele está aqui – disse Brenda, caminhando pelo corredor, com a pistolinha de menina em riste.

Lula seguiu Brenda. Lancer seguiu Lula. E eu segui Lancer.

Brenda abriu uma porta e espiou lá dentro.

– Armazém – ela disse.

E foi em frente.

Dei uma olhada no espaço cavernoso. Fileiras de caixas empilhadas. Galões de metal com azeite em prateleiras de arame. Mais caixas. Um caminhão de dezoito rodas na área da garagem. Nada do Jason.

Brenda abriu uma porta no final do corredor e deu um grito.

– Jason!

Nós todos disparamos no corredor e espiamos a sala. Jason estava trabalhando em seu laptop. Slasher e outro homem estavam sentados em um sofá, assistindo a uma pequena televisão.

– Desculpe, chefe – disse Lancer. – Não pude impedi-las.

– O que quer dizer com não pude impedi-las? – disse o homem. – Você tem uma arma, não tem? Atire nelas.

Lancer hesitou.

O homem se levantou, sacou uma arma e apontou para Jason.

– Que tal isso, Brenda? Que tal se eu atirar no seu filho, se você não for para casa? Ele está fazendo um bom trabalho para nós aqui, por isso só vou atirar na perna dele.

Brenda semicerrou os olhos.

– Chester, seu filho da mãe. Se alguém aqui vai levar um tiro, esse alguém é você.

E antes que qualquer um pudesse se mexer, ela atirou em Chester e atingiu o braço dele.

– Mate-a! – berrou Chester. – Atire nela!

Lancer apontou a arma para Brenda e eu o agarrei por trás. Nós dois caímos no chão e a arma dele disparou duas vezes. Uma bala passou zunindo por Lula e a segunda cortou quatro centímetros do seu salto agulha 8.

– Que diabo é isso? – disse Lula caindo, desequilibrada pela diferença de quatro centímetro no salto. – Fui alvejada! – berrou ela. – O filho da mãe atirou em mim! Mulher caída! Mulher caída! Chamem o 911!

– Você está ótima – eu disse para ela. – Só caiu do salto.

– Estou vendo tudo preto – disse Lula. – Está chegando a hora. Vejo um túnel de luz. Vejo anjos. Não, espere aí, não tem anjo nenhum. Merda, é o Tony Soprano.

Não era o Tony Soprano. Era Chester Billings, rugindo feito um elefante ferido, atravessando a sala correndo na direção de Lula e Brenda. Ele tirou a pequena pistola da mão de Brenda e agarrou o lançador de foguetes. Na luta, o lançador de foguetes disparou, partiu zunindo pela sala, abriu um buraco na parede mais distante e desapareceu de vista. Ouvimos uma explosão que abalou o prédio. Caiu reboco do teto. Todos começaram a gritar e a correr à procura de abrigo. Uma segunda explosão, menor, fez a mobília tremer e vi chamas lambendo o buraco feito pelo foguete.

– Fogo no armazém – anunciou Lancer. – O foguete deve ter atingido um tanque de propano.

A fumaça entrou na sala sem janelas e houve uma correria para evacuar o lugar. Todos correram para o corredor e nos espalhamos. Lancer, Slasher e Billings correram em uma direção. Lula, Brenda e Jason em outra. Eu fui a última a sair da sala. Cheguei ao corredor, as luzes piscaram e apagaram. Fiquei confusa no escuro, engasgada com a fumaça. Um braço me agarrou e quase me levantou do chão, me levando para o outro lado. Era Ranger.

– Por aqui – ele disse, e me empurrou pelo corredor para uma porta de emergência.

Ele abriu a porta e saímos do prédio. Ouvi as sirenes dos veículos de socorro na rua lá fora.

– Havia quantas pessoas dentro do prédio? – perguntou Ranger.

– Eu e mais seis.

Ranger estava conectado com Tank no outro SUV.

– Fale comigo – disse Ranger.

Ouvi Tank falando ao fone.

– Lula desapareceu na mata atrás de nós. Eu chamei, mas ela continuou correndo. Outras cinco pessoas saíram do prédio e se espalharam. Uma mulher e um jovem entraram em pânico e correram em direções opostas quando um pedaço do telhado em chamas caiu perto deles. A mulher está escondida atrás da caçamba de lixo. O cara está por aí em algum lugar. Parecia que ele carregava um computador. Três homens pularam em uma Mercedes e foram embora.

– Todos saíram do prédio – Ranger disse para mim. – Vamos embora, a menos que queira conversar com a polícia.

– Não!

Ele segurou a minha mão e me puxou numa corrida pelo estacionamento, passamos por uma ilha de grama que separava a Billings Alimentos Gourmet da empresa vizinha, Encanamentos Dot. Dois SUV da Rangeman estavam parados na sombra do prédio da Dot. Ranger sentou atrás do volante de um deles e o segundo nos seguiu até o fim do estacionamento, de faróis apagados.

As chamas saíam do alto do armazém da Billings. Os carros da polícia pararam no estacionamento. Caminhões dos bombeiros chegaram também.

– Você ligou para o corpo de bombeiros e para a polícia? – perguntei para Ranger.

– Não. Não precisei. A explosão arrancou o telhado do prédio. Deu para ver a quilômetros de distância. E minha sala de controle ouviu o alerta de incêndio disparar no sistema de segurança da Billings.

– Não estou vendo o carro da Lula no estacionamento.

– Pedi para o Hal tirá-lo dali. Ele está na rua à nossa frente.

Ranger parou na ruela dos fundos e Lula saiu de trás de uns arbustos, abanando os braços e berrando. Estava com um pé calçado e o outro não, com folhas grudadas no cabelo rosa e amarelo cheio de fuligem e o top dourado de lantejoulas brilhava à luz dos faróis do carro do Ranger.

– É Lula Raio de Sol – disse Ranger.

Ele parou o SUV para ela entrar.

– Caramba! Minha nossa! Caraca! – disse Lula. – Aquilo foi apavorante. E olha só o que aquele idiota fez com o meu sapato. Esse é o verdadeiro Louboutin. Onde é que vou arrumar outro sapato para combinar com esse?

Ranger entrou na Rota 295 e Lula chegou para a beira do banco.

– E o meu carro? – perguntou ela. – Não podemos deixar o meu neném lá. Vai ficar coberto de cinzas. Aquele diabo explodiu como um sei lá o quê... Um inferno.

– Hal está com o Firebird – disse Ranger. – Vai levar de volta para Trenton.

– Ah, é? Uau. Hal é um docinho – disse Lula. – Vou ter de fazer alguma coisa bem legal para ele.

Os cantos da boca de Ranger formaram um pequeno sorriso.

– Cabeça suja – eu disse para ele.

Isso fez o pequeno sorriso virar um sorriso de verdade.

Um carro da polícia passou voando por nós, com as luzes piscando.

Lula estava com o nariz grudado no vidro da janela.

– Acho que era o filho da Brenda dirigindo aquele carro da polícia!

Uma hora depois, Ranger e eu estávamos parados no estacionamento do meu prédio. Lula tinha ido embora. Recuperou seu Firebird e ia encontrar Hal num bar do centro para demonstrar sua gratidão.

– Obrigada por me salvar – eu disse a Ranger.

– Mandei Hal e Rafael ficarem de olho em você e fui ver uma conta comercial em Whitehorse. Rafael ligou para dizer que Lula tinha entrado lá com um lançador de foguetes, por isso nem cheguei a Whitehorse. Parei no estacionamento segundos antes de vocês destruírem a Billings Alimentos.

– Foi um acidente – eu disse.

Ele olhou para o meu cabelo.

– E isso aí?

– Necessidade profissional. Eu tive de obter informação de uma cabeleireira.

– Eu sabia que a explicação ia valer a pena.

Ranger olhou para o relógio.

– Gostaria de ficar e de seduzir você, mas preciso voltar para Whitehorse. Alguém conseguiu hackear o sistema de alarme e limpar uma loja de computadores que nós devíamos estar protegendo.

Fiz uma careta. Suspeitei que sabia quem tinha hackeado o sistema.

– Esses hackers são muito sofisticados, não é? Vamos supor que a fotografia que todo mundo queria tivesse um código escondido. E se a foto parecia com o Ashton Kutcher, mas se pusessem num computador ela se decompunha em componentes digitais? E se esses componentes digitais pudessem ser um código que um hacker usaria para dar partida em um carro? Isso é possível, ou apenas ficção?

– A tecnologia é real. E é uma ameaça crescente para o meu negócio. Não são bem códigos, e sim mensagens que instruem outro computador a executar uma função, como dar partida no motor de um carro, ou desarmar um sistema de segurança.

* * *

Acordei na manhã seguinte pensando no Razzle Dazzle. Estava com o celular na mão para ligar para Morelli quando apareceu uma mensagem de texto dele.

Estou em reunião até meio-dia. Ligo mais tarde. Raz escapou ontem à noite. Tome cuidado.

Meu equipamento estava carregado, e na bolsa, para facilitar o acesso. Fui supervigilante quando atravessei o estacionamento até a minha picape e saí olhando pelo retrovisor.

Quando cheguei ao escritório de fiança, todos os outros já estavam lá. Connie sentada à mesa dela. Lula numa cadeira dobrável, fazendo as palavras cruzadas do dia. Vinnie andando de um lado para outro, verificando as mensagens no seu smartphone.

– Quais são as notícias do dia? – perguntei.

– Vinnie acabou de pagar a fiança da Brenda – disse Connie. – Teve uma explosão no armazém do irmão dela e ela foi presa na cena do crime.

– Eles a prenderam só porque estava lá? – perguntei. – Acharam que ela fosse a responsável pela explosão?

– Não, parece que um tanque de propano com defeito explodiu – disse Connie. – Eu estava ouvindo o papo da polícia.

Lula levantou a cabeça das palavras cruzadas, rolou os olhos nas órbitas e fez o sinal da cruz.

– Brenda estava lá quando a polícia chegou, uma coisa levou a outra e ela deu um soco num policial – Connie olhou para o teto. – Ei, alguma coisa acabou de pingar na minha mesa.

Nós todos olhamos para o teto. Havia grandes manchas molhadas e parecia que estava cedendo.

Lula fungou.

— São os ratos. Eles estão fazendo suas necessidades, e está encharcando tudo. Deve haver um monte deles. Quando eu era prostituta, costumava trabalhar num restaurante chinês e eles tinham esse problema. Pingava na sopa de legumes e pimenta.

— Não tem ratos aqui — disse Vinnie. — Deve ser um cano que estourou. Alguém chame o zelador.

— Conheço ratos quando sinto o cheiro deles — disse Lula. — E tem rato aqui, sim — ela pegou uma vassoura e bateu no teto. — Xô!

Assim que a vassoura encostou no teto, um pedaço do reboco se soltou e caiu na mesa da Connie. Abriu uma rachadura em cima de nós e ouvimos barulhos como rangidos e algo se arrastando. A rachadura alargou e ocupou o teto de uma parede a outra, o teto cedeu, a rachadura abriu de vez e cerca de mil ratos despencaram em cima de nós. Ratos grandes, ratos pequenos, ratos gordos, ratos assustados. De olhos saltados e guinchando. Patinhas nojentas de ratos balançando no ar. Rabos duros como pedaços de pau. Amontoaram-se na mesa de Connie, no chão, atordoados por um instante e depois lépidos, em disparada.

— RATOS! — berrou Lula. — Está chovendo ratos!

Ela subiu na cadeira e cobriu a cabeça com a revista de palavras cruzadas.

Connie já estava em cima da mesa, chutando ratos pela sala como se fossem bolas de futebol.

— Alguém aí abra a porta para eles poderem sair! — berrou ela.

Eu não quis me mexer com medo de pisar em um rato e deixá-lo furioso. Acho que estava gritando, mas não me lembro de ouvir minha voz.

Vinnie correu para a porta, saiu do escritório com os ratos atrás dele.

Minutos depois, estávamos todos na calçada, olhando para a sala. A maior parte dos ratos tinha ido embora rumo a destinos desconhecidos. Alguns poucos roedores, burros demais para encontrar a porta, estavam encolhidos pelos cantos.

– Já estou sentindo os piolhos dos ratos em mim – disse Lula.

– Aposto que estou com pulgas. E acho que uma delas me picou no tornozelo.

Examinei os tornozelos de Lula. Nenhuma marca de picada.

– Deve ter sido uma daquelas picadas que não aparecem – disse Lula. – Porque eu devo estar pegando alguma doença. Estou sentindo isso. Meu Deus, espero que não seja a praga. Eu não quero a praga. A gente fica cheia de perebas com a praga.

– Não estou vendo pereba nenhuma em você – eu disse.

– Bem, ainda é cedo – disse Lula.

Melhor perebas do que o Buggy, pensei, pendurando a bolsa no ombro.

– Eu vou embora daqui. Vou procurar Magpie.

– Eu vou com você – disse Lula. – Só que antes preciso de alguma coisa para apaziguar meu estômago. Tenho de me manter forte para o caso de estar com a praga. Preciso de frango.

Entrei no Chuck-in-a-Bucket e Lula comprou um balde de frango extracrocante, um saco de biscoitos com molho, uma torta de maçã e um refrigerante diet grande. Pedi um pedaço de frango e recebi uma mensagem de texto da Brenda:

"Obrigada por tudo. Vou mandar a mistura para o seu cabelo."

Respondi à mensagem dela e perguntei se estava no salão, se podia arrumar o meu cabelo.

"Negativo", ela escreveu. "Arrivederci."

– Mudança de planos – eu disse para Lula. – Brenda está fugindo.

– Como sabe?

– Eu sei. Vou ver se consigo convencê-la a não fazer isso. Quarenta minutos mais tarde, eu ia sair da Rota 1 para o bairro da Brenda quando a caminhonete apareceu à minha frente. Havia quatro carros entre nós, mas eu sabia que era Brenda.

– Quer que eu ligue para ela? – perguntou Lula.

– Não. Vamos ver para onde ela está indo.

Ela pegou a Rota 1 até a Rota 18 e entrou no trevo para seguir para o norte. Era óbvio para onde Brenda estava indo. Para o aeroporto, e Jason estava no carro com ela.

– Talvez ela esteja apenas levando o filho – disse Lula. – Ele continua se escondendo, certo?

– É possível.

Segui Brenda até o estacionamento de tempo reduzido e fiquei observando de longe quando ela tirou malas da caminhonete Scion. Os dois foram para o terminal, arrastando a bagagem. Tive a impressão de que ela nem se preocupou em trancar o carro. Eu sabia que estava fugindo.

Achei uma vaga, e Lula e eu corremos para alcançar Brenda. Um homem a pouca distância caminhava na nossa direção. Carregava um porta-ternos e parecia muito bronzeado.

Era The Rug. Simon Ruguzzi. O capitão responsável por todos os meus problemas no Havaí. Nossos olhos se encontraram, ele deixou cair o porta-ternos e correu.

Brenda valia uns trocados para Vinnie. The Rug valia uma dinheirama.

Mudei de curso no meio do estacionamento e parti atrás de Ruguzzi. Dava para ouvir Lula batendo os saltos no chão atrás de mim, e eu estava alcançando o cara na minha frente. Cheguei a meio metro dele, saltei e agarrei a barra da calça. Ele caiu, Lula correu e sentou em cima dele. Prendi as algemas e arrastei o cara para ficar de pé.

– Como soube que tinha de fugir? – perguntei.

– Você é famosa – disse ele. – Eu te vi na lateral de um ônibus, numa propaganda da firma de fiança.

A ideia brilhante do Vinnie e nada de bom na minha vida. Botei The Rug no banco de trás e voltei para Trenton. Liguei da rua para Ranger.

– Acabei de capturar The Rug – disse para ele. – Tive a impressão de que Brenda ia escapar, por isso eu a segui até o aeroporto. Dei de cara com Ruguzzi no estacionamento, e Lula e eu o pegamos.

– Querida – disse Ranger.

Já era fim de tarde quando encontrei Vinnie no café.

– Desculpe quanto à Brenda – eu disse. – Tenho certeza de que ela escapou.

– Eu estava contando com isso – disse Vinnie. – Ela botou a Ferrari como garantia da fiança. Agora posso dar para o DeAngelo.

– Está toda irregular, é roubada – eu disse para ele. – E não tem as chaves.

– Não me importa – disse Vinnie. – Isso é problema do DeAngelo. Vou mandar para ele num caminhão.

Pedi um frappuccino e entrei na minha picape. Magpie ia esperar mais um dia. O fato era que eu estava nadando em dinheiro com a captura do Ruguzzi. Parei na casa dos meus pais a caminho de casa.

– Parece que você rasgou os joelhos da sua calça – disse vovó.

Fui com ela até a cozinha.

– Acidente de trabalho.
– Vai ficar para jantar? – minha mãe perguntou.
– Não. Preciso ir para casa, tomar um banho e trocar de roupa. Tinha sido bombardeada por ratos, além disso deslizei em um metro e meio de cimento quando ataquei The Rug. Achei que ela não ia querer saber os detalhes.
– Esperava poder roubar umas coisas aqui para fazer um sanduíche. Tenho de fazer compras, mas não queria ir à loja do Giovichinni com esse cabelo e os joelhos ralados. Além disso, meu olho roxo está ficando verde.
– Verde é bom – disse vovó. – É uma das últimas cores.
Minha mãe preparou um saco de comida para mim e me deu. Ela foi até o armário onde guardava seu estoque de bebida, tirou de lá uma fotografia e me ofereceu. Era a fotografia do avião!
– Sua avó estava com isso no quarto dela – disse minha mãe.
– Eu sei que você estava procurando. Achei quando fui trocar a roupa de cama hoje.
– O cara da foto é bonitão – disse vovó. – Eu peguei no lixo. Não sabia que você queria.
Botei a foto no saco de comida. Ia dar para o Ranger guardar. Ou talvez desse ao Berger, para me divertir. Ele pensaria que finalmente tinha a fotografia do hacker que estava procurando. Até onde eu sabia, Berger e Razzle Dazzle não sabiam que a fotografia era uma composição que escondia uma mensagem de computador.
– Preciso ir – eu disse. – Obrigada pela comida e pela fotografia. Vou encontrar outra para substituir essa para você, vovó.
Vovó pegou uma garrafinha com uma coisa cor-de-rosa dentro, de cima da bancada.
– Annie deixou isso aqui para você.

– Mais antiácido?
– Não. Ela disse que é a poção de verdade.

Eu tinha visto a SUV do Morelli no estacionamento, de modo que não me surpreendi quando abri a porta e Bob foi me receber. Esfreguei atrás das orelhas e beijei o topo da cabeça dele. Morelli apareceu saído da sala de estar. A televisão estava ligada.

– Suponha que eu chegue em casa com um cara quente e você esteja aqui de meia, assistindo à televisão – eu disse.

– Seria esquisito.

Botei o saco na bancada e tirei as coisas de dentro.

– Está parecendo que você deu uma passada na casa da sua mãe – disse Morelli. – Caramba! Isso é bolo de chocolate?

– É. E tenho ingredientes para sanduíche. Está com fome?

– Morrendo.

Ele abriu um saco plástico e pegou uma fatia de presunto.

– Tenho uma boa notícia para você. Berger pegou o Raz.

– Saia daqui!

– Na verdade ele estava morto quando Berger chegou, mas pegou de qualquer jeito.

Morelli abriu outro saco.

– Rosbife. O veio de ouro das mães.

– Como é que o Raz morreu?

– Ele escapou do cemitério, mas roubou um carro durante a noite e esta manhã um dos policiais de Trenton o avistou. Houve uma perseguição, Raz perdeu o controle da direção e bateu na amurada de uma ponte.

– Nossa...

Ele olhou para os meus joelhos.

– Soube que você prendeu The Rug. Que saltou em cima dele.
– É, preciso tomar um banho. O sangue está coagulando.
– Posso ajudar nesse banho.

Ele largou o rosbife e pegou a garrafinha da Annie.
– Sua mãe pensa em tudo. Estou com azia o dia inteiro.

Ele abriu a tampa e bebeu antes que eu pudesse impedir. Fiquei olhando para ele.
– Hum... Como está se sentindo? – perguntei.

Ele pensou um pouco.
– Melhor – acabou dizendo. – Quente.

Os olhos de Morelli escureceram e o olhar ficou doce, os cantos da boca subiram num sorriso.
– Muito amigável.

Ele estendeu a mão e me puxou para perto.
– Vem aqui, docinho.

Este livro foi impresso na Editora JPA Ltda.
Av. Brasil, 10.600 – Rio de Janeiro – RJ,
para a Editora Rocco Ltda.